Copyright © Margaret Atwood 2016
Publicado pela primeira vez como Hag-Seed pela Hogarth, um selo da Vintage.
A Vintage é parte do grupo Penguin Random House de companhias.

Título original em inglês: HAG-SEED

Acompanhamento Editorial: GIOVANA BOMENTRE
Tradução: HECI REGINA CANDIANI
Preparação: CÁSSIO YAMAMURA
Revisão: MELLORY FERRAZ
Design de Capa: DANI HASSE
Projeto Gráfico: MARINA NOGUEIRA
Diagramação: DESENHO EDITORIAL

ESSA É UMA OBRA DE FICÇÃO. NOMES, PERSONAGENS, LUGARES, ORGANIZAÇÕES E SITUAÇÕES SÃO PRODUTOS DA IMAGINAÇÃO DO AUTOR OU USADOS COMO FICÇÃO. QUALQUER SEMELHANÇA COM FATOS REAIS É MERA COINCIDÊNCIA.

TODOS OS DIREITOS RESERVADOS. PROIBIDA A REPRODUÇÃO, NO TODO OU EM PARTES, ATRAVÉS DE QUAISQUER MEIOS. OS DIREITOS MORAIS DO AUTOR FORAM CONTEMPLADOS.

DADOS INTERNACIONAIS DE CATALOGAÇÃO NA PUBLICAÇÃO (CIP)

AT887s Atwood, Margaret
  Semente de Bruxa/ Margaret Atwood; Tradução: Heci Regina
Candiani. – São Paulo: Editora Morro Branco, 2018.
  P. 352; 14x21cm.
  ISBN: 978-85-92795-47-4
  1. Literatura canadense – Romance. 2. Ficção canadense. I. Candiani,
Heci Regina. II. Título.
                                                          CDD 813

TODOS OS DIREITOS DESTA EDIÇÃO RESERVADOS À:
EDITORA MORRO BRANCO
Alameda Campinas 463, cj. 23.
01404-000 – São Paulo, SP – Brasil
Telefone (11) 3373-8168
www.editoramorrobranco.com.br

Impresso no Brasil
2018

Richard Bradshaw, 1944-2007
Gwendolyn MacEwen, 1941-1987

Magos

Uma coisa é certa: um homem que pensa em vingança mantém abertas as próprias feridas que, caso contrário, fechariam e seriam curadas.

SIR FRANCIS BACON, Sobre a vingança

... embora existam pessoas interessantes no palco, existem algumas que deixariam seu cabelo em pé.

CHARLES DICKENS

Outras ilhas floridas devem existir
No mar da Vida e da Agonia:
Outros espíritos a flutuar e a fugir
Acima daquele abismo...

PERCY BYSSHE SHELLEY, Versos escritos em meio às Colinas Eugâneas

ÍNDICE

PRÓLOGO: EXIBIÇÃO	11
I. PASSADO SOMBRIO	**17**
01. Praia	18
02. Altos sortilégios	20
03. Usurpador	28
04. Traje	34
05. Pobre moradia	39
06. Abismo do tempo	47
07. Absorto em estudos secretos	54
08. Traga a ralé	60
09. Olhos de pérola	73
II. UM REINO ADMIRÁVEL	**79**
10. Estrela auspiciosa	80
11. Companheiros de segunda categoria	88
12. Quase inacessível	93
13. Felix fala aos atores	98
14. Primeiro trabalho: xingamentos	108
15. Oh, você é admirável	111
16. Invisível a qualquer outro olho	118
17. A ilha é cheia de ruídos	126
18. Esta ilha é minha	131
19. Monstro abjeto	137
III. ESSES NOSSOS ATORES	**145**
20. Segundo trabalho: prisioneiros e carcereiros	146
21. Os duendes de próspero	147
22. Personagens da peça	154
23. Admirada miranda	161

24. Sobre a situação atual 168
25. Antônio, mano perverso 175
26. Mecanismo curioso 186
27. Ignorante de quem és 192
28. Semente de Bruxa 195
29. Aproxime-se 204

IV. MAGIA RUDIMENTAR 211

30. Certa exibição de minha arte 212
31. Generosa fortuna, agora minha amada dama 220
32. Felix fala aos duendes 229
33. É chegada a hora 235
34. A Tempestade 242
35. Valioso e peculiar 246
36. Uma caminhada pelo labirinto 252
37. Sortilégios que não se quebram 258
38. Franzir o rosto, não mais 263
39. Alegre, alegre 267

V. ESSA CRIATURA DAS TREVAS 277

40. Último trabalho 278
41. Time Ariel 283
42. Time Antônio, mano perverso 286
43. Time Miranda 291
44. Time Gonçalo 296
45. Time Semente de Bruxa 301
46. Nosso espetáculo 307
47. Agora chegou ao fim 311

EPÍLOGO: QUE EU SEJA LIBERTADO 317
A TEMPESTADE ORIGINAL 325
AGRADECIMENTOS 333

PRÓLOGO

EXIBIÇÃO

Quarta-feira, 13 de março de 2013

As luzes da sala se apagam. O público faz silêncio.

NA ENORME TELA PLANA: Em letras amarelas irregulares
   sobre o fundo preto:
   A TEMPESTADE
   DE WILLIAM SHAKESPEARE
   COM A
   COMPANHIA DE ATORES DA INSTITUIÇÃO PENAL DE FLETCHER

NA TELA: Um letreiro feito à mão, segurado diante da câmera pelo apresentador, que veste uma capa curta de
   veludo púrpura. Em sua outra mão, uma pena.

LETREIRO: UMA TEMPESTADE INESPERADA

APRESENTADOR: Vocês vão avistar um temporal no mar
   Ventos uivando, marinheiros berrando
   Maldições proferidas, pois não há saída
   Vão ouvir apelos, como em pesade-e-elos
   As aparências podem enganar,
   só pra lembrar.
   Dá um sorriso forçado.
   Agora, a peça vai começar.

Ele faz um gesto com a pena. Corta para: trovão e raio, em uma nuvem-funil, imagem de tela do canal Tornado. Foto de arquivo de ondas do oceano. Som de vento uivante.
A câmera dá um zoom em um veleiro de brinquedo que sobe e desce sobre uma cortina plástica para chuveiro com estampa de peixes, sob a qual mãos produzem as ondas.
Primeiro plano do Contramestre, que usa um gorro preto tricotado. Alguém fora do enquadramento joga água nele. Ele está ensopado.

CONTRAMESTRE: Ao trabalho, ou vamos afundar! Mexam-se, mexam-se!
Rápido! Rápido! Cuidado! Cuidado!
Temos que agir
Vamos conseguir
manejar as velas
com vento nas canelas,
ou nadar com baleias se a coisa ficar feia!
VOZES EM OFF: Vamos afundar!
CONTRAMESTRE: Parem de atrapalhar! Não é hora de brincar!
Um balde de água o atinge no rosto.

VOZES EM OFF: Escutem com presteza!
Não sabem que somos da realeza?
CONTRAMESTRE: Depressa! Não faz diferença para o mar!
Vento uivando, chuva desabando,
E tudo que fazem é parar e olhar!
VOZES EM OFF: Seu bêbado!
CONTRAMESTRE: Seu idiota!
VOZES EM OFF: Estamos perdidos!
VOZES EM OFF: Vamos afundar!

Primeiro plano de Ariel usando uma touca de natação azul e óculos de esqui iridescentes, com maquiagem azul na metade inferior do rosto. Ele veste uma capa de chuva plástica transparente estampada com joaninhas, abelhas e borboletas. Atrás de seu ombro esquerdo há uma sombra estranha. Ele dá uma gargalhada sem emitir som e aponta para cima com a mão direita, que está enfiada em uma luva de borracha azul. Clarão de raio, trovoada.

VOZES EM OFF: Vamos rezar!

CONTRAMESTRE: Não consigo escutar!

VOZES EM OFF: Vamos afundar! Vamos afogar!
Do rei já não teremos resposta!
Pulem do barco, nadem para a costa!

Ariel joga a cabeça para trás e ri com prazer. Em cada uma das mãos, cobertas com luvas de borracha azul, ele segura uma lanterna de alta potência em modo piscante.
A tela fica escura.

UMA VOZ DA PLATEIA: O quê?

OUTRA VOZ: Acabou a energia.

OUTRA VOZ: Deve ser a nevasca. Caiu uma linha de transmissão em algum lugar.

Escuridão total. Ruídos confusos do lado de fora da sala. Gritaria. Disparo de tiros.

UMA VOZ DA PLATEIA: O que está acontecendo?

VOZES, DE FORA DA SALA: Tranquem a porta! Tranquem a porta!

UMA VOZ DA PLATEIA: Quem manda aqui?

Mais três tiros.

UMA VOZ, DE DENTRO DA SALA: Não se mexam! Silêncio! Cabeças abaixadas! Fiquem onde estão.

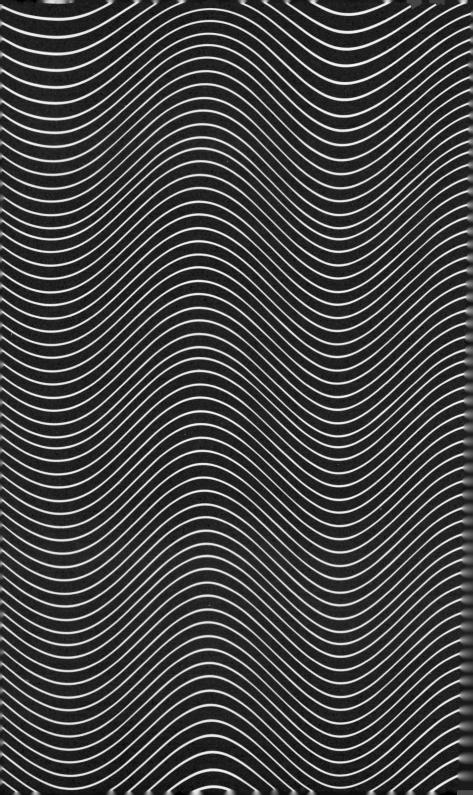

PARTE 1

Passado sombrio

01/ PRAIA

Segunda-feira, 7 de janeiro de 2013

Felix escova os dentes. Depois, escova seus outros dentes, os falsos, e os desliza para dentro da boca. Mas eles não se encaixam bem, apesar da camada de adesivo rosa que ele aplicou; talvez sua boca esteja encolhendo. Ele sorri: a ilusão de um sorriso. Fingimento, falsidade, mas quem vai saber?

Em outros tempos, ele teria telefonado ao dentista, marcado uma consulta e se sentado na luxuosa poltrona de imitação de couro, diante do rosto preocupado cheirando a enxaguante bucal e das mãos habilidosas empunhando instrumentos reluzentes. *Ah, sim, entendi qual é o problema. Não se preocupe, vamos arrumar isso para você.* Era como levar o carro para a regulagem. E ele ainda poderia ser agraciado com música nos fones de ouvido e um comprimido de seminocaute.

Mas, neste momento, ele não pode pagar por um ajuste profissional desse tipo. O plano odontológico dele é mixuruca, por isso está à mercê de seus dentes pouco confiáveis. Uma pena. É tudo que ele precisa para sua última apresentação, que se aproxima: cair a dentadura. *Agora nossha fechta acabou. Osh nosshosh atorish...* Se isso acontecesse, sua humilhação seria completa; ao pensar nisso, fica vermelho até os pulmões. Se as palavras não forem perfeitas, a intensidade exata, a entonação delicadamente ajustada, o feitiço falha. As pessoas começam a se mover nas poltronas, tossem, e vão para casa no intervalo. É a morte.

— Muá-mué-mui-muó-muu — ele diz para o espelho cheio de manchas de pasta de dente que fica acima da pia da cozinha. Abaixa as sobrancelhas e projeta o queixo. Então, força um sorriso: o sorriso forçado de um chimpanzé encurralado, que é uma mistura de raiva, ameaça e desalento.

Como ele decaiu. Como desanimou. Como se diminuiu. Improvisando essa frase vazia, morando em um pardieiro, ignorado em um fim de mundo; enquanto Tony, aquele bostinha que vive se autopromovendo, se exibindo, perambula por aí com os ricos e entorna champanhe; devora caviar, línguas de cotovia e leitões; frequenta festas de gala e se deleita com a adoração de seu séquito, de seus lacaios, de seus bajuladores...

Que outrora foram os bajuladores de Felix.

Isso dilacera. Envenena. Fermenta a vingança. Quem dera...

Chega. *Ombros retos*, ele ordena ao seu reflexo cinzento. *Aguenta o tranco*. Ele sabe, sem olhar, que está ganhando uma pancinha. Talvez devesse arranjar uma cinta.

Esquece! Isso aperta a barriga! Há trabalho a ser feito, tramas a serem tramadas, fraudes a serem fraudadas, vilões a serem enganados! *Três pratos de trigo para três tigres tristes. Ela perambula pela beira da praia procurando pequenas madrepérolas preciosas.*

Aí. Nem uma sílaba errada.

Ele ainda é capaz. Vai conseguir, apesar de todos os obstáculos. Logo no início, vai deixá-los com um fascínio de cair as calças, não que ele vá apreciar a visão resultante. Vai deixá-los maravilhados, como diz a seus atores. *Vamos fazer mágica!*

E enfiá-la goela abaixo naquele bastardo ardiloso e perverso do Tony.

02/ ALTOS SORTILÉGIOS

Aquele bastardo ardiloso e perverso do Tony é culpa do próprio Felix. Ou pelo menos em grande parte culpa dele. Ao longo dos últimos doze anos, ele tem se sentido culpado com frequência. Deu a Tony muito campo para ação, não supervisionou, não sondou por cima do ombro dele, elegantemente talhado por ombreiras e listras. Não captou as dicas, como qualquer um com meio cérebro e dois ouvidos teria feito. Pior: ele confiou naquele puxa-saco maldoso, naquele alpinista social maquiavélico. Deixou-se levar pela atuação: *Deixe que eu carregue esse fardo por você, delegue-o, mande-me em seu lugar.* Como ele foi tolo.

Sua única desculpa era ter sido distraído, na época, pela dor. Havia pouco tempo, ele tinha perdido sua única filha de um modo terrível. Se ao menos tivesse... se ao menos não tivesse... se tivesse ficado atento...

Não, aquilo ainda é muito doloroso. Não pense mais, ele diz a si mesmo enquanto abotoa a camisa. Esconda isso bem fundo. Finja que foi apenas um filme.

Mesmo que o fato sobre-o-qual-não-se-deve-pensar não tivesse ocorrido, ele provavelmente ainda teria caído na emboscada. Habituou-se a deixar que Tony cuidasse do lado mundano do espetáculo, porque, afinal de contas, Felix era o diretor artístico, como Tony vivia fazendo com que ele relembrasse, e estava no auge de sua capacidade – ao menos era o que as críticas viviam dizendo; portanto, ele deveria se preocupar com objetivos mais elevados.

E ele se preocupava com objetivos mais elevados. Criar as mais luxuosas, as mais belas, as mais impressionantes, as mais inventivas, as mais misteriosas experiências teatrais de todos os tempos. Elevar o nível de exigência tão alto quanto a lua. Fazer de cada produção uma experiência que nenhuma das pessoas presentes jamais esqueceria. Suscitar a respiração coletiva atônita, o suspiro coletivo; fazer com que as pessoas da plateia fossem embora, depois da apresentação, cambaleando um pouco como se estivessem bêbadas. Fazer do festival de Makeshiweg o parâmetro a partir do qual todos os festivais de teatro menores seriam comparados.

Não eram metas mesquinhas.

Para alcançá-las, Felix havia reunido os elencos de apoio mais competentes que conseguiu convencer. Contratou os melhores, inspirou os melhores. Ou ao menos os melhores que ele podia pagar. Escolheu a dedo os gnomos e gremlins técnicos: iluminadores, sonoplastas. Recrutou, entre os cenógrafos e figurinistas mais reconhecidos de sua época, aqueles que conseguiu persuadir. Todos tinham de estar no topo ou mais acima. Se possível.

Para isso, ele precisava de dinheiro.

Conseguir o dinheiro era assunto para o Tony. Um assunto menor. O dinheiro era apenas o meio para um fim, sendo que o fim era a transcendência: isso estava acordado entre eles. Felix, o mago que cavalgava as nuvens; Tony, o faz-tudo que tinha os pés no chão e caçava tesouros. Parecia uma divisão adequada das funções, considerando-se os talentos de cada um. Como o próprio Tony disse, cada um devia fazer aquilo em que era bom.

Felix repreende a si mesmo: idiota. Não entendeu nada. Para quem está no auge de suas capacidades, o topo é sempre nefasto. Do topo, não há outro lugar para ir a não ser para baixo.

Tony sempre esteve muito interessado em liberar Felix dos rituais que ele tanto detestava, como comparecer a coquetéis e adular patrocinadores e mecenas, conviver com o conselho, agilizar a liberação de verbas em várias esferas do governo e escrever relatórios de resultados. Assim, disse Tony, Felix poderia se dedicar a coisas que realmente importavam, como suas observações perspicazes sobre o texto, seus esquemas modernos de iluminação e o momento exato da chuva de papel cintilante, que ele usava com genialidade.

E sua direção, claro. Felix sempre incluiu uma ou duas peças na temporada para que ele mesmo dirigisse. Vez ou outra, ele até assumia o papel principal, se fosse algo que o atraía. Júlio César. O rei escocês. Lear. Tito Andrônico. Todos esses papéis foram triunfos seus! Como cada uma de suas produções!

Ou, ao menos, triunfos de crítica, embora os espectadores de teatro e os mecenas se queixassem de tempos em tempos. A Lavínia de *Tito*, quase nua e se esvaindo em sangue, foi demasiada e perturbadoramente detalhista, eles reclamaram; embora, como Felix salientou, isso fosse mais do que justificado pelo texto. Por que *Péricles* tinha de ser encenada com naves espaciais e seres vindos de outro planeta em vez de veleiros e seres de países estrangeiros? E por que apresentar Ártemis, a deusa da lua, com a cabeça de um louva-a-deus? Mesmo que, como Felix explicou ao conselho em sua própria defesa, soasse totalmente apropriado, quando se pensava profundamente a respeito. E o retorno de Hermione à vida como um vampiro em *Conto de inverno*, que recebeu vaias de verdade. Felix ficou extasiado: que efeito! Quem mais teria feito aquilo? Onde há vaias, há vida!

Aquelas escapadelas, aqueles voos da imaginação, aqueles triunfos haviam sido criações de uma versão anterior de Felix. Haviam sido atos de celebração, de uma exuberância alegre. Pouco antes do golpe de Tony, as coisas mudaram. Ficaram mais sombrias, e isso aconteceu tão depressa...
Auu, auu, auu...
Mas ele não podia uivar.

A esposa dele, Nadia, foi a primeira a deixá-lo, pouco mais de um ano depois do casamento. Foi um casamento tardio, para ele, e inesperado: ele não sabia que era capaz daquele tipo de amor. Ainda estava descobrindo as qualidades dela, começando a conhecê-la de fato, quando ela morreu devido a uma infecção por estafilococo logo depois do parto. Essas coisas acontecem, a despeito da medicina moderna. Ele ainda tenta se recordar da imagem dela, torná-la vívida para si mesmo mais uma vez, mas, ao longo dos anos, ela se afastou lentamente, desbotando como uma Polaroid velha. Agora, ela é pouco mais do que um contorno; um contorno que ele preenche com tristeza.

Então, ficou sozinho com a filha recém-nascida, Miranda. Miranda: que outro nome ele daria a uma menininha sem mãe com um pai coruja de meia-idade? Foi ela que evitou que ele afundasse no caos. Ele suportou da melhor maneira possível, ou seja, não muito bem; mas ainda assim, conseguiu. Contratou ajudantes, claro; ele iria precisar de algumas mulheres, já que não sabia nada sobre o lado prático do cuidado com bebês e, por causa do trabalho, não podia ficar lá com Miranda o tempo todo. Mas ele passava com ela cada momento livre que conseguia. Embora não fossem muitos os momentos livres.

Ele ficou fascinado por ela desde o início. Rondava-a, maravilhado. Tão perfeita, os dedos das mãos, dos pés, os olhos! Que encanto! Tão brilhante que, assim que aprendeu a falar, ele a levou ao teatro. Ela se sentava ali, compreendendo tudo, sem se inquietar ou se entediar, como fariam crianças de menos de dois anos. Ele fazia planos: quando ela estivesse maior, viajariam juntos, poderia mostrar o mundo a ela, poderia ensinar-lhe muitas coisas. Mas então, aos três anos de idade...

Febre alta. Meningite. Tentaram avisá-lo. As mulheres. Mas ele estava em um ensaio, com ordens estritas para não ser interrompido. E elas não souberam o que fazer. Quando finalmente chegou em casa, houve lágrimas de desespero e o percurso de carro até o hospital, mas era tarde demais, tarde demais.

Os médicos fizeram tudo que puderam: todos os clichês foram usados, todas as desculpas, apresentadas. Mas nada funcionou e, então, ela partiu. Foi levada, como costumavam dizer. Mas levada para onde? Ela não poderia simplesmente ter desaparecido do universo. Ele se recusava a acreditar nisso.

Lavínia, Julieta, Cordélia, Perdita, Marina. Todas as filhas perdidas. Mas algumas delas foram reencontradas. Por que não sua Miranda?

O que fazer com um sofrimento daqueles? Foi como se uma enorme nuvem escura se enfurecesse no horizonte. Não: foi como uma nevasca. Não: não foi nada que se pudesse colocar em palavras. Ele não conseguia enfrentar aquilo de cabeça erguida. Precisava transformar ou, no mínimo, isolar aquilo.

Logo depois do funeral com o caixão dramaticamente pequeno, ele mergulhou em *A tempestade*. Foi uma evasiva – ele se conhecia o suficiente na época para saber isso –, mas também era para ser uma espécie de reencarnação.

Miranda se tornaria a filha que não foi perdida; que foi o querubim protetor, alegrando o pai exilado enquanto ambos se deixavam levar pela corrente em meio ao mar sombrio no barco furado em que estavam; que não morreu, mas cresceu e se tornou uma garota adorável. Aquilo que ele não podia ter em vida, ele ainda poderia vislumbrar por meio de sua arte: apenas um relance de canto de olho. Ele criaria um cenário compatível com essa Miranda renascida à qual desejava dar vida. Superaria a si mesmo como ator e diretor. Superaria os limites, distorceria a realidade até fazê-la gemer. Havia um desespero febril nesses seus esforços remotos, mas o melhor tipo de arte não era a que carregava o desespero em seu âmago? Não era sempre um desafio à Morte? Um dedo do meio provocador à beira do abismo?

Seu Ariel, ele havia decidido, seria interpretado por uma travesti sobre pernas de pau, que se transformaria em um vaga-lume gigante em momentos significativos. Seu Calibã seria um morador de rua sarnento (negro ou, talvez, indígena) e com paraplegia, se arrastando pelo palco sobre uma prancha de skate superdimensionada. Estéfano e Trínculo? Ele não os havia desenvolvido por completo, mas chapéus de feltro e braguilhas estariam envolvidos. E malabarismo: Trínculo poderia fazer malabarismos com alguns seres que pegaria na praia da ilha mágica; lulas, por exemplo.

Sua Miranda seria extraordinária. Seria uma criatura selvagem, como era plausível que fosse: naufragou, depois correu pela ilha toda por doze anos, muito provavelmente descalça, afinal onde ela iria arranjar sapatos? Devia ter as solas dos pés semelhantes às de botas.

Após uma busca exaustiva durante a qual ele rejeitou as meramente jovens e as meramente belas, escolheu para o elenco uma ex-ginasta mirim que chegou à medalha de prata nos campeonatos dos Estados Unidos e depois foi aceita na Escola Nacional de Teatro: uma menina abandonada, forte e flexível, que começava a desabrochar. Anne-Marie Greenland era o nome dela. Tão ávida, tão cheia de energia: pouco mais de dezesseis anos. Tinha pouco treino teatral, mas ele sabia que podia obter o que quisesse dela. Uma performance tão fresca que não seria sequer uma performance. Seria a realidade. Através dela, Miranda retornaria à vida.

O próprio Felix seria Próspero, o pai amoroso. Protetor, talvez até superprotetor, mas apenas porque estava agindo a favor dos interesses da filha. E sábio; mais sábio do que Felix. Embora até mesmo o sábio Próspero fosse estupidamente crédulo em relação a seus próximos, e muito absorto no aperfeiçoamento de seus dons mágicos.

O traje mágico de Próspero seria feito de peles de animais; não peles verdadeiras de animais nem mesmo peles realistas, mas de brinquedos de pelúcia que seriam desfeitos e depois costurados juntos: esquilos, coelhos, leões, uma criatura semelhante a um tigre e inúmeros ursos. Esses animais evocariam a natureza elemental dos poderes sobrenaturais, mas ainda assim naturais, de Próspero. Felix havia encomendado algumas folhas falsas, flores pintadas com spray dourado e plumas tingidas com cores espalhafatosas que seriam entrelaçadas às criaturas peludas para dar uma dramaticidade extra e um significado mais profundo à sua capa. Empunharia um bastão que ele encontrou em uma loja de antiguidades: uma elegante bengala em estilo eduardiano com uma cabeça de raposa prateada na ponta, cujos olhos eram provavelmente de jade. O comprimento era pequeno para o bastão de um mago, mas Felix gostava de sobrepor a extravagância e a sutileza. Esse objeto cênico octogenário poderia representar ironia em momentos cruciais. Ao fim da peça, durante o epílogo de Próspero, ele planejou um efeito de pôr do sol com papéis cintilantes caindo como neve.

Essa *Tempestade* seria brilhante: a melhor coisa que já fez. Ele percebia agora que esteve, de modo nada salubre, obcecado com isso. Era como o Taj Mahal, um mausoléu rebuscado erguido em homenagem a um fantasma adorado, ou um ataúde adornado com pedraria de valor inestimável contendo cinzas. Mas seria mais do que isso, porque dentro da bolha encantada que ele estava criando, sua Miranda viveria de novo.

Por isso foi ainda mais aniquilador para ele quando a peça foi por água abaixo.

03/ USURPADOR

O s ensaios estavam prestes a começar quando Tony colocou as cartas na mesa. Doze anos depois, Felix ainda se recorda de cada palavra daquele encontro.

A conversa havia começado de modo bastante normal, em uma das reuniões habituais entre eles às quintas-feiras. Nessas reuniões, Felix apresentava sua lista de incumbências para Tony, que atualizava Felix a respeito de qualquer detalhe que exigisse a atenção ou a assinatura dele. Normalmente, não havia muitos casos desses porque Tony era tão eficiente que já havia se encarregado das questões realmente importantes.

— Vamos ser rápidos — Felix iniciou, como de hábito. Percebeu, com certa aversão, que a estampa da gravata vermelha de Tony alternava lebres e tartarugas: sem dúvida, uma tentativa de ser espirituoso. Tony tinha um gosto, um gosto cada vez mais frívolo, por bagatelas dispendiosas. — Minha lista de hoje: número um, precisamos substituir o cara da iluminação, ele não faz o que preciso. E quanto ao traje mágico, temos de encontrar...

— Receio ter más notícias para você, Felix — disse Tony. Ele estava usando um de seus ternos elegantes, o que geralmente significava que houve reunião do conselho; Felix havia adquirido o hábito de faltar a elas. O presidente, Lonnie

Gordon, era um homem digno, mas chato de doer, e o restante do conselho era um bando de marionetes que concordava com tudo. Entretanto, Felix não perdia muito tempo com eles porque Tony os mantinha na linha.

— Ah? O que é? — Felix perguntou. Más notícias geralmente significavam uma carta de reclamação banal de algum mecenas irritado. Lear precisava tirar *toda* a roupa? Ou poderia ser a conta da lavanderia de um espectador da primeira fila insatisfeito com sua participação na cena interativa com respingos: a cabeça ensanguentada de Macbeth foi arremessada com muita força no palco, o globo ocular de Gloucester escapou das mãos de quem o arrancou e a geleia nojenta, tão difícil de limpar, manchou a seda com estampa floral.

Tony lidava com essas reclamações rabugentas, e lidava bem; aplicava a dose certa de desculpas misturadas com bajulação, mas gostava de manter Felix prevenido caso acontecesse algum contato imediato de grau desagradável na entrada do palco. Se criticado, Felix podia reagir com um excesso de adjetivos obscenos, dizia Tony. Felix dizia por sua vez que a linguagem dele era sempre apropriada para a ocasião, e Tony dizia que era evidente, mas da perspectiva dos mecenas isso nunca acabava bem. E, além disso, podia chegar aos jornais.

— Infelizmente — disse Tony. Houve uma pausa. Ele tinha uma expressão estranha no rosto. Não era um sorriso: era uma boca caída com um sorriso por baixo. Felix sentiu os pelos do pescoço arrepiarem. — Infelizmente — disse Tony por fim, usando seu tom de voz mais suave — o conselho aprovou a rescisão de seu contrato. Como diretor artístico.

Agora era a vez de Felix fazer uma pausa.

— O quê? — disse ele. — Isso é uma brincadeira, né?
— Eles não podem fazer isso, ele pensou. Sem mim, o festival inteiro viraria cinzas! Os doadores sumiriam, os atores se demitiriam, os restaurantes sofisticados, as lojas de suvenires e as pousadas faliriam. E a cidade de Makeshiweg afundaria novamente no anonimato de onde ele, com toda sua habilidade, a arrancava, verão após verão; afinal, o que mais ela tinha a seu favor além do pátio de manobra de trens? Manobra de trens não era assunto. Não se pode elaborar um menu inspirado em manobra de trens.

— Não — disse Tony. — Receio que não seja brincadeira. — Outra pausa. Felix olhava fixamente para Tony, como se o visse pela primeira vez. — Eles acham que você... sabe... não está mais tão afiado, que está perdendo a dianteira. — Mais uma pausa. — Expliquei a eles que você está em choque, desde que sua filha... desde sua perda trágica e recente, mas que tinha certeza de que você sairia dessa. — Esse foi um golpe tão baixo que deixou Felix sem ar. Como eles ousavam usar aquilo como desculpa? — Tentei tudo que pude — Tony acrescentou.

Era mentira. Os dois sabiam disso. Lonnie Gordon, o presidente, nunca bolaria um golpe como esse, e os demais membros do conselho eram zeros à esquerda. Homens indicados, indicado por Tony. E mulheres indicadas, eram duas. Recomendações de Tony, cada um deles.

— Afiado? — Felix perguntou. — Que merda de *afiado*?
— Quem já havia tido mais fio do que ele?

— Bom, seu contato com a realidade — disse Tony. Eles acham que você tem problemas de saúde mental. É compreensível, eu disse a eles, em vista da sua... Mas eles não conseguem ver isso. A capa de pele de animais extrapolou os limites. Eles viram os esboços. Dizem que você fará os ativistas pelos direitos dos animais virem para cima da gente como um enxame de vespas.

— Isso é ridículo — disse Felix. — Não são animais de verdade, são *brinquedos* de criança!

— Como você pode perceber — disse Tony, com uma paciência condescendente —, não é essa a questão. Eles parecem animais. E a capa não é a única objeção. Eles realmente deram um basta diante de Calibã com paraplegia, dizem que vai muito além do mau gosto. As pessoas vão pensar que você está ridicularizando a deficiência. Algumas delas iriam levantar e sair da sala. Ou iriam sair sentadas em cadeiras de rodas: temos muitos... Nosso grupo demográfico não está abaixo dos trinta anos.

— Ai, Cristo! — disse Felix. — Esse politicamente correto já saiu do controle! Está no texto, ele é deformado! No mínimo, nos dias de hoje, Calibã é o favorito do público, todo mundo o aplaudiria, eu só...

— Entendo, mas a questão — disse Tony —, é que precisamos vender ingressos suficientes para justificar os subsídios. As últimas críticas foram... ambivalentes. Principalmente na temporada passada.

— Ambivalentes? — disse Felix. — As críticas da temporada passada foram sensacionais!

— Eu escondi as ruins de você — disse Tony. — Foram muitas. Tenho-as aqui na minha pasta, se você quiser dar uma olhada.

— Por que diabos você fez isso? — perguntou Felix. — Escondê-las? Não sou criança.

— Críticas ruins deixam você irridatiço — disse Tony. — Aí você desconta no elenco. Arruína os ânimos.

— *Nunca* fico irritadiço — Felix gritou. Tony ignorou aquilo.

— Aqui está a carta de rescisão — disse, puxando um envelope do bolso interno da jaqueta. — O conselho aprovou seu plano de aposentadoria, em agradecimento aos muitos anos de serviços. Tentei ampliá-lo. — Houve um sorriso nitidamente forçado.

Felix pegou o envelope. Seu primeiro impulso era rasgá-lo em pedaços, mas ele estava, de certo modo, paralisado. Tinha tido desentendimentos ao longo de sua carreira, mas nunca tivera um contrato rescindido antes. Expulso! Jogado para fora! Descartado! Ele se sentia completamente entorpecido.

— Mas a minha *Tempestade...* — ele disse. — Vai adiante? — Ele já estava implorando. — Pelo menos isso? — Sua melhor criação, seu maravilhoso tesouro, espatifado. Pisoteado no chão. Apagado.

— Receio que não — disse Tony. — Nós... eles acharam que seria melhor apagar tudo. A produção será cancelada. Você encontrará os objetos pessoais de seu escritório ao lado de seu carro. Aliás, vou precisar de sua senha de segurança. Quando você estiver pronto.

— Vou levar isso ao ministro do Patrimônio Cultural — Felix disse, sem forças. Sabia que isso não levaria a nada. Tinha estudado junto com Sal O'Nally, eram rivais na época. Tinha havido uma desavença devido a um incidente de roubo de lápis que Felix havia vencido e Sal, era evidente, nunca havia esquecido. Sal havia opinado, em várias entrevistas à TV diretamente apontadas para o meio das pernas de Felix, que o festival de Makeshiweg deveria trazer mais comédias de Noël Coward e peças de Andrew Lloyd Webber e outros musicais. Não que Felix tivesse alguma coisa contra musicais, ele havia começado sua carreira teatral em uma produção estudantil de *Garotos e garotas*, mas uma programação inteira de musicais...

A noviça rebelde, dissera Sal. *Cats*. *Crazy for You*. Sapateado. Coisas que o indivíduo comum conseguia entender. Mas o indivíduo comum conseguia entender perfeitamente a abordagem de Felix! O que havia de tão difícil em Macbeth ser encenado com motosserras? Atual. Direto.

— Na verdade, o ministro do Patrimônio Cultural está completamente de acordo — disse Tony. — Como seria de se esperar, submetemos nossa decisão ao Sal... ao ministro O'Nally... antes da aprovação final, para confirmar que estávamos indo pelo caminho certo. Lamento por tudo isso, Felix — ele acrescentou, sem nenhuma sinceridade. — Sei que é um choque para você. E muito difícil para todos nós.

— Você teria um substituto em mente, suponho — disse Felix, forçando a voz para um tom mais baixo, razoável. *Sal*. Então, tratava-o pelo primeiro nome. Era assim que as coisas estavam. Ele não podia perder a frieza. Salvaria os trapos de sua dignidade.

— Na realidade, sim — disse Tony. — O Sal... O conselho pediu... ãhn... que eu assumisse. Interinamente, é óbvio. Até ser encontrado um candidato com o devido calibre.

Interinamente o caramba, pensou Felix. Agora estava claro para ele. A discrição, a sabotagem. O subterfúgio de víbora. A tremenda traição. Tony havia sido o instigador, o executante, do início ao fim. Esperou até que Felix estivesse vulnerável ao máximo e, então, atacou.

— Seu bastardo ardiloso e perverso! — ele gritou, o que lhe deu certa satisfação. Embora pequena, considerando-se aquilo tudo.

04/ TRAJE

Então, dois homens da segurança vieram até a sala. Eles devem ter esperado do lado de fora da porta, para ouvir a deixa, que provavelmente era o grito de Felix. Agora ele se culpava por ter sido tão previsível.

Tony deve ter ensaiado os caras da segurança antes: ele não era nada menos que eficiente. Posicionaram-se um em cada lado de Felix, um tinha a pele negra e o outro, a pele marrom; tinham os braços musculosos cruzados e uma expressão impenetrável. Eram funcionários novos: Felix não os conhecia. Mais especificamente, eles não conheciam Felix e, portanto, não lhe deviam lealdade. Mais uma manobra de Tony.

— Isso é desnecessário — Felix disse, mas a essa altura Tony estava bem além de sentir necessidade de responder. Fez um gesto de desdém com os ombros, de aprovação com a cabeça (desdém de poder, aprovação de poder) e Felix foi escoltado de modo educado, mas com firmeza, para fora, até o estacionamento, com uma mão de ferro pousando junto a cada um de seus cotovelos.

Havia uma pilha de caixas de papelão ao lado de seu carro. Seu carro vermelho, um Mustang conversível de segunda mão que ele comprou em um acesso de rebeldia da meia-idade, na época em que ainda se sentia estiloso. Antes de Miranda e da ausência de Miranda. Já estava enferrujando na época e, desde então, havia enferrujado mais. Ele planejava dá-lo como parte do pagamento e pegar outro carro, um carro mais sóbrio. Lá se ia aquele plano: ele não tinha aberto o envelope da rescisão, mas já sabia que conteria o mínimo possível. Não o suficiente para esbanjar com coisas como carros seminovos.

Chuviscava. Os homens da segurança ajudaram Felix a colocar as caixas no Mustang enferrujado. Não disseram nada e Felix também não; o que havia a dizer?

As caixas estavam ensopadas. O que havia nelas? Papéis, objetos de recordação, quem sabia? Naquele momento, Felix não dava a mínima. Pensava em um gesto grandioso, como despejar tudo no estacionamento e atear fogo, mas com o quê? Seria preciso gasolina, ou algum tipo de explosivo, e ele não tinha nenhum dos dois; além do mais, por que dar a Tony mais munição? (Bombeiros mobilizados, polícia convocada, Felix sendo levado em algemas, gaguejando e gritando, depois seria acusado de incêndio criminoso e perturbação da ordem. Um especialista em psiquiatria seria trazido, pago por Tony. O diagnóstico, dado. *Viram?* Tony diria ao conselho. *Paranoico. Psicótico. Graças aos céus fomos capazes de nos livrarmos dele a tempo, antes que ficasse louco bem no teatro.*)

Enquanto os três enfiavam as últimas caixas ensopadas no carro de Felix, uma figura roliça, solitária, veio andando pesadamente do outro lado do estacionamento. Era Lonnie Gordon, o presidente do conselho do festival, segurando um guarda-chuva sobre sua cabeça – que tinha mechas esparsas de cabelo e uma papada – e carregando uma sacola plástica, algum tipo de bastão e o que parecia ser uma braçada de gambás com um gato branco morto em cima.

Velhote excêntrico e traiçoeiro. Felix não se dignou a olhá-lo sequer de relance.

Arrastando os pés, arrastando, mancando e mancando, pisando nas poças, lá vinha o gorducho do Lonnie, ofegante como uma morsa.

— Lamento muito, de verdade, Felix — ele disse quando ficou na altura da traseira do carro.

— Uma ova — disse Felix.

— Não fui eu — Lonnie disse, com tristeza. — Fui voto vencido.

— Grande bosta — disse Felix. O bastão era sua bengala com cabeça de raposa; o gato morto era a barba falsa de seu Próspero; os gambás eram o traje mágico. O que viria a ser seu traje mágico, que estava úmido, com o pelo desgrenhado. Os muitos olhos de plástico dos animais o olhavam fixamente como se fossem contas entre os pelos, os muitos rabos estavam caídos. Sob a luz cinzenta do dia, aquilo parecia bobo. Mas, no palco, pronto, entremeado com a folhagem e pintado com spray em tons dourados, com o realce de lantejoulas, ficaria esplêndido.

— Fico triste que você se sinta assim — disse Lonnie.

— Pensei que você poderia querer ficar com essas coisas. — Empurrou a capa, a barba e a bengala para Felix, que manteve as mãos ao lado do corpo e simplesmente deu a ele um olhar furioso. Por um instante, houve constrangimento. Lonnie estava realmente aflito: era um velho tolo e sentimental, que chorava ao fim das tragédias. — Por favor — disse. — Como recordação. Depois de todo seu trabalho. — Ele estendeu novamente as peças. O segurança de pele negra as pegou e as enfiou nas caixas de cima.

— Você não precisava se incomodar — disse Felix.

— E isso — disse Lonnie, estendendo a sacola plástica. — É seu texto. De *A tempestade*. Com as suas notas. Tomei a liberdade de dar uma olhada... ficaria maravilhosa — ele continuou, com a voz trêmula. — Talvez isso venha a ser útil algum dia.

— Você está alucinando — disse Felix. — Você e aquela latrina do Tony arruinaram minha carreira, e você sabe disso. Daria na mesma ter me levado para um passeio e atirado em mim. — Aquilo foi um exagero, mas também era um alívio para Felix conseguir esfregar no nariz de alguém a própria angústia. Alguém de coração mole e espinha fraca, suscetível, portanto, à esfregada no nariz, ao contrário de Tony.

— Ah, tenho certeza de que tudo vai se resolver para você — disse Lonnie. — Afinal, tanta criatividade, tanto talento... Deve haver um monte... bem, outros lugares... um recomeço...

— Outros lugares? — perguntou Felix. — Tenho cinquenta anos, por Cristo. Minha data de validade para recomeços venceu, você não acha?

Lonnie engoliu em seco.

— Entendo o que você... Vamos fazer um discurso de agradecimento a você na próxima reunião do conselho, e há a proposta de uma estátua, sabe, como um busto, ou talvez uma fonte, em seu nome...

Criatividade. Talento. As duas palavras mais desgastadas do ramo, Felix pensou, com amargor. E as três coisas mais inúteis do mundo: pinto de padre, teta de freira e sinceros discursos de agradecimento.

— Enfiem o busto... — ele disse. Mas depois abrandou. — Obrigado, Lonnie — falou. — Sei que você tem boas intenções. — Estendeu a mão. Lonnie a apertou.

Aquilo era mesmo uma lágrima descendo pela bochecha excessivamente vermelha? Era um tremor de queixo? Lonnie deveria tomar cuidado com Tony na direção, Felix pensou. Principalmente se ele continuar demonstrando esse remorso choroso. Tony não teria escrúpulos; esmagaria qualquer oposição, puniria qualquer hesitação, se cercaria de bandidos, cortaria quem fosse inútil.

— Se, em algum momento, você precisar de uma recomendação — falou Lonnie —, ficarei feliz em... ou... Entendo que há... talvez depois de um descanso... Você tem trabalhado demais, desde sua... sua enorme tristeza... Lamentei tanto, tem sido coisa demais, ninguém deveria ter de...

Lonnie foi ao funeral; aos dois funerais. Primeiro, o de Nadia. Ficou muito perturbado no caso de Miranda. Jogou um pequeno buquê de rosas de cor *rosé* no túmulo minúsculo, de um modo um tanto teatral, pensara Felix na hora, embora tivesse apreciado o gesto. Depois, Lonnie teve uma crise de nervos, soluçando em um lenço branco tão grande quanto uma toalha de mesa.

Tony também esteve no funeral, aquela ratazana dissimulada, usando uma gravata preta e mantendo uma expressão de luto no rosto, embora devesse estar aperfeiçoando seu golpe até naquele momento.

— Obrigado — respondeu Felix de novo, interrompendo Lonnie. — Vou ficar bem. E obrigado — ele disse aos dois seguranças. — Vocês ajudaram bastante. Agradeço.

— Dirija com segurança, sr. Phillips — disse um deles.

— Isso — disse o outro. — Só fizemos nosso trabalho.

— Era um pedido de desculpas, à sua própria maneira. Eles provavelmente sabiam como era ser demitido.

Então, Felix sentou em seu carro inadequado e dirigiu, saindo do estacionamento e entrando no que restava de sua vida.

05/ POBRE
MORADIA

O que restava de sua vida. Quão longo isso outrora lhe parecia. Com que rapidez passou. Quanto daquele tempo foi desperdiçado. Quão pouco faltava agora.

Ao deixar o estacionamento do festival, Felix não tinha a sensação de conduzir o carro. Em vez disso, sentiu que estava sendo conduzido, como se fosse carregado por um vento forte. Sentia frio, embora, a essa altura, a garoa tivesse passado e o sol estivesse brilhando, e o aquecedor estivesse ligado. Será que ele estava em choque? Não. Não estava trêmulo. Estava calmo.

O teatro, com as bandeiras ondulantes, a fonte de golfinho expelindo água, o entorno ajardinado com flores e o público festivo tomando sorvete, logo desapareceu. Entrou na rua principal de Makeshiweg, com seus restaurantes caros e bares adornados com bustos de poetas antigos, porcos, rainhas da Renascença, sapos, gnomos e galos, e seus bazares de produtos de lã celta, lojas de entalhes inuíte e butiques de porcelana inglesa, seguidas das belas casas de tijolo amarelo em estilo vitoriano, às vezes com placas indicando serem pousadas, tudo desaparecendo para dar lugar a uma sequência de drogarias, sapateiros e manicures tailandesas. E, então, depois de mais alguns semáforos, os bazares de depósitos de tapetes, os pontos de comida mexicana e os paraísos de hambúrguer nos shoppings dos arredores também ficaram para trás, e Felix ficou à deriva.

Onde ele estava? Não tinha ideia. Ao seu redor se estendiam campos contínuos, o verde tenro dos trigais na primavera, o verde mais escuro das plantações de soja. Ilhas de árvores que perfilavam suas folhas brilhantes ou leves como plumas em volta de casas de fazenda centenárias, com seus celeiros de madeira acinzentada ainda em uso e seus silos pontuando o horizonte. A estrada agora era de cascalho e não estava em bom estado de manutenção.

Ele reduziu a velocidade, olhou ao redor. Estava ansioso por um recanto, um esconderijo, um lugar onde não conhecesse ninguém e ninguém o conhecesse. Um retiro onde poderia se recuperar, porque agora ele começava a admitir para si mesmo o quão profundamente estava magoado.

Em um ou dois dias, no máximo três, Tony plantaria alguma história mentirosa nos jornais. A notícia seria de que Felix pediu demissão do cargo de diretor artístico para buscar novas oportunidades, mas ninguém acreditaria nessa versão. Se ele ficasse em Makeshiweg, repórteres mal-intencionados iriam farejar sua trilha, apreciando a queda do poderoso. Perguntariam a ele se queria fazer algum comentário, na esperança de provocar alguma gritaria por parte dele, considerando-se sua reputação de irascível. Mas gritar seria um desperdício de fôlego, o que conseguiria com isso?

O sol estava se pondo; sua luz, oblíqua, ficou mais amarela. Por quanto tempo ele ficou ali? Onde quer que *ali* fosse. Ele seguiu em frente.

A alguma distância da estrada, ao fim de uma viela abandonada, havia uma estrutura estranha. Parecia ter sido construída na parte baixa de uma encosta, encrustada na terra, apenas a fachada aparecendo. Tinha uma janela e uma porta, que estava aberta. A tubulação de metal da chaminé saía da parede e depois se dobrava para cima, e tinha uma tampa de lata no alto. Havia um varal com um único pregador ainda prendendo um retalho de pano de prato. Era o último lugar em que alguém esperaria que Felix pousasse.

Olhar não faria mal. Então, Felix olhou.

Parou o carro na beira da estrada e caminhou pela viela, com o capim úmido e as ervas farfalhando em suas calças. A porta rangeu quando ele a empurrou, mas uma gota de óleo nas dobradiças resolveria aquilo. O teto era baixo, com vigas feitas de postes de madeira que haviam sido caiados no passado e agora estavam cobertos de teias de aranha. O interior tinha um cheiro não tão desagradável de terra e madeira, com um vestígio de cinza: era do fogão de ferro com duas bocas e uma pequena estufa; enferrujado, mas ainda inteiro. Dois cômodos, o principal e o que deve ter sido o quarto, onde havia uma claraboia (o vidro parecia relativamente novo), e uma porta lateral, fechada com um gancho. Felix puxou o gancho da porta e a abriu. Havia uma trilha com capim crescido e um banheiro externo. Felizmente ele não estaria sujeito a cavar uma latrina: outros haviam feito isso por ele.

Não havia móveis além de um antigo e pesado guarda-roupa de madeira no quarto e uma mesa de fórmica, vermelha com redemoinhos prateados, na cozinha. Sem cadeiras. O piso era de tábuas largas: ao menos não era de terra. Havia até mesmo uma pia, com bomba manual. E instalação de luz elétrica, que milagrosamente funcionava. Alguém deve ter morado ali depois de, digamos, 1830.

Tinha menos do que o estritamente essencial, mas ele poderia localizar o proprietário, fechar um acordo, consertar o lugar aos poucos; servia.

Ao escolher esse barraco e as privações que viriam com isso, evidentemente demonstrava taciturnidade. E se mortificaria, representando o mártir, o eremita. *Vejam como sofro.* Reconheceu a própria atuação, uma atuação sem plateia exceto ele mesmo. Esse abatimento voluntarioso era infantil. Não estava agindo como um adulto.

Mas, na verdade, quais eram suas opções? Ele era muito conhecido para encontrar outro emprego; ao menos não com um prestígio à altura, um que ele quisesse. E Sal O'Nally, com a mão na arca do tesouro dos subsídios, engenhosamente bloquearia qualquer nomeação de alto escalão: Tony não ia querer um rival, com Felix superando o festival de Makeshiweg em alguma outra posição privilegiada. Trabalhando juntos, como obviamente já estavam, Tony e Sal garantiriam que a cabeça de Felix ficasse submersa. Então, por que dar a eles a satisfação de vê-lo tentar?

Ele dirigiu de volta a Makeshiweg pelo caminho que veio e parou em frente a um pequeno chalé de tijolos que havia sublocado para a atual temporada. Desde aquele impensável intervalo de tempo... desde que ele não tinha mais família, escolheu não ter sua própria casa. Alugava as casas dos outros. E ainda tinha alguns itens de mobília: cama, escrivaninha, uma luminária, duas cadeiras antigas de madeira que ele e Nadia obtiveram em uma venda de garagem. Pequenos objetos pessoais. Itens que restaram daquilo que um dia foi uma vida completa.

E uma foto de Miranda, obviamente. Ele sempre a mantinha perto de si, onde pudesse olhá-la caso sentisse que estava começando a escorregar para dentro da escuridão. Ele mesmo tirou aquela foto, quando Miranda estava com quase três anos. Foi sua primeira vez em um balanço. Sua cabeça estava inclinada para trás; ela ria de alegria; estava voando no ar; seus pequeninos punhos agarravam as cordas; a luz da manhã formava uma auréola em torno de seu cabelo. A moldura da foto era pintada de prateado; uma janela de moldura prateada. Do outro lado daquela janela mágica ela ainda estava viva. E agora teria de ficar presa atrás do vidro, porque, com a destruição de sua *Tempestade*, a nova Miranda, a Miranda que ele estava pretendendo criar ou, se possível, ressuscitar, estava morta na água.

Tony não tinha sequer tido a decência de permitir que ele se reunisse com a equipe de suporte técnico e os atores. Para dizer adeus. Expressar sua tristeza pelo fato de sua *Tempestade* não acontecer. Foi enxotado como um criminoso. Será que Tony e seus ajudantes tinham medo dele? Medo de uma rebelião geral, um contragolpe? Será que ele pensava mesmo que Felix tinha tanto poder?

Ele telefonou para a empresa de mudanças e perguntou em quanto tempo poderiam vir. Era uma emergência, disse; precisava de tudo embalado e armazenado o mais depressa possível; pagaria um extra pela urgência. Preencheu um cheque para o proprietário do imóvel sublocado, cobrindo o saldo devedor do contrato. Foi ao banco, depositou a merda da indenização que Tony lhe deu, informou ao gerente que em breve teria um novo endereço e o notificaria por escrito.

Felizmente, ele tinha algum dinheiro guardado. Por ora, permaneceria invisível para o mundo lá fora.

Sua próxima missão era localizar o proprietário da moradia na encosta da colina. Voltou dirigindo até a estrada de cascalho e tentou a casa da fazenda mais próxima. Uma mulher atendeu: de meia idade, aparência mediana, altura mediana, cabelos de cor neutra escovados para trás em um rabo de cavalo. Jeans e blusa de moletom; atrás dela, nas placas do piso de linóleo, um brinquedo de criança. O coração de Felix deu um pequeno salto.

A mulher cruzou os braços e se posicionou, bloqueando a entrada.

— Já vi seu carro antes — ela disse. — Lá em cima, no barraco.

— Sim — disse Felix, com o que ele considerava serem seus modos mais encantadores. — Eu estava pensando... Você sabe quem é o proprietário?

— Por quê? — perguntou a mulher. — Não somos nós. Não pagamos nenhum imposto sobre aquilo. Aquela velharia não vale nada. É o que restou dos pioneiros ou coisa assim, antes de eles terem algum dinheiro. Eu disse ao Bert que deveria ter sido queimada há anos.

Ah, pensou Felix. Poderá ser feito um acordo.

— Estou doente — ele disse, o que não era totalmente mentira. — Preciso de um descanso no campo. Acho que o ar me faria bem.

— Ar — disse a mulher com um riso de deboche. — Tem muito ar por aqui, se é isso que você quer. Da última vez que conferi, era de graça. Sirva-se.

— Eu gostaria de morar no pequeno chalé — Felix disse, sorrindo de modo inofensivo. Queria dar a impressão de ser excêntrico, mas não muito excêntrico. Um lunático, mas não um maníaco. — Eu pagaria o aluguel, lógico. Em dinheiro — acrescentou.

Aquilo mudou tudo; Felix foi convidado a entrar e a se sentar à mesa da cozinha, e eles passaram à negociação. A mulher queria o dinheiro, não escondeu isso. Bert, o marido, não conseguia produzir alfafa suficiente e transportava propano para pagar as contas, e ainda tirava a neve das entradas de carros no inverno. Passava muito tempo longe e deixava tudo para ela cuidar. Outro riso de deboche, um meneio de cabeça: "tudo" incluía lunáticos como Felix.

Ela disse que volta e meia havia gente morando no barraco, os últimos foram "dois hippies, ele era pintor e ela era o que quer que se chame quem mora com pintores", isso foi há um ano. Antes disso, foi um tio pobre dela; e antes disso, uma tia de Bert que não era lá muito boa da cabeça e precisou ser internada. Antes disso tudo, ela não sabia, porque foi antes de sua época. Tinha gente que dizia que a casinha era assombrada, mas Felix não devia dar atenção a esse boato, zombou ela, porque essas pessoas eram ignorantes e aquilo não era verdade. (Estava óbvio que ela achava que era.)

Ficou acertado que Felix poderia usar o barraco e fazer as melhorias que quisesse. Bert limparia a viela no inverno, assim Felix não teria de caminhar pela neve o tempo todo. Maude, a esposa, receberia o dinheiro, em um envelope, todo primeiro dia do mês, e se alguém perguntasse, aquilo nunca havia acontecido, porque Felix era tio dela e estava ali de graça. Ela e Bert forneceriam a lenha para o fogão: o filho adolescente deles podia transportá-la com o trator. Ela já havia incluído o custo daquilo no preço. Se Felix quisesse, ela poderia lavar a roupa dele, por um adicional.

Felix agradeceu e disse que deveriam esperar e ver o que acontecia. De sua parte, ele estipulou que ela não falasse com ninguém a seu respeito. Ele queria ser discreto, disse. Tinha seus motivos, mas que não envolviam crime.

Ela o olhou de soslaio; não acreditava nele quanto à criminalidade, mas também não se importava.

— Quanto a isso, pode confiar em mim — ela disse. Curiosamente, confiava nela.

Na porta, deram um aperto de mãos. Ela tinha uma empunhadura forte, mais parecida com a de um homem.

— Qual é o seu nome? — ela perguntou. — Quer dizer, que nome devo dizer, se for o caso?

Felix hesitou. *Não é da sua conta* foi o que lhe veio à ponta da língua.

— Sr. Duke — ele disse.

06/ ABISMO
DO TEMPO

Não demorou muito para Felix descobrir que era fácil desaparecer, e que seu desaparecimento era suportado com leveza pelo mundo lá fora. A lacuna que sua súbita ausência deixou na estrutura do festival de Makeshiweg foi preenchida com rapidez suficiente; preenchida, aliás, por Tony. O espetáculo continuou, como acontece com os espetáculos.

Para onde tinha ido Felix? Era um mistério, mas não do tipo que alguém parecia estar interessado em resolver. Ele podia imaginar o papo-furado. Talvez ele tenha tido um colapso? Pulou de uma ponte? Não era difícil de imaginar: a intensidade de seu sofrimento quando a menininha morreu, que tragédia, e depois o modo como ele ficou imediatamente obcecado com aquela sua versão francamente bizarra da *Tempestade*. Mas não era preciso imaginar por muito tempo; para todos que imaginavam, outras questões, mais prementes, logo ocuparam o espaço vazio deixado pela partida de Felix e as repercussões das fofocas devem ter abrandado depressa. Havia carreiras a serem fomentadas, papéis a serem memorizados, habilidades a serem aperfeiçoadas. *Um brinde ao velhaco maluco*, ele conseguia imaginá-los dizendo no Toad and Whistle ou no King's Head ou ainda no Imp and Pig-Nut, ou em qualquer outro lugar onde os atores e os factótuns do festival tinham o hábito de erguer copos nas horas de folga. *Ao maestro. A Felix Phillips, onde estiver.*

Felix transferiu sua conta bancária para uma agência em Wilmot, a duas cidades de distância, onde também alugou uma caixa postal pessoal. Afinal de contas, ainda estava vivo; precisaria, por exemplo, pedir a restituição de imposto de renda. Nada colocaria os cães no seu encalço mais depressa do que a incapacidade de seguir as regras. Aquele era o preço mínimo a ser pago pelo privilégio de perambular sobre a crosta terrestre e continuar a respirar, comer e cagar, ele pensou, mal-humorado.

Abriu uma segunda conta bancária em nome de F. Duke, alegando que era seu pseudônimo. Ele era escritor, explicou ao banco. Ter um alter ego, um que não tivesse sua história melancólica, o agradava. Felix Phillips estava acabado, mas F. Duke ainda poderia ter uma chance; embora ele não soubesse dizer de que tipo.

Para fins de pagamento de impostos, manteve o próprio nome. Era mais simples desse jeito. Mas ele era o "Sr. Duke" para Maude e Bert, para a filhinha carrancuda deles, Crystal, que achava claramente que Felix era um devorador de crianças, e para Walter, o filho adolescente e mal-humorado deles que, nos primeiros anos, antes de se mudar para trabalhar em Alberta, de fato transportava alguns carregamentos de lenha para a modesta moradia de Felix a cada outono.

Por um tempo, Felix tentou se divertir dando a Maude o papel da bruxa de olhos azuis, a feiticeira Sicorax, e a Walter o de Calibã, o transportador de madeira e lavador de pratos semi-humano, em sua própria *Tempestade* pessoal, sua *Tempestade*, montada em sua cabeça, mas que não durou muito. Nada daquilo se encaixava: Bert, o marido, não era o demônio, e a jovem Crystal, uma criança rechonchuda e atarracada, não podia ser imaginada no papel de Miranda, que se parecia com uma sílfide.

E não havia nenhum Ariel nesse grupo; assim, Felix pagou a Bert, que era habilidoso com as ferramentas, para puxar um cabo elétrico extra da casa da fazenda, ao lado do outro, certamente ilegal, que já existia. Com isso, ele conseguia colocar em funcionamento um pequeno aquecedor nos dias frios e também um frigobar e uma chapa elétrica de duas bocas, embora não pudesse usar todos eles ao mesmo tempo sem causar um apagão. E comprou uma chaleira elétrica. Maude estimava quanta energia ele usava e cobrava dele o valor correspondente. Se a família de Maude fosse algo em *A tempestade*, seriam elementais de menor qualidade: uma fonte de energia, mas não muita, ele dizia a si mesmo como piada.

Exceto pelo envelope de dinheiro que Felix entregava nas mãos ásperas de Maude no primeiro dia de cada mês, ele tinha pouco contato com seus senhorios, se é que eles eram isso. A família de Maude cuidava das próprias atividades. E Félix cuidava da dele.

Mas qual era a atividade dele?

Ele tentou evitar notícias sobre teatro, ler sobre teatro e pensar no teatro. Era perturbador demais. Mas suas tentativas raramente eram bem-sucedidas. Viu-se comprando os jornais locais e até mesmo os de cidades próximas, examinando as críticas e depois rasgando-as para usá-las no acendimento do fogo.

Durante essa fase inicial de luto e ressentimento, ele se dedicou às melhorias em sua moradia. A atividade era terapêutica. Colocou o interior do lugar em ordem, eliminou as teias de aranha, tirou seus poucos objetos do depósito e os levou para dentro. Com um pouco de lubrificação, manutenção para a retirada de ar e uma nova vedação de borracha, a bomba manual funcionou. Não havia mistério quanto ao banheiro externo: era funcional e, até o momento, não cheirava mal. Ele comprou um pacote de uma substância granulada marrom vendida como o produto ideal para banheiros externos e jogava um pouco ali de tempos em tempos. Colocou um tapete no chão do quarto. Colocou uma mesa de cabeceira. A foto de Miranda, rindo de alegria, foi colocada com destaque sobre ela.

Apesar de suas patéticas tentativas de criar um lar, tinha o sono agitado e acordava com frequência.

Comprou alguns instrumentos na loja de ferragens de Wilmot: um martelo e uma foice. Cortou a relva na frente do barraco, limpou a janela e, de forma mais precária, a claraboia. Pensou em fazer uma horta, plantar tomates e vegetais. Mas não: isso seria ir longe demais. Ainda assim, se manteve ocupado. Trabalhar na casa, essa era a ocupação dele.

Não era o suficiente.

Foi à biblioteca e pegou alguns livros emprestados. Ele devia certamente usar essa oportunidade para ler todos aqueles clássicos que nunca encarou na juventude. *Os Irmãos Karamázov*, *Anna Kariênina*, *Crime e Castigo*... Mas não conseguiu: havia muita vida real neles, muita tragédia. Em vez disso, se viu gravitando entre as histórias infantis, nas quais tudo ficava bem no final. *Anne de Green Gables*,

Peter Pan. Contos de fadas: *A Branca de Neve*, *A Bela Adormecida*. Meninas esquecidas mortas em caixões de vidro ou em camas com dossel e depois milagrosamente trazidas de volta à vida pelo toque do amor: era aquilo que ele desejava. Uma inversão do destino.

— Você deve ter netos — uma bibliotecária simpática disse para ele. — Lê para eles? — Felix assentiu com a cabeça e sorriu. Não havia sentido em dizer a verdade a ela.

Mas, depois de algum tempo, até mesmo esse recurso se esgotou para ele, que começou a passar uma reprovável quantidade de tempo sentado no escuro, na cadeira de praia listrada que encontrou em uma venda de garagem, olhando fixamente para o nada. Quem faz isso por um tempo longo o suficiente começa a ver coisas onde, rigorosamente falando, elas não existiam, mas isso não o alarmava. Formas nas nuvens, rostos nas folhas. Essas coisas o faziam se sentir menos solitário.

O silêncio começou a aborrecê-lo. Não o silêncio, exatamente. O canto dos pássaros, o cricrilar dos grilos, o vento nas árvores. As moscas, zunindo no banheiro externo de forma a criar um contraponto. Melodioso. Reconfortante. Às vezes, para fugir dessa quase-música contínua, ele entrava em seu carro, cada vez menos confiável, dirigia até Wilmot e comprava algo na loja de ferragens, apenas para ouvir o som de uma voz humana comum. Depois de alguns anos, possuía um acúmulo de super colas e um pequeno monte de parafusos soltos, anzóis sem furo e penduradores de quadros. Será que ele tinha começado a arrastar os pés? Será que era visto como um morador local excêntrico e inofensivo? Será que era tema de fofoca ou ninguém sequer o notava? Será que ele sequer se importava com isso?

Em caso negativo, com o que ele se importava? O que queria, com a mesma paixão que tinha sentido no passado em querer ser influente no mundo do teatro? Qual era seu objetivo agora? Pelo que ele vivia? Seu emprego estava perdido, e o amor da sua vida também. Seus dois amores. Ele corria o risco de estagnar. Perder toda a energia. Sucumbir à inércia. Pelo menos ele se manteve longe da loja de bebidas. E dos bares.

Poderia se tornar um daqueles homens de meia-idade sem objetivo, que tinha superado as armadilhas do romantismo, que tinha superado a ambição, e perambulava de um lado para outro do planeta. Poderia fazer viagens: bem ou mal, tinha como pagar. Mas não seriam numerosas essas viagens, nem mesmo interessantes para ele; afinal, para onde queria ir? Poderia transar com alguma mulher solitária, ter uma aventura, e tornar os dois infelizes. Começar uma nova família estava fora de questão, porque ninguém poderia preencher o lugar de quem se perdeu, de quem desapareceu. Poderia entrar para um clube de bridge, um clube de fotografia, um clube de pintura em aquarela. Mas ele odiava bridge, não tirava mais fotografias e não conseguiria pintar nem para salvar a própria vida.

Mas será que ele queria salvar a própria vida? Caso contrário, o que, então?

Ele poderia se enforcar. Estourar os miolos. Poderia se afogar no lago Huron, que não era tão longe.

Pura especulação. Não era sério.

Portanto...?

Ele precisava de foco, de um objetivo. Pensou tudo isso enquanto ficou sentado na cadeira de praia. Por fim, concluiu que lhe restavam duas coisas, dois projetos que ainda poderiam oferecer satisfação. Depois de algum tempo, começou a enxergar mais claramente quais eram.

Primeiro, precisava voltar à sua *Tempestade*. Precisava encená-la, de algum modo, em algum lugar. Os motivos dele iam além do teatro; não tinham nada a ver com sua reputação, sua carreira, nada disso. Simplesmente, sua Miranda precisava ser libertada de seu caixão de vidro; era preciso dar a ela uma vida. Mas como fazer isso, onde encontrar atores? Atores não cresciam em árvores, por mais que as árvores fossem numerosas ao redor de sua cabana.

Em segundo lugar, queria vingança. Ansiava por isso. Sonhava acordado com isso. Tony e Sal deveriam sofrer. Sua deplorável situação atual era obra deles; em grande parte, era. Eles o trataram de modo injusto. Mas que forma poderia tomar essa vingança?

Essas eram as duas coisas que ele queria. E as queria cada dia mais. Porém, não sabia como começar a conquistá-las.

07/ ABSORTO EM ESTUDOS SECRETOS

f *aute de mieux*, sua *Tempestade*, seria forçada a esperar: ele não tinha recursos. Então, se concentraria primeiro na vingança.

Como funcionaria isso? Atrairia Tony para uma adega úmida prometendo um barril de Amontillado, e então o prenderia ali erguendo uma parede de tijolos? Mas Tony não era um *gourmet*. Não era muito interessado em alimentos e bebidas de alta qualidade pelo prazer que proporcionavam: essas coisas só o agradavam como indicadores de prestígio. E ele jamais seria tão tolo a ponto de descer num lugar escuro com Felix sem o apoio de uma dupla de seguranças armados, já que estava bem consciente do ressentimento justificado de Felix.

Felix seduziria a esposa de Tony ou, melhor ainda, daria a entender que algum jovem garanhão a havia seduzido? Mas a esposa de Tony era uma peça de exposição, uma flor congelada: era, muito provavelmente, um robô, imune à sedução. E, mesmo supondo que se pudesse abrir seu cinto de castidade invisível, por que ser injusto com o jovem garanhão inocente, quem quer que ele fosse? Por que fazer cair sobre ele a ira de Tony, agora detentor de um considerável arsenal de incineração de carreiras? Jovens garanhões tinham meia-vida e deveriam poder aproveitar seu apogeu nas piscinas e nos lençóis perfumados das semimatronas enquanto ainda usufruíam daquele tempo. Antes que esmorecessem, murchassem e ficassem incapazes de manter a concentração.

Ele entraria furtivamente na casa/no escritório/no restaurante favorito de Tony e batizaria seu almoço com algum princípio ativo tóxico que provocaria em Tony uma doença incurável ou causaria uma morte lenta e dolorosa? Daí, Felix poderia se disfarçar de médico, aparecer no quarto de Tony no hospital e tripudiar. Lera certa vez uma história de mistério na qual a vítima havia morrido por comer bulbos de narciso. De acordo com o que se lembrava, eles tinham sido camuflados em uma sopa de cebola.

Não, não. Pura fantasia. Tais vinganças eram melodramáticas demais e, em todo caso, muito além de suas capacidades. Ele teria de ser mais sutil.

Conheça vosso inimigo, as maiores autoridades aconselhavam. Ele começou a rastrear os movimentos de Tony: onde foi, o que fez, o que declarou, quando apareceu na televisão. Sua lista de realizações: Tony gostava de acumular realizações, e era cuidadoso em garantir que fossem reconhecidas.

No início, essa perseguição indireta foi fácil: tudo que Felix precisou fazer foi obter os jornais de Makeshiweg, que, naquela época, eram dois, e olhar as notícias sobre teatro e as colunas sociais. Naquela época, Tony vinha sendo muito procurado para festas e cerimônias para angariar fundos e era amistoso ao conceder entrevistas. Felix rangeu os dentes diante do Prêmio Empreendedor Artístico do ano e depois do Prêmio de Difusão Escolar dados a Tony pelo programa do festival que trazia crianças das redondezas em excursões de ônibus e as fazia assistir a *Hamlet* até o fim, sussurrando e rindo, enquanto corpos se amontoavam no palco. Aquele programa tinha sido ideia de Felix.

Na verdade, a maioria das coisas pelas quais Tony estava recebendo prêmios tinham se originado na mente de Felix.

No Ano Cinco do exílio de Felix, houve outro prêmio: a Ordem de Ontário. Pretensioso!, Felix rosnou para si mesmo. Outro ornamento para usar na lapela. Impostor!

No Ano Seis, Tony deu uma guinada. Renunciou ao festival e concorreu a um cargo político, justamente na cidade de Makeshiweg, onde seu rosto era familiar na vida pública, e conquistou uma cadeira no legislativo da província, se tornando um Honorável. O ministro do Patrimônio Cultural ainda era Sal O'Nally, então, agora, estavam os dois no mesmo covil, sem dúvida enchendo os bolsos ininterruptamente. Que agradável para eles.

Não demoraria muito para Tony abrir caminho até o gabinete, pensou Felix. Ele já estava sendo mencionado como nome promissor. Nas fotografias, tinha um ar ministerial.

Foi então que a tecnologia agregou um novo telescópio ao minguado arsenal de espionagem de Felix: o gremlim bisbilhoteiro, Google. Felix tinha um computador antes, mas pertencia ao festival e tinha sido confiscado quando ele foi destituído. Por algum tempo, se enfiava no canto de um cybercafé em Wilmot, seguindo as atividades de Tony da melhor forma possível. Ele encerrou sua conta profissional de e-mail quando saiu do festival; teria sido irritante receber todas aquelas mensagens hipócritas de comiseração. Mas agora ele abriu duas novas contas, uma própria e a outra para o sr. Duke, que conseguiu dois cartões de crédito. Ele até pensou em tirar a carteira de motorista do sr. Duke, mas seria ir longe demais.

Sentiu que estava ficando muito exposto no café em Wilmot, talvez fosse suspeito de acessar pornografia, então comprou um computador barato de segunda mão. Arranjou uma linha telefônica vinda da casa de Maude para a cabana e usava internet discada. Mas, depois de um tempo, foi instalado um cabo ao longo da estrada vicinal e, ele, então, fez uma atualização para conexão Ethernet e roteador, o que melhorou tanto a velocidade como a privacidade de seu acesso à internet.

Era incrível o quanto se podia saber sobre uma pessoa na rede. Lá estava Felix, sozinho em seu canto esquecido, lendo notificações do Google Alerts, e ali estavam Tony e Sal, circulando pelo mundo, sem suspeitar que tinham um perseguidor secreto, um vigia, alguém que os aguardava, um *stalker* de internet.

O que Felix estava esperando? Ele mal sabia. Uma oportunidade, um golpe de sorte? Uma trilha na direção de um momento de confronto? Um momento em que a balança de forças penderia para seu lado. Era algo impossível pelo que ansiar, mas a raiva reprimida dava-lhe forças. Isso e sua sede de justiça.

Ele percebeu que sua espionagem era um pouco irracional, ainda que só um pouco. Mas estava gradualmente abrindo outro espaço em sua vida que chegava à beira da completa insensatez.

Começou quando ele estava calculando a idade que Miranda teria se tivesse sobrevivido. Teria cinco, depois seis; estaria perdendo os dentes de leite; estaria aprendendo a escrever. Esse tipo de coisa. Fantasias melancólicas, no começo.

Mas, da fantasia melancólica para a crença parcial de que ela ainda estava ali com ele, só que invisível, foi um pulo. Chame isso de um momento de um conceito, uma ideia, uma performance: ele não acreditava realmente naquilo, mas se envolveu com essa não realidade como se fosse real. Retomou seu hábito de olhar os livros infantis da biblioteca de Wilmot, mas agora ele os lia em voz alta, à noite. Em parte, apreciava aquilo, sua voz ainda era tão boa quanto sempre tinha sido, e aquilo o fazia praticar; porém, em parte, estava se entregando à ilusão que ele mesmo criara. Será que havia uma garotinha que o escutava? Não, na verdade, não. Mas era reconfortante pensar que havia.

Quando Miranda tinha cinco, seis, sete anos, ele a ajudava com a lição de casa; naturalmente, ela estava sendo educada em casa. Eles se sentavam na mesa de fórmica, ele usava uma de suas velhas cadeiras de madeira e ela, a outra.

— Seis vezes nove? — perguntava para testá-la. Ela era tão afiada! Quase nunca errava.

Eles começaram a fazer as refeições juntos, o que era algo bom porque, do contrário, ele talvez se esquecesse das refeições às vezes. Quando ele não comia o suficiente, ela o repreendia com delicadeza. Termine o que está no seu prato, ela dizia. O prato favorito dela era macarrão com queijo.

Quando ela tinha oito anos, ensinou-a a jogar xadrez. Ela aprendia depressa e logo já estava ganhando dele em duas de cada três partidas. Com que seriedade ela estudava o tabuleiro, mordendo a ponta da trança que aprendeu a fazer sozinha. Como ele ficava secretamente satisfeito quando ela ganhava, embora fingisse estar abatido. Então, ela ria, porque sabia que era apenas brincadeira. Se ele realmente tivesse ficado abatido, ela seria toda compreensão. Era uma garota muito empática. Ele tentava jamais demonstrar raiva diante dela, a raiva que ele acumulava contra Tony, contra Sal: aquilo a confundiria. Ela sempre estava fora da sala quando ele acompanhava as palhaçadas dos dois na internet, resmungando em voz alta consigo mesmo.

Durante o dia, ela em geral ficava lá fora, brincando no campo ao lado da casa ou na reserva de lenha na parte de trás da casa. Às vezes ele via uma nuvem de borboletas se erguendo no prado: ela as havia assustado. Quando gaios-azuis e corvos se alvoroçavam no bosque, ele concluía que Miranda tinha andado por lá. Esquilos conversavam com ela, galos selvagens batiam as asas para fugir quando ela se aproximava. Ao anoitecer, vagalumes sinalizavam para ela a trilha de volta e as corujas a cumprimentavam com chamados abafados.

No inverno, quando a neve se amontoava na viela e o vento uivava, ela andava lá fora sem pensar duas vezes. Apesar de ele insistir para ela usar luvas, ela nunca vestia roupas tão quentes quanto deveria, mas isso não tinha nenhuma consequência: nada de resfriados, nada de gripe. Na verdade, ela nunca adoecia, ao contrário dele. Quando ele ficava doente, ela o rondava andando na ponta dos pés, ansiosa; mas ele nunca teve de se preocupar com ela, afinal que mal poderia acontecer com ela? Ela estava fora do alcance dos males.

Ela nunca perguntou a ele como acabaram ali juntos, morando em um barraco, isolados de todos os demais. Ele nunca contou a ela, que teria um choque se descobrisse que não existia. Ao menos não do modo normal.

Um dia, ele a ouviu cantando, do lado de fora da janela. Não fantasiou aquilo, do modo como vinha fantasiando até então. Não foi uma de suas invenções caprichosas e desesperadas. Ele realmente ouviu a voz. Não foi uma consolação. Na verdade, aquilo o amedrontou.

— Isso foi longe demais — disse a si mesmo, severo. — Dá a volta por cima, Felix. Recomponha-se. Saia desse seu cubículo. Você precisa de uma ligação com o mundo real.

08/ TRAGA A RALÉ

Como resultado, no Ano Nove de seu exílio, quando Miranda estava com doze anos, o sr. Duke conseguiu um emprego. Não era um emprego de grande prestígio, mas isso convinha a Felix: ele queria manter a discrição. Voltar ao mundo, se envolver novamente com pessoas; ele esperava que isso pudesse fincar seus pés no chão. Agora ele conseguia perceber que estava enlouquecendo. Muito tempo sozinho com a dor que o corroía, muito tempo atormentado por seus sofrimentos. Ele se sentia como se estivesse acordando de um sonho longo e melancólico.

O emprego veio até ele por meio de um dos jornais locais. Um professor do Programa de Capacitação para a Leitura e a Escrita pela Literatura para o supletivo de ensino médio da Instituição Penal do Condado de Fletcher, nas proximidades, havia sido acometido de uma doença repentina, uma doença que, depois, se revelou fatal. A vaga precisava ser preenchida imediatamente. Seria um cargo temporário. Era necessária certa experiência, embora, Felix imaginou, não muita. Os interessados...

Felix estava interessado. Usando a conta de e-mail do sr. Duke, ele enviou uma primeira mensagem registrando sua disponibilidade. Então, improvisou às pressas um currículo fraudulento, inventando cartas de referência escritas há décadas por várias escolas desconhecidas de Saskatchewan, assinadas por diretoras que já deviam ter morrido ou se mudado para a Flórida. Ele tinha 90% de certeza de que aquelas cartas nunca seriam verificadas: afinal de contas, ele seria apenas um tapa-buraco. Em sua carta de apresentação, disse que estava aposentado há alguns anos, mas sentia necessidade de dar alguma retribuição à comunidade, já que ele havia recebido tanto em sua vida.

Foi convocado por e-mail para uma entrevista quase imediatamente, e, com isso, adivinhou que não houve nenhum outro candidato. Tanto melhor: eles provavelmente estavam desesperados e ele conseguiria o emprego por falta de alternativas. Nessa época, era o que ele realmente queria, estava convencido disso. Talvez houvesse algum potencial naquilo.

Ele se arrumou (tinha se tornado desleixado) e comprou uma camisa nova verde-escuro de aparência plebeia no Mark's Work Wearhouse, em Wilmot. Até aparou a barba. Ele a havia deixado crescer ao longo dos anos: agora, ela estava grisalha, quase branca, com longas sobrancelhas brancas para combinar. Tinha a esperança de parecer sábio.

A entrevista não aconteceu na Instituição Penal de Fletcher, mas em um McDonald's das redondezas. A mulher que o entrevistou tinha quarenta e poucos anos e se empenhava na aparência: faixa cor de rosa no cabelo loiro-acinzentado, brincos brilhantes e, nas unhas bem cuidadas, um prateado da moda. Ela se apresentou: seu nome era Estelle. Dar o primeiro nome era um sinal positivo, queria que fossem amigos. Ela não trabalhava na Fletcher, explicou: era professora na Universidade de Guelph e supervisionava o curso da Fletcher à distância. Também era membro de vários comitês consultivos do governo. Ministério da Justiça.

— Meu avô foi senador — ela disse. — Isso me abriu certas portas. Entendo do assunto, pode-se dizer, e preciso revelar a você que o programa de Capacitação para a Leitura e a Escrita pela Literatura tem sido mais ou menos... bem, meu queridinho. Fiz muito lobby a favor dele!

Felix disse que aquilo era maravilhoso. Estelle disse que todos faziam o que podiam.

O professor que morrera tinha sido uma pessoa tão agradável, ela disse: muitos sentiriam falta dele, foi muito repentino, um choque. Ele havia realmente tentado, na Fletcher, havia conseguido... bem, havia dado seu melhor, em condições que eram... ninguém poderia ter muitas expectativas.

Felix assentiu e fez "uhum" nos momentos certos, pareceu solidário e fez contato visual. Em troca, os sorrisos de Estelle se multiplicaram. Tudo corria como devia.

Terminadas as preliminares, Estelle iniciou a entrevista propriamente dita. Tomou fôlego.

— Acho que reconheço você, sr. Duke — ela disse. — Apesar da barba, que, devo dizer, tem uma aparência muito distinta. O senhor é Felix Phillips, certo? O famoso diretor? Tenho ido ao festival desde que era criança, meu avô costumava nos levar; tenho uma *grande* coleção de programas!

De nada adiantaram os alter egos.

— De fato — disse Felix —, mas serei sr. Duke para este emprego. Pensei que seria menos intimidador.

— Entendo. — Um sorriso mais vacilante. Intimidador? Um diretor de teatro desarmado e idoso? Para os detentos calejados da Fletcher? Sério?

— Se alguém na extremidade da contratação soubesse quem sou, diriam que sou qualificado demais. Profissional demais para esse cargo. — Um sorriso maior: Estelle achou isso mais convincente. — Então, esse pode ser nosso segredo — Felix disse, baixando a voz e se inclinando sobre a mesa. — Você pode ser minha confidente.

— Ah, que divertido! — Ela gostou daquilo. — Uma confidente! Parece uma peça da Restauração. *A herdeira da cidade*, ou...

— De Aphra Behn — disse Felix. — Exceto pelo fato de que as confidentes eram ladras. — Ele estava impressionado: era uma peça desconhecida, não estava entre as que ele havia feito.

— Talvez eu tenha sempre desejado ser uma ladra — ela riu. — Agora, sério: é uma grande honra! Devo ter visto quase todas as suas peças, em Makeshiweg, quando você estava lá. Adorei seu *Lear*! Foi tão... tão...

— Visceral — disse Felix, citando uma das críticas mais entusiasmadas.

— Sim — disse Estelle. — Visceral. — Ela fez uma pausa. — Mas esse cargo... quer dizer, você é, com certeza, mais do que qualificado. Você compreende que é apenas em regime parcial: três meses por ano? Você não esperaria receber algo correspondente...

— Não, não — disse Felix. — O piso salarial. Estou aposentado há algum tempo, é inevitável que eu esteja enferrujado.

— Aposentado? Ah, você é muito jovem para se aposentar — ela disse, em um elogio automático. — Isso seria um desperdício.

— É muita gentileza — disse Felix.

Houve uma pausa.

— Você compreende que se trata de uma prisão — ela disse, demoradamente. — Você vai ensinar, bem... criminosos condenados. O objetivo do curso é aprimorar suas habilidades básicas de leitura e escrita para que possam encontrar um lugar significativo na comunidade quando retornarem ao mundo. Estar com eles não seria, de certa forma, desperdiçar você?

— Seria um desafio — disse Felix. — Sempre gostei de desafios.

— Sejamos francos — disse Estelle. — Alguns desses homens têm pavio curto. Eles agem impulsivamente. Eu não gostaria que você... — Era óbvio que ela imaginava Felix deitado no chão com um canivete feito à mão cravado no pescoço e uma poça de sangue esparramada ao seu redor.

— Cara senhora — disse Felix, recorrendo a um de seus sotaques elegantes da alta sociedade —, de qualquer modo, nos primórdios do teatro, os atores eram vistos como os vizinhos mais próximos dos criminosos. E conheci muitos atores, e é isso que fazem, agem impulsivamente! A cólera do palco. Sempre há maneiras de lidar com isso. E, estudando comigo, eles terão a garantia de aprender a ter mais autocontrole.

Estelle ainda estava indecisa, mas disse:

— Bem, se você está disposto a tentar...

— Vou precisar fazer as coisas do meu jeito — disse Felix, abusando da sorte. — Vou precisar de uma margem de manobra considerável. — Era o início do semestre e o professor morto mal havia começado, então Felix teria espaço para criar.

— Geralmente, o que eles leem para esse curso?

— Bom, recorri a *O apanhador no campo de centeio* — disse Estelle. — Vezes sem conta. E a algumas histórias de Stephen King, dessas eles gostam. E *O estranho caso do cachorro morto*. Muitos deles se identificam com esse, e é simples de ler. Frases curtas.

— Entendo — disse Felix. O apanhador no maldito campo de centeio, ele pensou. Mingau para os jovens das escolas particulares. Aquele era um prédio de segurança média para máxima; aqueles eram homens adultos, viveram vidas que os conduziram para fora daqueles parâmetros. — Vou tomar uma direção um tanto diferente.

— Hesito em perguntar qual direção — disse Estelle, erguendo a cabeça com malícia. Agora que ela o havia aceitado para o emprego, estava relaxada o suficiente para flertar. Fique de olho nas calças, Felix, pensou como um alerta a si mesmo. Ela não tem aliança, então é alvo permitido. Não comece nada que não possa terminar.

— Shakespeare — disse Felix. — Essa é a direção.

— Shakespeare? — Estelle, que estava inclinada para a frente, recostou-se novamente na cadeira. Estaria ela reconsiderando? — Mas isso certamente é muito... há muitas palavras... Eles ficarão desencorajados. Talvez você devesse escolher coisas mais no nível de... Para ser franca, alguns deles mal leem.

— Você acha que os atores de Shakespeare *liam* muito? — questionou Felix. — Eles eram artífices, como... — Ele pegou um exemplo no ar, provavelmente ruim. — Como pedreiros! Nunca leram uma peça inteira; apenas memorizavam as próprias falas, e as deixas. Além disso, improvisavam muito. O texto não era sagrado.

— Bem, sim, eu sei, mas... — disse Estelle. — Mas Shakespeare é um clássico.

Bom demais para eles, era isso o que ela queria dizer.

— Ele não tinha intenção de ser clássico — Felix disse, acrescentando um tom de indignação à sua voz. — Para ele, os clássicos eram... bem... Virgílio, e Heródoto, e... Ele era simplesmente um ator-diretor tentando segurar as pontas. É apenas devido à sorte que *temos* alguma coisa de Shakespeare! Nada foi sequer publicado antes de ele partir! Seus amigos de longa data reconstituíram as peças a partir dos pedaços que conheciam, um bando de atores acabados tentando lembrar o que disseram depois que o cara morreu! — Na dúvida, ele disse a si mesmo, continue falando. Era um velho truque para quando você ficava paralisado no palco: jogue uma fala, qualquer coisa que soe bem, para dar ao contrarregra o tempo de lançar a você a frase verdadeira.

Estelle parecia intrigada.

— Bem, certo, mas o que isso tem a ver com...

— Acredito em colocar a mão na massa — disse Felix, com o máximo de autoridade possível.

— Que massa? — perguntou Estelle, naquele instante.

— Você tem que respeitar o espaço pessoal deles. Não temos permissão para...

— Estaremos encenando — disse Felix. — É isso que quero dizer. Iremos encenar as peças. Essa é a única maneira de você realmente entrar nos papéis. Ah, e não se preocupe, vou preencher os critérios oficiais, sejam quais forem. Eles vão fazer trabalhos e escrever ensaios e tudo o mais. Vou dar notas para isso. Suponho que seja o que se espera.

Estelle sorriu.

— Você é muito idealista — ela disse. — Ensaios? Eu realmente...

— Textos em prosa — respondeu Felix. — Sobre qualquer que seja a peça que estivermos fazendo.

— Você acredita mesmo nisso? — perguntou Estelle. — Você consegue convencê-los a fazer isso?

— Dê-me três semanas — disse Felix. — Se não estiver funcionando até lá, uso *O apanhador no campo de centeio*. Prometo.

— Certo, combinado — disse Estelle. — Boa sorte com isso.

As primeiras semanas foram um pouco duras, é bem verdade. Felix e Shakespeare precisaram se esforçar para progredir em um terreno bastante espinhoso e Felix descobriu que estava menos preparado para as condições internas do que imaginava. Precisou impor sua autoridade e definir alguns limites como se desenhasse na areia. Em determinado ponto, ele ameaçou ir embora. Houve algumas desistências, mas aqueles que ficaram o fizeram com seriedade e, por fim, a matéria de Shakespeare na penitenciária de Fletcher foi um sucesso. À sua maneira modesta, foi moderna e, podia-se dizer (e Felix disse isso aos alunos, explicando o termo cuidadosamente), de vanguarda. Foi legal. Após a primeira temporada, os caras fizeram fila para participar. A pontuação deles em leitura e escrita subiu espantosamente: em média, cerca de 15%. Como o enigmático sr. Duke estava conseguindo esses resultados? As pessoas chacoalhavam a cabeça de espanto, houve suspeita de fraude. Mas não, o teste objetivo foi seu respaldo. O resultado foi real.

Estelle recebeu muito reconhecimento no vasto mundo em que os acadêmicos se reuniam, conferências eram realizadas, teorias eram propostas e ministérios aprovavam orçamentos, mas Felix não se ressentiu com ela por isso. Estava ocupado demais. Tinha voltado ao teatro, mas de um jeito novo, um jeito que ele jamais havia previsto em sua vida anterior. Se alguém dissesse a ele, na época, que encenaria Shakespeare com um bando de prisioneiros dentro de um xilindró, ele teria dito que estavam alucinando.

Agora, ele já estava naquilo havia três anos. Tinha escolhido as peças cuidadosamente. Havia começado com *Júlio César*, continuou com *Ricardo III* e seguiu com *Macbeth*. Lutas por poder, traições, crimes: esses assuntos foram imediatamente compreendidos pelos alunos, já que, de sua própria maneira, eles eram especialistas neles.

Tinham opiniões embasadas sobre como os personagens poderiam ter conduzido melhor seus interesses. Quanta estupidez deixar Marco Antônio discursar no funeral de César, porque isso dava a ele abertura e, depois, vejam no que deu! Ricardo foi longe demais, não deveria ter assassinado quase todos, significava que ninguém o ajudaria em sua batalha quando chegasse o momento. Se você quer ser o chefe, precisa de aliados: óbvio! Quanto a Macbeth, ele não deveria ter confiado naquelas feiticeiras porque aquilo o deixou extremamente confiante, e isso era um grande erro. Regra número um: o cara precisa ficar atento a seus pontos fracos porque tudo que puder dar errado dará errado. *Sabemos* disso, certo? Aprovação geral.

Sábio, Felix determinou que essas opiniões seriam tópicos de redação. Evitou as comédias românticas: frívolas demais para aquele grupo e não era boa ideia entrar em questões sobre sexo, o que poderia terminar em algazarra. E *Hamlet* e *Lear* também estavam fora de questão, por outro motivo: eram muito depressivas. Havia tentativas de suicídio suficientes na Fletcher do jeito que estava, e algumas delas eram bem-sucedidas. As três peças que ele montou até o momento eram aceitáveis, pois, embora cada uma delas terminasse com um punhado de mortes, cada uma também apresentava um recomeço na condição de quem quer que fosse o vencedor. O mau comportamento e mesmo a estupidez eram punidos e a virtude era meio que recompensada. Com Shakespeare, era sempre mais ou menos, como ele havia se esforçado para demonstrar.

O método de ensino de Felix era o mesmo em cada peça. Primeiro, cada um lia o texto antecipadamente, um texto condensado por ele. Ele também apresentava um resumo da trama, uma série de notas e uma página com o significado das palavras arcaicas. Aqueles que não conseguiam acompanhar geralmente desistiam nesse momento.

Depois, assim que ele conseguia se encontrar com a turma, esquematizava as ideias principais: sobre o que era a peça? Sempre havia ao menos três ideias principais, às vezes mais, porque, como ele lhes disse, Shakespeare era ardiloso. Tinha muitas camadas. Gostava de esconder coisas atrás da cortina até que... *voilá!* Ele te surpreendia.

Seu próximo passo era importante para o método: ele limitava o número de ofensas e palavrões permitidos em classe. Os alunos tinham permissão para escolher uma lista de palavrões, mas apenas da própria peça. Eles gostaram daquele recurso, que também garantia que lessem o texto em muita profundidade. Então, ele estabeleceu uma competição: pontos negativos pelo uso dos palavrões errados. Você podia dizer "que o demônio te enegreça, idiota da cara de creme" se a peça fosse *Macbeth*. Os transgressores perdiam pontos. No fim, havia a recompensa valiosa que consistia em cigarros, que Felix contrabandeava. Esse aspecto era bastante popular.

O próximo item do programa era um estudo aprofundado dos personagens principais, explorados na aula um por um. O que os motivava? O que queriam? Por que fizeram o que fizeram? Desenrolavam-se debates acalorados, versões alternativas eram propostas. Macbeth era louco ou o quê? Lady Macbeth sempre foi insana ou ficou daquele jeito por causa da culpa? Ricardo III era um assassino frio por natureza ou era um produto de sua época e de sua família estendida, totalmente degenerada, nas quais ou você mata ou é morto?

Muito interessante, Felix dizia. *Bom argumento.* O que acontece com Shakespeare, ele acrescentava, é que nunca havia apenas uma resposta.

Em seguida, ele distribuía os papéis da peça, designando um elenco de apoio para todos os personagens principais: ponto, substitutos, figurinistas. Os grupos podiam reescrever as falas dos personagens com suas próprias palavras, para torná-los mais contemporâneos, mas não podiam mudar a trama. Essa era a regra.

O último trabalho deles, o que eles completavam quando a peça havia sido encenada, era a criação de uma vida futura para o personagem que interpretaram, caso aquele personagem ainda estivesse vivo. Caso não estivesse, um texto sobre como os personagens enxergavam a pessoa morta depois que ela estava enterrada e a peça tinha terminado.

Depois de fazer pequenos ajustes no texto, eles ensaiavam, preparavam a trilha sonora e finalizavam os adereços e figurinos, que Felix buscava para eles fora e trazia para dentro da Fletcher. Havia limites, claro: nada afiado, nada explosivo, nada que se pudesse fumar ou injetar. Armas de brinquedo não eram permitidas. Nem, ele descobriu, sangue falso: poderia ser confundido com sangue verdadeiro e, segundo o raciocínio oficial, atuar como incitamento.

Então, eles representavam a peça, cena a cena. Não podiam apresentá-la ao vivo para o público: a administração era cautelosa em reunir toda a população carcerária em um só lugar, pois temia motins e, de qualquer maneira, não havia um auditório grande o suficiente. Então, eles registravam em vídeo cada cena e depois as editavam digitalmente, permitindo que Felix marcasse "a aquisição de habilidade de valor comercial" nos muitos formulários onde essa marcação era exigida. Além disso, fazer um vídeo significava que nenhum ator precisava ficar constrangido caso esquecesse uma fala: eles podiam gravar novamente.

Quando o vídeo era finalizado por completo, com efeitos especiais e música, era mostrado a todos da Fletcher no circuito fechado de TV nas celas. Felix, sentado no escritório do diretor do presídio, durante a exibição, ao lado do próprio diretor e de vários gerentes, ficava estimulado com as saudações, o aplauso e os comentários que ouvia, vindos das celas pelo sistema interno de vigilância. Os prisioneiros amavam as cenas de luta. Por que não? Todos amavam as cenas de luta: por isso Shakespeare as incluía.

As representações eram um pouco toscas, talvez, mas eram sinceras. Felix desejava ter conseguido tirar metade de toda aquela emoção de seus profissionais, nos velhos tempos. A ribalta brilhava, brevemente e em um canto obscuro, mas brilhava.

Depois da exibição havia uma festa para o elenco, como no teatro de verdade (Felix havia insistido nisso) com batatas fritas e cerveja de gengibre não alcoólica, e Felix distribuía cigarros, havia batidas de mãos abertas e toques com os punhos fechados, e eles podiam assistir novamente à última parte do vídeo, na qual rolavam os créditos. Todos da turma, até mesmo os que faziam pontas e os substitutos, viam seus nomes artísticos em destaque. E, sem serem incentivados, faziam o que os verdadeiros atores fazem, insuflavam os egos uns dos outros: "Ei, Brutus, foi brutal!", "Ricardinho, você arrasou, garoto!", "Dá aqui um olho de salamandra!" Gracejos, acenos com a cabeça em agradecimento, sorrisos tímidos.

Assistir aos muitos rostos assistindo aos próprios rostos enquanto fingiam ser outra pessoa: Felix achava aquilo estranhamente comovente. Uma vez na vida, eles amavam a si mesmos.

O curso era oferecido de janeiro a março e, ao longo daqueles meses, Felix funcionava em alto rendimento. Mas no verão e no outono, quando voltava a passar tempo integral em sua cabana, ele retornava ao desânimo. Depois de uma carreira brilhante como a sua, que decadência: montar Shakespeare na cadeia com um bando de ladrões, traficantes, peculatários, homicidas, farsantes e vigaristas. Era assim que ele acabaria seus dias, definhando no fim do mundo?

— Felix, Felix — dizia a si mesmo. — Quem você está enganando? Esse é o meio para um fim — ele respondia.

— Há um objetivo em vista. E ao menos é teatro.

— Que objetivo? — ele retrucava.

Certamente havia. Uma caixa fechada, escondida em algum lugar sob uma pedra, marcada com o V de Vingança. Ele não enxergava claramente aonde estava indo, mas tinha que confiar que estava indo a algum lugar.

09/ OLHOS DE PÉROLA

Segunda-feira, 7 de janeiro de 2013

É o Quarto Ano da Companhia de Atores da Instituição Penal de Fletcher. Hoje é a primeira aula da temporada. Como sempre, no primeiro dia, Felix está um pouco nervoso. Ele se saiu bem com o programa até agora, mas sempre poderia acontecer um acidente, uma gafe, uma rebelião. Algo inesperado. *Três tigres tristes. Atrás da pia tem um prato. Chega de choro*, ele adverte seu reflexo no espelho. *Prepare-se.*

Depois de escovar e fixar seus dentes, Felix arruma o cabelo que, felizmente, ainda é abundante. Então, corta alguns tufos desalinhados da barba. Ele a está cultivando há doze anos, e agora está no formato certo: cheia, mas não espessa, expressiva, mas não pontuda. Pontuda, ficaria demoníaca. Ele aspira a algo magistral.

Coloca as roupas de trabalho: jeans, botas de caminhada, a camisa verde-escuro da Mark's Work Wearhouse, uma jaqueta desgastada de tweed. Sem gravata. É preciso parecer com aquela versão de si mesmo que se tornou familiar na Fletcher: o professor aposentado genial, mas autoritário, nerd de teatro, um pouco excêntrico e ingênuo, mas um cara legal que doa generosamente seu tempo porque acredita na possibilidade de regeneração.

Bem, não doava exatamente; ele recebia. Mas uma ninharia, então ele não estava fazendo aquilo apenas por dinheiro.

Por terem, eles mesmos, muitas segundas intenções, seus alunos suspeitam que ele tenha segundas intenções. Desaprovam a cobiça nos outros. Quanto a eles mesmos, só querem o que lhes é devido. O que é justo é justo, e desse modo muitas rixas podem se sustentar, como Felix já sabe.

Ele tenta se manter afastado das discussões pessoais entre eles. Simplesmente não tragam sua sujeira para a aula, ele diz. Não sou responsável por quem roubou seu cigarro. Sou o cara do teatro. Quando você entra aqui, deixa de lado quem é no dia a dia. Torna-se uma tábula rasa. Então, recorre a uma face nova. Se você não é ninguém, não pode ser ninguém exceto se for outra pessoa, ele diz, citando Marilyn Monroe, um nome que eles já ouviram. E aqui, todos começamos não sendo ninguém. Sim, eu também.

Aí eles fecham a boca: não querem ser expulsos da aula. Em um mundo que não oferece a eles muito que possam realmente escolher, eles vão para a aula de Shakespeare porque a escolheram. É um privilégio, como lhes dizem, talvez com uma frequência excessiva. Algumas pessoas lá de fora matariam para ter o que Felix oferece a eles. O próprio Felix nunca diz isso, mas está implícito em tudo o que faz.

— Não estou fazendo isso por dinheiro — Felix diz em voz alta. Ele se vira: Miranda está sentada à mesa, um tanto pensativa, pois não o verá com frequência agora que janeiro chegou e o trimestre da primavera está prestes a começar. — Nunca fiz — ele acrescenta. Miranda assente, ela sabe que aquilo é verdade: as pessoas nobres não fazem as coisas por dinheiro, elas simplesmente têm dinheiro, e isso é o que permite que elas sejam nobres. Na verdade, elas não precisam pensar muito nisso, os atos benevolentes brotam nelas como as folhas brotam nas árvores. E, aos olhos de Miranda, Felix é nobre. Saber disso o alivia.

Miranda agora tem quinze anos, é uma jovem adorável. Cresceu a partir do querubim no balanço que ainda está confinado na moldura prateada ao lado da cama dele. Essa versão de quinze anos de idade é esguia e gentil, embora um pouco pálida. Precisa sair mais, correr pelos campos ao redor e pelos bosques como costumava fazer. Precisa trazer tons rosados às maçãs de seu rosto. Claro, é inverno, há neve, mas isso nunca a incomodou: flutuava sobre os montes de neve com a leveza de um pássaro.

Miranda não gosta quando ele fica fora muito tempo, durante os meses em que dá o curso. Além disso, ela se preocupa: não quer que ele se desgaste. Quando ele volta, depois de um dia difícil, eles dividem uma xícara de chá e jogam uma partida de xadrez, e em seguida comem macarrão com queijo e talvez salada. Miranda se tornou mais preocupada com a saúde, insiste nas verduras, o obriga a comer couve-lombarda. Na infância dele, ninguém nunca tinha ouvido falar em couve-lombarda.

Se ela estivesse viva, estaria na fase de adolescente estranha: faria comentários desdenhosos, reviraria os olhos para o que ele dissesse, pintaria o cabelo, faria tatuagens nos braços. Frequentaria bares ou lugares piores. Ele ouviu várias histórias.

Porém, nada disso aconteceu. Ela continua simples, continua inocente. É um bálsamo.

Mas ultimamente ela está pensativa a respeito de alguma coisa. Ela se apaixonou? Ele com certeza espera que não! De qualquer forma, por quem ela iria se apaixonar? Aquele carregador de madeira do Walter já se foi faz tempo, e não há mais ninguém por perto.

— Fique boazinha até eu voltar — ele diz a ela. Ela sorri com seu rosto pálido: o que mais pode ser se não boazinha? — Você pode bordar um pouco. — Ela franze as sobrancelhas ao ouvir isso: ele está usando um estereótipo. — Desculpe — ele diz. — Certo. Algum exercício de matemática avançada. — Pelo menos isso tira uma risada dela.

Ela não vai se afastar da casa, ele sabe disso. Ela não consegue se afastar. Algo a impede.

Agora ele terá de enfrentar a neve lá fora, mergulhar no frio, encarar a dúvida diária: será que o carro vai ligar? No inverno, ele estaciona no alto da viela. Não é mais seu Mustang, aquele carro enferrujado de anos atrás. É um Peugeot de segunda mão que ele comprou pelo Craigslist quando o sr. Duke começou a receber os contracheques da Fletcher. Mesmo quando a viela está limpa, pode ser traiçoeira, e fica enlameada na primavera. Então, ele a usa apenas nas estações secas, que são o verão e o outono. Se o limpador de neve passar pela estrada vicinal, ele precisará cavar para remover os sulcos de gelo e os blocos de lodo congelado que ficam nos veículos que passam. Desde que ele se mudou para o barraco, essa estrada foi pavimentada e se tornou mais propriamente uma rota. O caminhão de gás passa por ela, por exemplo. A van do correio. O ônibus escolar.

O ônibus escolar, cheio de criancinhas sorridentes. Quando ele passa, Felix desvia o olhar. Miranda poderia ter estado em um ônibus escolar no passado, se ela tivesse atingido aquela idade.

Do gancho da porta de trás da casa, Felix tira o casaco de inverno, com as luvas e o gorro enfiados nas mangas.

Precisa de um cachecol, e tem um: é xadrez. Colocou-o em algum lugar, mas onde? No grande e velho guarda-roupa do quarto, Miranda o lembra, delicadamente. Estranho: em geral, ele não o deixa lá.

Ele abre a porta do armário. Lá está seu antigo bastão de mago, a bengala com cabeça de raposa. Seu traje mágico também está pendurado ali, enfiado no fundo. A capa de sua derrota, a carapaça morta de seu eu afogado.

Não, morta não, transformada. Na penumbra, no crepúsculo, ela se transformou, lentamente ganhou vida. Ele faz uma pausa para avaliá-la. Lá estão as peles dos animais de pelúcia, agora um tanto empoeiradas, listradas, acastanhadas, acinzentadas e pretas, azuis, cor-de-rosa e verdes. Abundantes e estranhas. Os muitos olhos perolados piscam para ele da escuridão subaquática.

Ele não veste seu manto desde aquela época de traição e ruptura, doze anos atrás. Mas também não o jogou fora. Manteve-o ali dentro, esperando.

Não vai vesti-lo ainda: não é o momento certo. Mas tem quase certeza de que o momento certo logo virá.

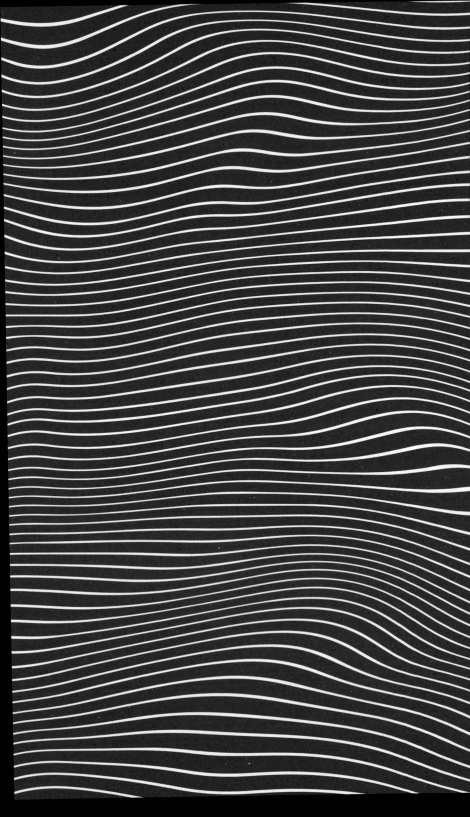

PARTE 2

Um reino admirável

10/ ESTRELA AUSPICIOSA

Segunda-feira, 7 de janeiro de 2013

Felix cava para tirar o carro do bloco de gelo formado pela passagem do limpador de neve no alto da viela. Continue fazendo isso e você terá uma fratura, ele diz a si mesmo. Você não tem mais 25 anos. Nem 45. Quem sabe você deva parar de brincar de eremita, sublocar um apartamento decadente e arrastar os pés pela cidade com um cachorro em uma guia, como os outros velhotes da sua idade.

Após alguns instantes enervantes nos quais o carro não liga (ele precisava comprar um aquecedor para o motor), Felix dirige rumo à Fletcher. No interior do carro, ele anuncia em um sussurro: espíritos e duendes, prontos ou não, lá vou eu.

Ele estava pronto.

Há um mês, em meados de dezembro, Felix recebeu um e-mail de Estelle. Ela disse que tinha uma boa notícia para ele, e que gostaria de transmiti-la pessoalmente. Que tal um almoço ou, quem sabe, até um jantar?

Felix optou pelo almoço. Ao longo dos últimos três anos, ele se restringia aos almoços no que dizia respeito a Estelle. Tinha a preocupação de que um jantar pudesse se prolongar, envolver bebidas alcoólicas, e então se tornar intenso, ou por parte de Estelle ou dele. Sim, ele é viúvo, nas isso não significa que está disponível. Não que ela não seja atraente; de fato, ela tem seus pontos estelares. Mas ele tem uma filha que depende dele e essas obrigações vêm em primeiro lugar. Embora, é claro, ele não possa contar a Estelle sobre Miranda. Não quer que pense que ele está alucinando.

Eles nunca almoçavam no McDonald's perto da Fletcher; muitos funcionários vão lá nas folgas do trabalho, diz Estelle, e as paredes têm ouvidos; ela não gostaria que as pessoas começassem a fazer fofocas sobre terem um romance. Em vez disso, escolheram um lugar mais sofisticado em Wilmot, sugestão de Estelle. Chama-se Zenith. E é parte das atrações de fim de ano. No dia do almoço, aconteciam os preparativos para o Natal, por isso havia um grupo de elfos na janela, ocupados com a decoração e a produção de brinquedos e pinturas de cristais de gelo nas vidraças congeladas. Felizmente, o lugar tem licença para vender álcool.

— Bem — disse Estelle sentada de frente para ele em um compartimento de canto. — Você, certamente, anda causando uma turbulência nas ondas do mar! — Ela usava um colar reluzente que Felix nunca tinha visto antes: imitação de diamantes, se ele não estava enganado.

— Eu tento — disse Felix, dando um sinal apropriado de autodepreciação. — Embora não seja apenas eu. Como você sabe, os caras têm dado tudo o que têm.

— Não sei por que eu cheguei a duvidar — disse Estelle. — Você fez maravilhas com eles!

— Ah, maravilhas, certamente não — disse Felix, olhando fixamente para baixo, para sua xícara de café. — Mas progresso, sim; acho que consigo admitir isso. Tem sido de grande auxílio contar com seu apoio — ele acrescentou, com prudência. — Não conseguiria ter feito isso sem você.

Estelle corou diante do elogio. Ele devia ser cuidadoso, não queria ser sugestivo demais com ela: isso poderia ser prejudicial para ambos.

— Bem, sua turbulência teve resultados! Duas semanas atrás eu estava em Ottawa, em um daqueles comitês dos quais sou membro, e conversei com algumas pessoas. Você jamais vai acreditar no que consegui para você — ela disse, um tanto ofegante. — Acho que você vai ficar contente!

Ela havia feito para ele vários favores ao longo dos anos, atuando nos bastidores, discretamente. Foi graças à influência dela que ele conseguiu pagar pelo suporte técnico de que precisou, e pelos materiais para fazer figurinos e adereços. Ela conseguiu liberar algum dinheiro além do orçamento para o curso. Além disso, abriu caminho para ele até o diretor do presídio, o que tornou os problemas de segurança mais fáceis para ele. Ela queria agradá-lo, isso era evidente. E ele demonstrava seu agrado, embora, esperava, não muito.

— O quê? — perguntou Felix, acariciando o bigode e ativando as sobrancelhas. — Que ato engenhoso você praticou? — Que ato engenhoso e atrevido, o tom de sua voz insinuava.

— Você vai receber... — Ela fez uma pausa e baixou a voz, quase em um sussurro. — Você vai receber uma visita de um ministro! Melhor: dois ministros! Isso quase nunca acontece, dois de uma vez! Talvez até três!

— Sério? — ele disse. — Quais ministros seriam?

— Da Justiça, para começo de conversa — ela disse. — É a alçada dele e eu enfatizei para o secretário executivo do ministro os avanços que você tem feito com os... com seus alunos! Pode ser um modelo para toda uma nova abordagem nos serviços corretivos!

— Fantástico — disse Felix. — Muito bem! O ministro da Justiça! Ou seja, Sal O'Nally. — Quando o partido de Sal perdeu a eleição provincial, ele ingressou na política federal, e dane-se se ele não fosse eleito. Com a experiência e os contatos dele e, era preciso dizer, com sua capacidade de levantar fundos, ele logo estava no gabinete de governo novamente, mas dessa vez em um nível mais elevado. Agora, ele tinha um minirreino.

— Exato — disse Estelle. — Ele era do Patrimônio Cultural quando vieram pela primeira vez, então foi para as Relações Exteriores por um tempo, mas foi transferido para a Justiça agora; eles gostam de ficar mudando de posição. Ele tem feito aquele discurso de um programa "linha-dura contra o crime", mas o simples fato de que ele está vindo ver seu, seu... o que você tem feito, em primeira mão, mostra que ele tem a mente mais aberta do que algumas pessoas reconhecem.

— Nesse caso, espero que ele aprecie nosso modesto presente teatral — disse Felix. — E quem é o segundo ministro? — Como se ele não soubesse: tinha observado Tony seguir o exemplo dado por Sal e deslizar para a política federal, onde os lucros eram mais altos e as reuniões sociais conferiam mais prestígio.

— Ele é novo, acabou de ser indicado — disse Estelle. — Já esteve no ramo do teatro! Você deve conhecê-lo. Anthony Price. Ele não trabalhou com você anos atrás, no festival de Makeshiweg? — Ela deve ter vasculhado a página de Anthony na Wikipédia.

— Ah, *esse* Anthony Price! — disse Felix. — Sim, ele trabalhou comigo no passado. Era muito eficiente. Meu braço-direito. — Será que ela conseguia ouvir a palpitação ruidosa de seu coração e o chiado em seus ouvidos? Ele mal podia acreditar em sua sorte. Seus inimigos, ambos! Estariam bem ali, na Fletcher! O único lugar no mundo onde, com um senso de oportunidade prudente, ele pode ser capaz de exercer mais poder do que eles. — Será como uma reunião de família — ele disse.

— Ah, sim, será mesmo, não é? — disse Estelle. — Para dizer a verdade, houve algumas dúvidas quanto à continuidade de seu programa, que têm a ver com os cortes no orçamento, e… vários de meus colegas, alguns dos outros conselheiros… Bem, eles não entendem totalmente o objetivo, apesar da maravilhosa… Eles acham que as prisões deveriam ser usadas para… Mas esta é minha cria, tenho interesse pessoal, como você sabe. Então, fiz forte pressão e os ministros concordaram em, pelo menos, dar uma olhada; e, além do mais, o que você tem feito tem produzido muito zum-zum positivo!

— Zum-zum positivo — disse Felix. — "Onde suga a abelha, também sugo". É melhor do que pôr a mão no vespeiro, imagino. — Uma piadinha dele. Agora que Estelle lhe deu essa oportunidade, ele pretendia enfiar a mão nesse vespeiro até onde conseguisse. Aí, sim, haveria um zum-zum.

Estelle riu, e deu um suspiro mínimo.

— Ah! Sim. Temos tanta sorte que eles virão para ver que incrível… Eu disse aos secretários executivos que é um exemplo realmente maravilhoso de polinização cruzada, demonstrando o modo como as artes podem ser usadas como ferramenta educativa e terapêutica, de uma maneira muito criativa e inesperada! Acho que os dois vão querer, ao menos, considerar dar continuidade a isso. Ambos os ministros. Eles vão querer uma sessão de fotos — ela acrescentou. — Com o grupo todo… Até os… Quero dizer…

— Os atores — disse Felix. Ele se recusava a chamá-los de detentos, se recusava a chamá-los de prisioneiros, não enquanto estivessem em sua trupe de teatro. Evidente, pensou: uma sessão de fotos, é sempre esse o objetivo principal de qualquer visita ministerial.

— Sim, exatamente. Com os atores — Estelle sorriu.

— Eles vão querer isso.

— E eles sabem que eu sou o diretor? — ele perguntou. Isso era importante. — Quero dizer, eu? Meu nome verdadeiro?

— Bem, eles sabem o que consta da ementa do curso. Lá, você é o sr. Duke. Sempre guardei nosso segredinho, como prometido. — Ela pisca.

— Obrigado por isso — disse Felix. — Sei que posso confiar em você. Melhor manter os holofotes nos próprios atores. Quando eles vêm? Os ministros? — perguntou.

— No fim do curso, naquele dia em que você exibe a peça em vídeo para todos no circuito fechado de TV. Este ano será no dia 13 de março, não é? Pensei que seria a melhor ocasião para verem os resultados. Eles vão se reunir com, com os prisio... com os atores; será quase como uma noite de estreia de verdade, com, sabe, dignitários... — Dois borrões de cor apareceram nas maçãs do rosto dela. Ela estava entusiasmada com essa sua conquista. Precisava, claramente, de uma palavra elogiosa, então Felix proferiu uma.

— Você é uma estrela — ele disse. — Não posso agradecer o suficiente.

Estelle sorriu.

— Não há de que — ela disse. — Fico feliz por ser capaz de colaborar. Vale tanto a pena... Qualquer coisa que eu possa fazer para facilitar... Você sabe que eu faria todos os esforços para manter esse projeto. — Ela se inclinou para a frente, quase tocando o pulso dele, mas pensou melhor. — E qual será sua escolha shakespeariana deste ano? — ela perguntou. — Pelo que me lembro, você não estava planejando *Henrique V*? Com o arco longo e... O maravilhoso discurso antes de... tão emocionante...

— Eu estava pensando nisso, é verdade — disse Felix. — Mas mudei de ideia. — Na verdade, ele tinha acabado de mudar. Ele esteve remoendo por doze anos essa vingança, que havia permanecido como um pano de fundo, uma tensão subjacente, uma dor. Embora ele estivesse acompanhando Tony e Sal na internet, eles estiveram sempre fora de seu alcance. Mas agora eles estariam entrando em seu espaço, em seu campo. Como capturá-los, como cercá-los, como armar a emboscada para eles? Repentinamente, a vingança está tão perto que ele pode até saboreá-la. Tem o sabor de carne malpassada. Ah, observar aqueles dois rostos! Ah, virar o jogo! Ele quer ver dor. — Vamos fazer *A tempestade* — ele disse.

— Ah — disse Estelle, consternada. Ele sabia em que ela estava pensando: gay demais. — Eles se deram tão bem com os enredos mais bélicos! Você acha que os os atores vão se identificar com...? Toda aquela magia, e espíritos, e fadas, e... Seu *Júlio César* foi tão *direto*.

— Ah, eles vão se identificar, por certo — disse Felix. — É sobre prisões.

— Mesmo? Nunca pensei... talvez você esteja certo.

— Além disso — disse Felix. —, é sobre um tema universal. — O que ele tinha em mente era vingança, que certamente era universal. Esperava que ela não fosse perguntar sobre o tema: vingança era tão negativo, seria o que ela diria. Um mau exemplo. Mau, especialmente considerando-se o público cativo.

Ela tinha outras preocupações.

— Mas você acha que os dois ministros irão... Não gostaríamos de levantar mais quaisquer dúvidas em relação ao... Talvez se você pudesse escolher algo menos...

Ela retorcia as mãos, ansiosa.

— Eles também vão se identificar — disse Felix. — Os ministros. Ambos. Garanto.

11/ COMPANHEIROS DE SEGUNDA CATEGORIA

Naquele mesmo dia

Felix dirige seu Peugeot azul sibilante colina acima, serpenteando em torno dela rumo às duas cercas altas encimadas por arame farpado, uma cerca circunscrita na outra. A neve cai novamente, mais pesada ainda. Ainda bem que ele deixa uma pá no carro e um saco de areia. Pode precisar cavar o topo da viela para entrar à noite, mesmo tendo acabado de cavar para sair. Ataque cardíaco, ataque cardíaco: um dia desses ele irá se exceder cavando, cairá e será encontrado como um cadáver congelado. É um risco do isolamento.

Ele para o carro no primeiro portão, espera que se abra, dirige até o segundo portão, abaixa o vidro da janela, mostra sua licença.

— Pode ir, sr. Duke — diz o vigia. A essa altura, Felix é uma fisionomia conhecida.

— Obrigada, Herb — diz Felix. Ele dirige até o pátio interno, gelado, e estaciona em sua vaga reservada. Não faz sentido trancar o carro, não ali: é uma zona livre de ladrões. Caminha ruidosamente pela calçada, onde cristais de neve derretidos já se espalharam, aperta o conhecido botão do interfone e diz seu nome.

Ouve-se um clique. A porta é destrancada e ele entra no ambiente aquecido, com aquele cheiro peculiar. Tinta seca, leve mofo, comida desprezada engolida com tédio, e o cheiro de desânimo, ombros caídos, cabeças arqueadas, corpos dobrados sobre si mesmos. Um cheiro exíguo. Peidos de cebola. Pés nus e gelados, toalhas úmidas, anos de ausência da mãe. O cheiro da miséria, que repousa sobre todos ali dentro como um encantamento. Mas ele sabe que pode quebrar aquele feitiço por breves instantes.

Felix passa pelo equipamento de controle de segurança, pelo qual todos que entram no prédio precisam passar para evitar contrabando. Aquele equipamento pode detectar um clipe de papel, pode detectar um alfinete de fralda, pode detectar uma lâmina de barbear, mesmo que você os tenha engolido.

— Esvaziar meus bolsos? — ele diz aos dois vigias. Dylan e Madison são seus nomes; eles estão ali na Fletcher há tanto tempo quanto ele. Um tem a pele marrom, e o outro, de um amarelo claro. Dylan é sique e usa turbante. Seu nome verdadeiro é Dhian, mas ele o alterou por dar menos aborrecimento, disse a Felix.

— O senhor está limpo, sr. Duke. — Sorrisos de ambos. O que será que Felix poderia ser suspeito de traficar, um velho inofensivo de teatro como ele?

São as palavras que devem preocupar vocês, pensa em relação a eles. Esse é o verdadeiro perigo. As palavras não se revelam nos detectores.

— Obrigado, Dylan. — Felix dá um sorriso de lamento, indicando que eles três sabem que aquela rotina é inútil no caso dele. Um ancião trêmulo, um pouco confuso da cabeça. Não tem nada para ver aqui, gente, continuem circulando.

— Qual será este ano? — diz Madison. — A peça? — Os vigias se habituaram a assistir aos vídeos de apresentação na Fletcher, como todos os demais. Todos os anos, ele faz uma palestra especial sobre a peça só para eles, para que se sintam incluídos. É sempre arriscada a perspectiva de que os prisioneiros possam estar se divertindo mais do que os carcereiros. Os ressentimentos podem aumentar, e isso poderia causar problemas para Felix. Sabotagens poderiam acontecer, adereços essenciais e instrumentos técnicos poderiam desaparecer. Estelle o preveniu quanto a essa perspectiva, para que ele massageasse as sensibilidades apropriadas. Mas, até o momento, nada de ruim aconteceu.

— Aquele Macbeth foi incrível — diz Madison. — O jeito como eles fingiram lutar com a espada! — Desnecessário dizer que espadas reais não foram permitidas, mas o papelão é bastante versátil.

— Sim, *eis a maldita cabeça do usurpador*, fez bem, Macduff — diz Dylan. — Deu ao filho da puta o que merecia.

— Foi maléfico. Como em *Algo maléfico está a caminho*, aquilo também foi maléfico... — Ele curva os dedos como garras de feiticeira e dá uma gargalhada. O modo como todos querem participar da encenação a partir do momento em que há uma encenação ainda surpreende Felix.

— Olho de salamandra — diz Dylan com uma voz igualmente afetada de bruxa. — E aquela com as flechas? Vi um filme desse na TV. Cães de guerra, lembro daquela parte.

— Flechas seriam ótimas — diz Madison. — E cães.

— Sim — diz Dylan —, mas não podem ser flechas de verdade. Ou cães de verdade.

— Este ano será um pouco diferente — diz Felix. — Vamos fazer *A tempestade*.

— Qual é essa? — diz Madison. — Nunca ouvi falar. — Eles dizem isso todo ano, um jeito de provocar Felix; ele nunca sabe sobre o que realmente já ouviram falar.

— É aquela com as fadas — diz Dylan. — Certo? Voando pelos cantos e tal. — Pelo tom, ele não parece muito satisfeito.

— Você está pensando no *Sonho* — diz Felix. — *Sonho de uma noite de verão*. Esta não tem fadas. Tem duendes. E eles são maléficos. — Ele faz uma pausa. — Vocês vão gostar — assegura-lhes.

— Tem cena de luta? — diz Madison.

— De certo modo — diz Felix. — Tem um temporal com trovoadas. E vingança. Definitivamente tem vingança.

— Sensacional — diz Madison. Os dois se animam. A vingança é uma ordem de grandeza conhecida: já viram muita em suas próprias vidas. Chutes nos rins, lâminas improvisadas nos pescoços, sangue no chuveiro.

— O senhor sempre faz as boas. No senhor, confiamos, sr. Duke — diz Dylan. Moços tolos, pensa Felix: nunca confie em um canastrão profissional.

Terminada a brincadeira, hora das formalidades.

— Aqui está sua proteção — diz Dylan. Felix prega o dispositivo no cinto: funciona como um alarme. No caso de uma situação crítica, ele deve apertar um botão para chamar os vigias. É obrigatório usá-lo, embora Felix considere aquela coisa vagamente ofensiva. Ele está no controle, não está? As palavras certas na ordem certa, isso é proteção de verdade.

— Obrigado — ele diz. — Vou entrar. Primeiro dia! É sempre duro. Desejem-me *merde*.

— *Merde*, sr. Duke. — Madison coloca os dois polegares para cima.

Foi Felix quem os ensinou a dizer *merde*. Uma velha superstição do teatro, ele explicou, assim como "quebre a perna". Quanto mais ele transmitir sobre as velhas superstições do teatro, melhor: amplia o círculo dos *illuminati*.

— Mande mensagem se estiver com problemas, sr. Duke — diz Dylan. — Os caras dão cobertura.

Problema vai haver, pensa Felix, mas não do tipo que você tem em mente.

— Obrigado — ele diz. — Sei que posso contar com vocês. — E se afasta pelo corredor.

12/ QUASE INACESSÍVEL

Naquele mesmo dia

O corredor não é, de forma alguma, como o de um calabouço: nenhuma corrente, nenhuma algema, nenhuma mancha de sangue, embora haja algumas nos bastidores, pelo que ele sabe. As paredes são pintadas de um verde-claro médio, devido à teoria de que esse tom é calmante para as emoções, diferente, por exemplo, do vermelho-paixão inflamado. Se não fosse a ausência de cartazes e quadros de aviso, aquele poderia ser um edifício de universidade do tipo mais moderno. O piso é cinza, daquela substância composta que deseja parecer granito, mas não parece. É limpo, com um brilho leve. O ar do corredor é imóvel e tem cheiro de alvejante.

Há passagens, com portas fechadas. As portas são de metal, mas pintadas com o mesmo verde das paredes. Têm trancas. Porém, essa não é uma ala de alojamento. Os blocos das celas ficam ao norte: o bloco de segurança máxima, com homens detidos que Felix nunca viu, e o bloco de segurança média, que é de onde vêm seus atores.

É nesse setor da Fletcher que a reabilitação de detentos de segurança média acontece, tal como está. As aulas para obter créditos, a orientação psicológica. Há uns psiquiatras. Há um ou dois capelães. Há um advogado para os direitos de visitação que faz suas entrevistas em algum lugar por ali. Eles entram e saem.

Felix fica longe dessas pessoas, os outros professores, o advogado, os psiquiatras e capelães. Não quer ouvir as teorias deles. Também não quer se enredar no julgamento que fazem sobre ele e sobre o que faz. Teve algumas breves reuniões com eles nos últimos três anos, e essas reuniões correram bem. É olhado de soslaio, com uma expressão de desaprovação de tipo moralista que ele considera ofensiva.

Será que ele é má influência? Deduzem que é. Ele precisa ficar lembrando a si mesmo de que qualquer coisa que possa dizer – ou melhor, gritar – em resposta será anotada em algum livro de registros ou coisa assim, e usada contra ele se esses profissionais receberem solicitações para, como dizem, avaliar sua eficácia terapêutica e/ou pedagógica. Por isso, ele mantém a boca fechada enquanto é bombardeado com bobagens hipócritas.

É mesmo tão benéfico, sr. Duke, expor esses homens arruinados... E permita-nos dizer o quanto estão arruinados de um jeito ou de outro: vários deles sofreram abuso e negligência na infância, e alguns deles estariam melhor em um hospital psiquiátrico ou em uma instituição de reabilitação para dependentes químicos, muito mais apropriadas do que ensinar a eles palavras-de-quatrocentos-anos-atrás. É benéfico expor esses homens vulneráveis a situações traumáticas que podem desencadear ansiedade, pânico, memórias do passado ou, pior, comportamento agressivo e perigoso? Situações como assassinatos políticos, guerras civis, bruxarias, cabeças decapitadas, menininhos sendo asfixiados pelo tio malvado em um calabouço? Grande parte disso é próximo demais das vidas que eles já estão levando. Sério, sr. Duke, o senhor quer correr esses riscos e tomar essas responsabilidades para si?

É teatro, Felix contesta mentalmente. A arte das ilusões verdadeiras! Evidente que lida com situações traumáticas! Invoca demônios a fim de exorcizá-los! Vocês nunca leram os gregos? Será que a palavra "catarse" significa alguma coisa para vocês?

Sr. Duke, sr. Duke, o senhor está sendo abstrato demais. Estas são pessoas reais. Não são figurantes na sua estética do drama, não são suas cobaias, não são seus brinquedos. Tenha um pouco de respeito.

Tenho respeito, Felix responde em silêncio. Tenho respeito pelo talento: o talento que, de outra forma, permaneceria escondido e que tem o poder de trazer à tona luz e existência de onde há escuridão e caos. Por esse talento, crio tempo e espaço; permito que ele tenha um local para habitar e um nome, por efêmeras que essas coisas sejam; por outro lado, todo teatro é efêmero. Esse é o único tipo de respeito que reconheço.

Sentimentos admiráveis, ele diz a si mesmo. Mas pretensiosos, o sr. não acha, sr. Duke?

Ele para em frente a uma porta fechada que bloqueia sua passagem, espera até que se abra e a atravessa. A porta desliza e se fecha atrás dele. Há uma porta semelhante na outra extremidade desse setor do edifício. As duas portas são mantidas fechadas e trancadas enquanto suas aulas estão em curso. É mais seguro assim, sr. Duke.

Não há sistema de áudio conectado à segurança do lado de fora, nem de vídeo. Ele insistiu nisso: atores não devem ser espionados enquanto estão ensaiando, causa muita inibição. O alarme em seu cinto deve ser suficiente, na situação em que ele está, e até o momento sua posição se sustenta. Em três anos, nunca houve motivo para usá-lo.

Há um lavatório ali, primeira porta à esquerda. E três salas menores que ele pode usar como espaços para ensaio, vestiário ou camarim, conforme a necessidade. Há duas celas em exposição, uma é a réplica de uma cela dos anos 1950 e a outra, dos anos 1990; no passado, foram usadas em associação com um curso de administração judiciária lecionado na Universidade de Western Ontario, mas estão desocupadas desde então. Cada uma tem quatro camas, duas superiores e duas inferiores, e uma escotilha na porta.

A Companhia de Atores da Instituição Penal de Fletcher as utiliza como cenários durante as gravações dos vídeos. Elas já foram tendas do exército para Brutus, Ricardo e seus pesadelos. Com a ajuda de cobertores vermelhos e bandeiras de papel, foram salões de trono. Foram grutas de feiticeiras escocesas, foram o Senado Romano, foram um calabouço na Torre, onde o primeiro e o segundo assassinos se posicionaram para a emboscada, se preparando para afogar Clarence em bebida alcoólica. Lady Macduff e seus filhos foram mortos ali. Isso quase foi traumático demais: alguns dos atores tiveram lembranças de seus pesadelos de infância. Bestas violentas, ameaças, machucados, gritos, facas.

Ao passar por ali, Felix espia pelas janelas dessas celas. Tudo lá dentro é lúgubre, embora arrumado; as camas estão feitas impecavelmente, com cobertores cinza. Quem suspeitaria da bruxaria, da cerimônia, da violência física que aconteceu ali? E o que vai acontecer em seguida?

No final, há a grande sala de aula, a que Felix usa para as partes mais expositivas do curso, anteriores aos ensaios. Tem vinte mesas, um quadro branco, e, graças a Estelle, também tem um computador, sem conexão com a internet, portanto não é possível navegar em sites pornô; deve-se usá-lo apenas para o trabalho teatral. E, o mais importante, a sala tem uma grande tela plana. É nessa tela que os atores podem assistir ao resultado de seus esforços.

Essa sala tem duas portas, uma na frente e outra atrás. Não tem janelas. Cheira ligeiramente a sal e a pés sujos.

É essa a extensão, reflete Felix, de meu reino insular. Meu lugar de exílio. Minha penitência.

Meu teatro.

13/ FELIX FALA AOS ATORES

Naquele mesmo dia

Felix se coloca ao lado do quadro branco, na frente da grande sala principal, voltado para a turma deste ano. Embora tenha lido a lista de inscritos e enviado o material do curso (o livro da peça e as notas), ele nunca sabe antecipadamente quem vai aparecer. Sempre há algumas desistências e, assim, alguns remanejamentos da lista de espera. Por mérito seu, sempre há uma lista de espera. Podem haver ausências por outros motivos também. Transferências para outras unidades, liberdades condicionais antecipadas, ferimentos que exigem tempo de internação.

Ele inspeciona a sala. Rostos familiares, veteranos de suas peças anteriores: esses acenam para ele com a cabeça, oferecem-lhe esboços de sorriso. Rostos novos, inexpressivos ou apreensivos: não sabem o que esperar. Todos eles garotos perdidos, embora não sejam garotos: a idade deles varia de dezenove a quarenta e cinco. Têm muitos tons de pele: do branco ao negro, passando pelo amarelo, vermelho e marrom; são de muitas etnias. Os crimes pelos quais foram condenados são variados. A única coisa que têm em comum, além de sua condição de detentos, é o desejo de estar na trupe de arte dramática de Felix. Suas motivações, ele prevê, são variadas.

Ele leu suas fichas – obtidas por Estelle por algum misterioso processo –, embora finja não ter lido; por isso, ele sabe por que eles estão lá dentro. Alguns são integrantes de gangues assumindo a culpa no lugar de algum superior, alguns foram presos por tráfico semiamador. Roubo, de bancos a carros e lojas de conveniência. Um garoto genial que é hacker e foi condenado por ser contratado para roubar informações corporativas, um vigarista especialista em roubo de identidade. Um médico banido. Um contador, cumprindo pena por desvio de verba. Um advogado, golpista esquema pirâmide.

Alguns deles são atores experientes, já estiveram em várias de suas peças. Tecnicamente, não deveriam fazer o curso mais de uma vez, mas Felix driblou essa restrição acrescentando alguns derivados de seu serviço principal, com tutoriais e módulos baixados da internet. Em "Tecnologia para teatro", eles aprendem sobre iluminação, adereços, efeitos especiais e cenários digitais. Em "Design teatral", aprendem sobre figurino, maquiagem, perucas e máscaras. Em "Edição de vídeo para teatro", aprendem a transformar água em vinho. Ele divide os créditos acadêmicos proporcionalmente. Tudo parece perfeito no papel para os poderes constituídos. O sr. Duke, que bela pechincha: quatro cursos pelo preço de um.

Enquanto isso, ele promoveu vários conhecimentos que pode solicitar quando necessário. Tem figurinistas, editores de vídeo, homens para a iluminação e os efeitos especiais, artistas de disfarce perfeitos. Às vezes ele se pergunta como as habilidades que ele ensina poderiam vir a calhar, por exemplo, em um roubo a banco ou em um sequestro, mas deixa esses pensamentos indignos de lado quando aparecem.

Ele olha fixamente a classe, já selecionando mentalmente o elenco para os papéis. Lá está seu perfeito Ferdinando, príncipe de Nápoles, olhando para ele com seus olhos redondos e ingênuos, como se estivesse pronto para se apaixonar: Garoto Prodígio, o charlatão. Lá está seu Ariel, a menos que ele esteja muito enganado, espírito elemental do ar, esguio e habilidoso, brilhando com o frescor de sua inteligência juvenil: 8Handz, o hacker criminoso genial. Um Gonçalo atarracado, o conselheiro entediante e valoroso: Colarinho Branco, o contador esquisito. E Antônio, o irmão traidor e usurpador do mago Próspero: Kobra, o golpista no esquema pirâmide e fraudador imobiliário, com seu olho esquerdo puxado e sua boca torta que fazem com que ele pareça sempre escarnecer.

Um Tríngulo palerma, o tolo, o bobo da corte. Nenhum Estéfano, o despenseiro bêbado. Vários Calibãs, mal-encarados e musculosos: grosseiros e potencialmente violentos. Ele vai poder escolher. Mas antes de tomar uma decisão sobre qualquer um deles, terá de ouvi-los lendo algumas falas.

Ele sorri, confiante; um sorriso de alguém que sabe o que está fazendo. Depois, começa uma versão do discurso com o qual inicia toda nova temporada.

— Bom dia — ele diz. — Bem-vindos à Companhia de Atores da Instituição Penal de Fletcher. Não me interessa saber por que estão aqui ou o que dizem que vocês fizeram: para este curso, o passado é um prólogo, o que significa que começamos a contar o tempo e as realizações neste exato lugar, neste exato momento.

"A partir deste momento, vocês são atores. Todos vocês representarão uma peça; todo mundo terá uma função, como os veteranos que já passaram por isso antes vão contar a vocês. A Companhia de Atores da Instituição Penal de Fletcher só monta peças de Shakespeare, porque essa é a melhor e mais completa maneira de aprender teatro. Shakespeare tem algo para todo mundo, porque esse era o público dele: todo mundo, de alto a baixo, ida e volta.

"Meu nome é sr. Duke, e sou o diretor da peça. Isso significa que estou no comando da produção inteira e a palavra final é minha.

"Mas trabalhamos como um time. Cada homem terá um papel fundamental a executar, e se alguém estiver com problemas, a tarefa dos membros de seu time é ajudá-lo, porque nossa peça terá a força de seu elo mais fraco: se alguém falha, falhamos todos juntos. Por isso, se um cara do seu time tem dificuldades para ler as palavras, vocês precisam ajudá-lo. E precisam ajudar uns aos outros a decorar os papéis, e a compreender o que as palavras significam, e como transmiti-las com força. Essa é a missão de vocês. Devemos todos subir ao nível mais alto. A Companhia de Atores da Instituição Penal de Fletcher tem uma reputação a manter e o que criarmos juntos honrará essa reputação.

"Vocês me ouviram mencionar times e aqueles que já estiveram em uma de minhas peças antes sabem o que isso significa. Cada um dos personagens principais terá um time em torno de si e todos daquele time devem aprender as falas do personagem. Isso porque cada ator principal deve ter alguns substitutos, para o caso de uma doença ou qualquer outro… para o caso de emergências inesperadas, como uma liberdade condicional, por exemplo. Ou um escorregão no chuveiro. A peça deve continuar a despeito de tudo: é assim que acontece no teatro. Nesta companhia, apoiamos uns aos outros.

"Vocês farão algumas redações. Escreverão sobre aspectos da peça, mas também reescreverão aqueles papéis da peça que decidirem, que decidirmos, que podem ser tornados mais compreensíveis para o público moderno. Vocês gravarão um vídeo de nossa produção; esse vídeo é exibido para todos na... todos da Fletcher. Nosso vídeo será algo para ter orgulho, como as produções anteriores foram."

Ele sorri de modo reconfortante e consulta uma pasta.

— Na próxima aula, vocês terão de escolher um nome artístico. Muitos atores, cantores de ópera e mágicos também faziam isso no passado. Harry Houdini, nascido Erik Weisz, Bob Dylan era Robert Zimmerman, Stevie Wonder era Steveland Judkins. — Ele procurou esses nomes na internet, buscando por "alter egos artísticos". Conhece apenas alguns deles: acrescenta alguns mais jovens cada vez que faz o discurso. — Estrelas do cinema fazem isso, sem mencionar os roqueiros e os rappers. Snoop Dogg era Calvin Broadus. Entendem o que quero dizer? Então, pensem em seu nome artístico. É como um apelido.

Há movimentos de cabeça e sussurros. Os atores experientes já têm seus nomes artísticos de produções anteriores. Estão sorridentes agora: dão as boas-vindas ao retorno desses seus outros egos, ali posicionados como um figurino, prontos para serem assumidos.

Felix faz uma pausa, se prepara para a parte difícil.

— Agora. Esta será a peça deste ano. — Ele escreve no quadro branco com um pincel atômico vermelho: "A TEMPESTADE". — Então — ele diz. — Vocês receberam o livro da peça antecipadamente, têm minhas notas, tiveram tempo para ler. — Para alguns deles, isso é verdadeiro apenas como força de expressão, já que seus níveis de leitura estão, na melhor das hipóteses, no terceiro ano do ensino fundamental. Entretanto, eles vão melhorar: seus times os farão melhorar. Eles serão puxados para cima pela escada do letramento, degrau por degrau.

— Vou começar pelas ideias centrais — Felix continua.
— São as coisas importantes a buscar quando estiverem descobrindo como apresentar essa peça."

Usando o pincel atômico azul, ele escreve:

"É UM MUSICAL: Tem a maior quantidade de música + canções em Shkspr. A música é usada para quê?"

"MAGIA: Usada para quê?"

"PRISÕES: Quantas?"

"MONSTROS: Quem são?"

"VINGANÇA: Quem deseja isso? Por quê?"

Observando seus rostos, petrificados, carrancudos ou francamente perplexos, ele pensa: eles não entenderam. Não como em *Júlio César*, não como em *Macbeth*; nessas, eles compreenderam a questão logo de cara. Nem mesmo como em *Ricardo III*, que havia imposto um desafio, já que muitos deles ficaram do lado de Ricardo.

Ele respira fundo.

— Antes de qualquer coisa, perguntas?

— Sim — diz Pernazz. Arrombador, assaltante. Veterano no palco da Fletcher, interpretou Marco Antônio em *Júlio César*, uma das feiticeiras em *Macbeth* e Clarence em *Ricardo III*. — Nós lemos. Mas por que vamos fazer essa? Não tem nenhuma cena de luta, e tem, tipo, uma fada.

— Não vou fazer a fada — diz C-nora. Ele foi Lady Macbeth em *Macbeth* e Richmond em *Ricardo III*. Tem fala mansa e, segundo ele, um monte de beldades fiéis esperando por ele quando sair.

— Também não vou fazer a garota. — Essa veio de Navalha: tem um contato em um grupo de narcotraficantes somalis e foi preso em uma grande batida policial anos atrás. Ele olha ao redor da sala buscando apoio: acenos truculentos de cabeça, murmúrios de aprovação. Ninguém quer nenhum desses papéis: nem o de Ariel, nem o de Miranda.

Felix tem nas mãos uma rebelião em potencial, mas havia previsto isso. Enfrentou a questão de gênero em outras peças, mas aquelas personagens femininas eram mulheres adultas e irrelevantes ou pura e simplesmente maldosas, portanto, eram muito mais fáceis de aceitar. As feiticeiras de *Macbeth* foram moleza; os caras não tiveram objeções em representar bruxas caquéticas e malvadas porque eram monstros, não mulheres de verdade, e Calpúrnia era personagem secundária. Lady Macbeth era ainda mais monstruosa do que as feiticeiras: C-nora disse que ela era igual à mãe dele, e a representou muito bem. Lady Anne, de *Ricardo III*, era furiosa e explosiva, cuspia fogo figurativamente e saliva literalmente. Navalha se deliciou com isso.

Miranda, entretanto, não é um monstro nem uma mulher adulta. É uma garota, e uma garota vulnerável. Qualquer homem que a interprete perderá sua posição de uma forma desastrosa. Ele se tornará um bundão, um alvo. Interpretando uma garota, ele se arrisca a ser tratado como uma. Também seria desastroso para Ferdinando: ter de proferir aquelas declarações de amor desbotadas para um rude companheiro de prisão.

— Vamos tirar essa coisa da garota do caminho nesse momento — diz Felix. — Primeiro, ninguém nesta sala terá de ser Miranda. Miranda é uma doce e inocente garota de quinze anos. Não consigo ver nenhum de vocês sendo convincentes nesse papel.

Os resmungos de alívio são nítidos.

— Ok, ótimo — diz Navalha. — Mas se ninguém aqui vai fazer, quem vai?

— Vou solicitar... — Felix faz uma pausa, reajusta a linguagem. — Vou contratar uma atriz profissional — ele diz. — Uma mulher de verdade — acrescenta, para que eles verdadeiramente compreendam a ideia.

— Ela vem aqui? — diz C-nora. — Para participar de nossa peça?

Eles olham uns para os outros, incrédulos. *A tempestade* acaba de se tornar mais convidativa para alguns deles.

— Você consegue convencer alguma mina a fazer isso? Garoto Prodígio, o vigarista de olhar profundo, se manifesta.

— Não acho certo você trazer uma garota aqui. Vai colocá-la em má situação. Não que eu vá encostar um dedo nela — diz. — Mas... Só estou dizendo.

— É, o caralho que não ia — diz uma voz vinda do fundo. Risos.

— Ela vai *representar* o papel de uma jovem — diz Felix. — Não disse que ela *será* uma jovem. Nem que ela será velha — ele acrescenta, para conter as manifestações de desânimo. — Considerem a participação dela um privilégio. Qualquer problema, como perturbar, apalpar, beliscar, falar obscenidades e assim por diante, ela vai embora e vocês também. Espero que todos vocês se comportem como os atores profissionais que considero que são. — Não que atores profissionais deixem de ceder ao desejo de beliscar e apalpar, ele lembra a si mesmo. Mas não há necessidade de compartilhar essa reflexão.

— Algum travado sortudo vai fazer o Ferdie, qual o nome dele? — diz Pernazz. — Vai conseguir aquelas cenas quentes de primeiro plano. Bem de perto.

— Travado mesmo — diz C-nora.

— O cara vai estar tão travado que vai ficar gelado.

Murmúrios, risadinhas.

— Vamos tratar disso quando chegarmos nesse ponto — diz Felix.

— Tudo muito bem — diz Colarinho Branco, o contador peculatário. Seu nome artístico lhe foi conferido por consenso. Ele não estava muito satisfeito, no início, e tentou insistir em algo mais digno, como "Cifrão". Queria preservar seu sentimento de superioridade. Mas acabou por aceitar "Colarinho Branco" porque... que outra escolha tinha?

Colarinho Branco interpretou Cássio em *Júlio César* e é insistente com os detalhes, em geral de modo exaustivo. Felix o considera uma provação. Sempre quer mostrar como se preparou bem. Gonçalo, ele pensa: Colarinho Branco é excelente para o papel.

— Tudo muito bem — Colarinho Branco continua —, mas você não falou da questão do... ahn... da questão de Ariel.

— É, a fada... — diz Pernazz.

— Vamos discutir isso na sexta-feira — diz Felix. — Agora, o primeiro exercício de escrita de vocês. Quero que vocês revejam o texto com muita atenção e façam uma lista dos xingamentos usados na peça. Esses serão os únicos xingamentos que vamos usar nesta sala. Qualquer um que seja pego usando aquelas outras palavras, aquelas que falam de relações e por aí vai, perde um ponto na nota final. A contagem dos pontos é na base da confiança, mas somos testemunhas uns dos outros. Entendido?

Risos dos veteranos: Felix sempre estabelece um desafio desses para a turma.

— Vamos representar em troca de cigarros? — pergunta C-nora. — Como sempre?

— Evidente — diz Felix. — Assim que tiverem a lista de vocês, escolham dez daquelas palavras, as memorizem e aprendam como soletrá-las. Esses serão seus xingamentos especiais. Podem usá-los nessa aula para qualquer um e qualquer coisa. Se não sabem o que significam, ficarei satisfeito em dizer para vocês. Um, dois, três e já!

Cabeças são arqueadas, cadernos são abertos, livros da peça são consultados, lápis trabalham.

A profanidade de vocês, pensa Felix, muitas vezes foi a bastarda progenitora, nascida de uma bruxa, de sua escrita. Além dos bastardos dos cigarros, que a peste vermelha acabe com eles.

14/ PRIMEIRO TRABALHO: XINGAMENTOS

Quarta-feira, 9 de janeiro de 2013

Na quarta-feira, Felix se sente mais relaxado. Superou o primeiro obstáculo. Ele coloca no rosto sua expressão mais afável: indulgente, mas esperando a excelência.

— Vejamos como vocês se saíram com a lista de palavrões — ele diz. — Quem tem a lista consolidada?

— O Colarinho Branco — diz Navalha.

— E quem vai lê-la para que possamos todos ouvir?

— Ele — diz Pernazz.

— Porque ele sabe como pronunciar — diz C-nora.

Colarinho Branco toma a palavra e lê em voz alta, com seriedade, para impressionar, em sua melhor voz de reunião de conselho.

— Parido para ir para a forca. Que pegues uma chaga na garganta. Cão malévolo, blasfemo e vociferador. Bastardo. Matraca insolente. Patife beberrão. Criatura maligna. Bruxa de olho azul. Filhote sardento parido por uma bruxa. És terra. És galápago. Escravo venenoso, gerado pelo próprio demônio. Que um orvalho, mais maléfico do que aquele que minha mãe recolheu com a pena de um corvo em um pântano mórbido caia sobre vós com o vento sudoeste e vos cubra inteiro de bolhas. Que sapos, escaravelhos e morcegos pulem em vós. Que imundície sois vós. Escravo abominável. Que a peste vermelha elimine você. Semente de bruxa. Que todas as purulências arrancadas pelo sol dos lamaçais, pântanos e planícies caiam sobre (incluir nome aqui) e nele causem, pouco a pouco, uma doença. Monstro abjeto. Monstro pérfido e bêbado. Palerma. Bobalhão. Remendo abjeto. Que uma praga o atinja. Que o demônio arranque seus dedos. Que o inchaço da bebida afogue esse tolo. Meio-demônio. Criatura da treva.

— Muito bem — diz Felix. — Parece bastante completa. Não consigo pensar em nada que vocês tenham esquecido. Perguntas ou comentários?

— Já me chamaram de coisa pior — diz C-nora.

— Por que *terra* é um insulto? — diz Pernazz.

— É, vivemos na terra — diz Coiote Vermelho. — É onde cresce a comida, certo? E *galápago*. É tipo uma tartaruga, certo? É uma criatura sagrada em algumas nações. Por que uma tartaruga é ruim?

— Colonialismo — diz 8Handz, que passou muito tempo na internet em sua vida passada como hacker. — Próspero pensa que ele é tão incrível e superior, que pode diminuir o que outras pessoas pensam.

O melhor do multiculturalismo, pensa Felix. Ele previu a objeção em relação a "terra", mas não em relação a "galápago". Ele arrisca essa primeiro.

— "Galápago" significa simplesmente lerdo — ele diz.

— Nessa peça.

— Tipo, arrastando a bunda — diz Ligação Direta, prestativo.

— Então, em todo caso, voto para que a gente não use esse — diz Coiote Vermelho.

— A escolha é de vocês — diz Felix. — Quanto a "terra", é o oposto de "ar", aqui. É para ter o sentido de pessoa de baixo nível.

— Voto para que a gente não use esse também — diz Coiote Vermelho.

— De novo, a escolha é de vocês — diz Felix. — Algo mais?

— Estou deixando registrado — diz Coiote Vermelho.

— Qualquer um que me chamar de galápago ou terra... estou avisando.

— Ok, já ouvimos — diz Pernazz.

— Tenho uma — diz Navalha. — Uma pergunta. "Merda" é um palavrão? Podemos usar ou não?

É uma boa questão, pensa Felix. Tecnicamente, "merda" poderia não ser considerada um palavrão propriamente dito, apenas uma expressão escatológica, mas ele não quer ouvir isso o tempo todo. *Merda isso, merda aquilo, seu merda.* Ele poderia deixá-los votar a respeito, mas qual a vantagem de estar no comando desse grupo tão variado se ele se recusa a assumir o comando?

— Merda está fora — diz. — Ajustem seus xingamentos adequadamente.

— "Merda" era permitida no ano passado — diz Pernazz. — Então, por quê?

— Mudei de ideia — diz Felix. — Cansei da palavra. Merda em excesso fica monótono, e monotonia é anti--Shakespeare. Agora, se não houver mais perguntas, vamos fazer o exercício de soletrar. Sem espiar o papel de ninguém. Consigo ver todo mundo daqui. Prontos?

15/ OH, VOCÊ
É ADMIRÁVEL

Quinta-feira, 10 de janeiro de 2013

Felix já contratou a Miranda que deseja. É a garota que ele havia selecionado para o papel doze anos atrás para sua *Tempestade* que foi cancelada: Anne-Marie Greenland, a ex-ginasta mirim.

Era evidente que ela estaria mais velha agora, ele refletiu, embora não tão mais velha pensando em parâmetros absolutos, já que ela era muito jovem doze anos atrás. Com seu tipo físico (esguia, forte), ela certamente ainda poderia se passar por Miranda. Supondo-se que ela não tenha inchado.

Localizá-la exigiu certa engenhosidade dele. Não queria passar por uma agência de elenco, já que nenhuma agência gostaria de colocar uma cliente dentro de uma instituição penal: poderiam existir riscos. Ele precisaria entrar em contato com ela pessoalmente e convencê-la. Até ofereceria um cachê, podia usar parte de seu minúsculo orçamento para isso.

A internet veio a calhar: assim que começou a procurar, encontrou o currículo dela bem depressa. Estava registrada no ActorsHub e no CastingGame. Depois que sua *Tempestade* foi cancelada, ela fez alguns papéis menores em Makeshiweg: uma prostituta do bordel em *Péricles*, uma escrava em *Antônio e Cleópatra*, uma bailarina em *West Side Story*. Nada maior. Interpretar Miranda teria feito por ela coisas admiráveis: ele poderia ter revelado seu talento, poderia ter ensinado muito a ela. Aquilo teria construído sua carreira. Ele não foi a única pessoa que teve a vida seriamente arruinada por Tony e Sal.

Depois de *West Side Story*, Anne-Marie transferiu-se completamente para a dança. Participou de várias temporadas como aprendiz e depois como bailarina convidada com a Kidd Pivot: ele encontrou um excelente vídeo no YouTube em que ela aparece em uma coreografia cheia de energia com dois bailarinos. Entretanto, devido a uma lesão, ela teve de sair antes da espetacular *Réplica de A tempestade* montada pela companhia e desapareceu do próprio CV por oito meses. Então, ela reapareceu como coreógrafa de uma produção semiamadora de *Crazy for You*, em Toronto. Isso foi no ano passado.

Tempos difíceis no mundo de Anne-Marie, ele supôs. Será que ela tinha um marido, um companheiro? Nenhuma menção. Ela tinha um perfil no Facebook, embora não tivesse muitas publicações recentes. Algumas fotos suas: uma loira magra, musculosa, de cabelos cor de mel. Olhos grandes. Sim, ela ainda poderia fazer Miranda. Mas iria querer?

Felix pediu para ser seu amigo no Facebook usando seu nome verdadeiro; por milagre, foi aceito.

O passo seguinte era tentar persuadi-la. Ela se lembrava dele?, perguntou online. Sim, se lembrava, foi a resposta, concisa, sem exclamações de alegria. Estava disponível para um trabalho teatral? Isso dependeria, ela respondeu. Ele a havia decepcionado uma vez, supôs que ela estivesse pensando, então por que ele achava que poderia penetrar novamente em sua vida como se nada tivesse acontecido?

Acontece que ela estava trabalhando meio período como barista em um empório de café, o Horatio's, justamente em

Makeshiweg. Com a esperança de conseguir alguma coisa no Festival, ele supôs.

Ele marcou horário para uma reunião, e então a encontrou no Horatio's. Não estava muito preocupado que alguém de sua antiga vida pudesse reconhecê-lo: ele tinha uma aparência tão diferente agora, com a barba e as sobrancelhas brancas e, além disso, a maior parte do antigo grupo se foi: ele verificou isso no site da companhia.

Anne-Marie ainda tinha a aparência jovem, ele observou, aliviado. Talvez ela até estivesse mais magra. O cabelo estava preso em um coque de bailarina, em cada uma das orelhas, pequenos brincos de ouro. Ela vestia jeans *skinny* e camisa branca, que era, aparentemente, o uniforme de barista do Horatio's.

Ele a levou até a esquina, a um dos bares mais barulhentos, o Imp and Pig-Nut: o letreiro na porta apresentava algum tipo de troll de olhos vermelhos, sorrindo como se estivesse no trailer de um filme sangrento. Assim que se acomodaram em um compartimento de madeira escura, Felix pediu uma cerveja artesanal local para Anne-Marie e uma para si.

— Algo para comer? — perguntou. Já estava chegando a hora do almoço.

— Hambúrguer e fritas — ela respondeu, observando-o com seus grandes olhos inquietos. — Malpassado. — Ele se lembrou da primeira regra dos atores famintos: nunca recusar comida de graça. Quantos pratos de uvas e queijo ele mesmo havia devorado nos camarins no passado? — Então — ela disse. — Já se passou muito tempo. Você simplesmente, tipo, evaporou. Ninguém sabia para onde você foi.

— O Tony me cortou.

— É, a notícia se espalhou — ela disse. — Alguns de nós pensamos que ele havia cortado você de verdade. Rachou sua cabeça. Enfiou você em um buraco no chão.

— Quase — ele disse. — A sensação que deu foi essa.

— Você não se despediu — ela disse, em tom de reprovação. — De nenhum de nós.

— Eu sei. Peço desculpas. Não consegui — disse. — Tinha meus motivos.

Ela se mostrou compassiva, deu um pequeno sorriso para ele.

— Deve ter sido difícil para você.

— Lamentei, principalmente — ele disse —, não ter sido capaz de dirigir você. Em *A tempestade*. Você seria espetacular.

— É... Bem — ela disse —, também lamentei muito. — Ela enrolou as mangas da camisa, estava quente ali dentro, no meio das cervejas artesanais, e ele viu que ela tinha uma abelha tatuada no braço. — E agora?

— Antes tarde do que nunca — ele disse. — Quero que você interprete Miranda. Em *A tempestade*.

— Não diga — respondeu. — Não é brincadeira?

— Não, de modo algum — ele disse. — Mas a situação é um tanto estranha.

— Todas são — ela disse. — Mas ainda lembro das falas. Estava me esforçando tanto que podia dizê-las dormindo. Onde você vai montá-la?

Ele faz uma pausa para respirar.

— Na Instituição Penal de Fletcher — ele disse. — Ensino teatro lá. Para os... ahn... detentos. Alguns são atores bastante bons, você se surpreenderia.

Anne-Marie deu um volumoso trago na cerveja.

— Deixe-me entender direito — ela disse. — Você quer que eu entre em uma prisão onde não tem nada além de um monte de criminosos e faça Miranda?

— Nenhum deles estava disposto a fazer a garota — ele disse. — Você pode imaginar por quê.

— Sei bem. E não os culpo — ela disse com um tom de voz duro. — Ser garota é um desastre, acredite em mim.

— Você será muito bem-vinda — ele disse. — Na companhia. Eles estão empolgados com essa possibilidade.

— Aposto que sim — ela disse.

— Não, sério. Eles vão respeitar você.

— Eles são um bando de Ferdinandos inocentes e delicados, é?

— Há segurança — ele disse. — Com armas de eletrochoque, vigias e tudo mais. — Ele faz uma pausa. — Não que isso seja necessário. Sério. — Ele faz outra pausa. — Você será paga. — Outra pausa e, então, seu incentivo final. — Você nunca terá outra experiência teatral como essa. Garanto.

— Você não conseguiu convencer nenhuma outra pessoa a fazer isso, conseguiu? — ela disse, e então ele soube que estava quase lá.

— Você é a primeira que convido — ele disse, com sinceridade.

— De qualquer forma, sou velha demais — ela disse. — Não é como há doze anos.

— Você é perfeita — ele disse. — Tem frescor.

— Como merda que acabou de ser feita — ela disse, e ele pestanejou. Aquela boca suja dela sempre o espantava. Nunca estava preparado quando uma porção de imundícies saía de sua boca infantil.

— É porque você acha que eu tenho aparência de criança — ela disse. — Não sou peituda.

Inútil negar.

— Peitudas são superestimadas — disse Felix. Sempre música para os ouvidos de uma mulher com seios pequenos... e ela sorriu um pouco.

— Você mesmo vai fazer Próspero? — perguntou. — Não será nenhum ladrão de banco que vai pegar o velho mago? Porque eu adorava aquilo, aqueles discursos dele. Não conseguiria aguentar ouvir alguém cagando no texto.

— Exatamente — ele disse. — Magia no xilindró: eis um desafio para mim. Interpretar em um palco de segunda é um passeio no parque comparado com isso. Ou, veja de outra forma: pode ser minha última oportunidade.

Ela deu um largo e repentino sorriso para ele.

— Você continua o mesmo doido de sempre — ela disse. — Mas que diabo, você está inspirado! É foda, quem mais ia tentar uma enrolação dessas? Ok, você conseguiu! — Ela estendeu uma das mãos para que pudessem selar o acordo, mas Felix ainda não havia terminado.

— Só mais duas coisas — ele disse. — Primeira: lá meu nome é sr. Duke. Ninguém sabe sobre o festival, do qual já fui... É uma longa história, um dia conto para você. Mas "Felix Phillips" fica de fora. Poderia gerar perguntas e causar problemas.

— E, de repente, você tem medo de problema? — ela pergunta. — Você?

— Esse seria o tipo ruim de problema. Segunda coisa, nada de xingamentos convencionais. Não são permitidos: uma regra minha. Eles só podem usar os xingamentos que fazem parte da peça original.

Ela parou um instante para pensar.

— Ok, posso me arranjar com isso — ela disse. — Que mais, palerma? Dá um trago! É um bom negócio!

Desta vez, eles selaram o acordo com um aperto de mãos. Ela tinha a empunhadura de um abridor de latas. Castidade não seria o único motivo para seu Próspero alertar o rapaz Ferdinando para se manter longe dessa garota: Ferdinando não iria querer ser um noivo mutilado.

— Gosto da sua abelha — ele disse. — A tatuagem. Algum significado especial?

Ela olhou para baixo da mesa.

— Eu estava tendo um lance com o Ariel — ela disse. — O ator, na sua peça. Bom enquanto durou, mas ele partiu meu coração. A abelha era uma piada nossa.

— Piada? Que tipo de piada? — Assim que disse isso, Felix percebeu que não queria ouvir a resposta. Por sorte, o hambúrguer chegou e Anne-Marie enfiou seus pequenos dentes brancos nele com um suspiro de prazer. Felix a viu devorá-lo, tentando se lembrar como era sentir toda aquela fome.

16/ INVISÍVEL A QUALQUER OUTRO OLHO

Sexta-feira, 11 de janeiro de 2013

Felix inicia a aula de sexta-feira lançando um anzol.
— Tenho notícias sobre a atriz — fala. — A que eu disse que interpretaria Miranda. — Ele mantém o tom de voz, faz uma pausa por alguns instantes. Boas ou más notícias?, eles estarão pensando. Eles ficam atentos: nem um resmungo, nem um gemido. — Foi difícil — diz. — Só uma mulher excepcional aceitaria essa. — Gestos de cabeça imperceptíveis. — Ela tinha algumas reservas. Tive de tentar convencê-la — ele continua, enrolando. — Pensei que havia falhado. Mas, por fim...

— Isso! — diz 8Handz. — Você conseguiu! Que fo... Quer dizer, é abjeto de tão incrível!

— Sim, por fim, tive sucesso!

— Mandou bem, peste vermelha! — diz C-nora.

— Obrigado — diz Felix. Ele se permite um sorriso, faz uma pequena mesura. Esperam que ele seja ligeiramente formal. Refinado, como convém ao cavalheiro da velha guarda que ele finge ser. — O nome dela é Anne-Marie Greenland — ele continua —, e ela é não apenas atriz, mas bailarina também. Uma bailarina muito atlética — acrescenta. — Trouxe um vídeo para mostrar a vocês. — Ele baixou o vídeo do YouTube para um pen drive que conecta ao computador da sala de aula. — Apaguem as luzes, por favor.

Lá está Anne-Marie em seus dias de bailarina, usando uma blusa preta decotada e sem mangas e shorts de cetim verde. Ela joga seu ágil parceiro masculino no chão e então enrola seus braços e pernas em torno dele como um polvo, empurrando a cabeça dele para trás em um golpe de estrangulamento. Ele luta com ela, ergue-a no ar, gira-a em círculos, a cabeça dela quase toca o chão. Ela desliza entre as pernas dele e logo está em pé, novamente saltando no ar com os pés separados. Agora, ela o pega pelo punho e torce seu cotovelo em um doloroso ângulo reto. Os músculos de seus braços vigorosos ficam claramente visíveis.

— Uau — diz uma voz. — Isso... mas que bobalhão é esse?

— Ela pode despedaçar um bastardo como você!

— Ela tem uma praga de uma tatuagem!

— Chaga venenosa!

— Sobre que coisa abjeta é isso?

— O amor romântico — diz Felix. — Suponho. — Ele imediatamente sente vergonha de si mesmo: esse cinismo já saturado não tem lugar no mundo de magia no qual, em breve, ele pedirá que acreditem.

Anne-Marie dá piruetas em volta do parceiro, que está rolando pelo chão. Ela dá mortal de costas e cai em pé. Um segundo bailarino entra em cena com um salto, ergue-a e a joga sobre os ombros; os pés dela se agitam. Agora ela está novamente no chão; assume brevemente a postura de um lutador, mas logo corre e há uma perseguição, com os dois bailarinos atrás dela. Ela para, levanta um pé, o flexiona e chuta com o calcanhar. Eles caem, em graciosa sincronia. Anne-Marie salta no ar, mais alto do que pareceria possível. As luzes se apagam.

Uma sala cheia de homens suspirando.

— Luzes, por favor — diz Felix. Iluminação: ele confronta a imagem dos rostos de olhos arregalados. — Esse foi um pequeno exemplo dos muitos talentos de nossa nova Miranda. Anne-Marie vai se juntar a nós para uma semana inteira de leitura da peça, depois que terminarmos o processo de seleção do elenco.

— Ela é, tipo, faixa preta? — Pernazz quer saber.

— Cara, ela é... maligna, cara! — Isso vem de C-nora.

— Se ela chuta suas bolas, elas saem direto pela boca — diz Kobra. — Aposto que ela é uma peste vermelha de uma sapatão... só tem um jeito de descobrir! — Ninguém ri.

— Ela é um traste de pele e osso — diz Phil, o Chato. — Transtorno alimentar.

— Por mim, prefiro os trastes das raparigas mais carnudas — diz C-nora.

— A cavalo dado não se olha os dentes — diz Krampus, o menonita tristonho.

— Isso aí, cara de sapo — diz Pernazz. — Para mim ela é gostosa!

— Ela é uma artista muito talentosa — diz Felix. Está contente em perceber que eles já estão utilizando os xingamentos escolhidos. — Temos sorte por ela ter concordado em trabalhar conosco. Mas, se eu fosse vocês, não entraria em atrito com ela. Já viram por quê.

— Aposto que ela consegue matar um com aqueles polegares abjetos dela — diz Garoto Prodígio, com tristeza.

— Agora — diz Felix —, vamos falar sobre Ariel. Quem acha que pode gostar do papel?

— Nem pensar, cara — diz uma voz vinda do fundo da sala.

— Eu não faço a fada, ponto. Já disse. — Kobra, um homem de opiniões definitivas.

Um sentimento universal: nenhuma mão se ergue, todos os rostos se fecham. Ele consegue ouvir o que estão pensando: se é assim com Miranda, é assim com Ariel. Muito fraco. Muito gay. Fora de questão.

— Vai trazer uma atriz para fazer a Miranda, certo? Então, traz uma fada para fazer a fada — diz Navalha. Murmúrios de "isso aí", risadinhas.

Felix poderia perguntar e eles por que acham que Ariel é uma fada, mas já sabe por quê. Flutua no ar, dorme nas flores, é delicado. Parece uma fada, age como uma fada, é uma fada. E quanto à canção de Ariel que diz que ele chupa como uma abelha, pode esquecer: quem, com o mínimo senso de autopreservação, cantaria aquilo? Não só Ariel é uma fada, como é uma fada super chupa-ovo. Você jamais seria deixado em paz. Seria reduzido a um zero. Seria considerado um chupador, em todos os sentidos possíveis.

Seria inútil Felix tentar mostrar que Ariel não é uma fada, ele é um espírito elemental do ar. Igualmente inútil dizer a eles que, na época de Shakespeare, aquele "chupa" não tinha os vários significados pejorativos que adquiriu desde então; a palavra tem esses significados agora e é agora que estão fazendo a peça.

— Vamos falar sobre Ariel por um instante — diz Felix, o que significa que ele vai falar sobre Ariel, porque mais ninguém na sala abrirá a boca para falar daquele tema arriscado. — Talvez estejamos enxergando esse personagem como uma fada porque não estamos pensando *longe* o suficiente. — Ele faz uma pausa para deixar isso assentar. Pensar longe? O que é isso?

— Então — continuou —, antes de colocarmos um rótulo, vamos listar as qualidades dele. Que tipo de criatura ele é? Primeiro: ele consegue ser invisível. Segundo: ele consegue voar. Terceiro: ele tem superpoderes, especialmente no que se refere a trovões, vento e fogo. Quarto: ele é musical. Mas quinto, e mais importante. — Ele faz novamente uma pausa. — Quinto: *ele não é humano.* — Felix passa os olhos pela sala.

— E se ele nem for de verdade? — diz Coiote Vermelho.

— Tipo, e se é Próspero falando com ele mesmo? Talvez ele andou de braços dados com o sr. Peiote. Está viajando ou é maluco?

— Talvez, tipo, um sonho que ele está tendo — diz Navalha.

— Talvez aquele barco afundou, aquele em que ele foi colocado. Daí a peça toda acontece bem quando ele está afundando. — Um dos novatos: VaMbora.

— Vi um filme assim uma vez. — Pastel de Vento.

— Ou ele tem um amigo imaginário — diz C-nora.

— Meu filho tem um desses.

— Ninguém mais consegue ver — diz Pernazz.

— Veem quando ele aparece como harpia — diz Colarinho Branco.

— Escutam — diz Ligação Direta.

— É, isso, ok — diz Coiote Vermelho. — Mas pode ser que Próspero seja uma espécie de ventríloquo.

— Vamos supor que Ariel seja real, de alguma maneira — diz Felix. Ele está satisfeito: ao menos eles estão falando. — Suponham que vocês nunca tenham ouvido falar dessa peça e que tudo que vocês sabem sobre esse ser chamado Ariel foi o que eu contei a vocês. Que tipo de criatura acabei de descrever?

Resmungos.

— Tipo, um super-herói — diz Pernazz. — Quarteto Fantástico. Uma coisa tipo Super-Homem. Só que Próspero pegou a kryptonita ou coisa assim, aí ele tem o controle.

— Uma coisa tipo *Jornada nas estrelas* — diz C-nora.

— Ele é um alienígena, tipo, ele sofre algum tipo de acidente com a espaçonave e acaba na terra. Fica preso aqui. Quer ir embora, voltar para o planeta dele ou coisa assim, como em *E.T.*, lembram? Isso pode explicar, né?

— Fazer o que Próspero manda, assim tem a ajuda de Próspero para voltar. — Dessa vez foi 8Handz. — Conquistar a própria liberdade.

— Para ele poder ficar com sua gente — diz Coiote Vermelho.

Murmúrios de aprovação. Tudo isso faz sentido! Um alienígena! Bem melhor do que uma fada.

— Como vocês imaginam o figurino? — diz Felix. — Qual a aparência dele? — Não vai mencionar nenhuma das formas tradicionais de retratar Ariel: as penas de pássaros, a roupa de libélula, o anjo, as asas de borboleta. Também não vai mencionar que, por dois séculos, Ariel foi interpretado por mulheres.

— Ele seria, tipo, verde — diz C-nora. — Com aqueles olhos esbugalhados, como os alienígenas têm, aqueles olhos grandes sem pupilas.

— Verde é para as árvores. Azul é melhor — diz Pernazz. — Por causa do ar. Ariel vem de ar. Ar é azul.

— Não pode comer comida humana. Só flores e tal. — Coiote Vermelho falando. — Natural. Tipo, ele é vegetariano.

Todos assentem. Com essa teoria, a atividade de chupar como abelha está resolvida sem perda da honra, porque esse é o tipo de coisa que se espera dos alienígenas: hábitos alimentares esquisitos.

— Certo — diz Felix. — Agora: que função ele exerce na peça?

Um murmúrio em tom mais baixo.

— O que você quer dizer com "função"? — diz Colarinho Branco. — Como você sugeriu nas suas anotações, ele é o servo bom. Faz o que mandam. Calibã é o servo ruim.

— Sim, sim — diz Felix. — Mas como ficaria a peça sem as tarefas que Ariel realiza para Próspero? Sem os trovões e raios? Sem a tempestade, de fato? Ariel realiza a ação específica mais importante de toda a trama, porque, sem aquela tempestade, não há peça. Então, ele é essencial. Mas age nos bastidores: ninguém, exceto Próspero, sabe que é Ariel que está produzindo os trovões e cantando as canções e criando as ilusões. Se ele estivesse aqui conosco, seria chamado de cara dos efeitos especiais. — Felix dá mais um de seus olhares panorâmicos pela sala, com o objetivo de estabelecer contato visual. — Então, ele é uma espécie de especialista digital. Está produzindo realidade virtual 3D.

Sorrisinhos de hesitação.

— Legal — diz 8Handz. — Abjeto de legal.

— Então, em nossa peça, Ariel é o personagem Ariel, mas também é o efeito especial. — diz Felix. — Iluminação, som, simulação computadorizada. Tudo isso. E Ariel precisa de um time, como o time de espíritos que ele comanda na peça.

Surge uma luz: eles adoram mexer em computadores, nas raras ocasiões em que isso é possível para eles.

— Monstruoso de legal! — diz Navalha.

— Então, quem quer entrar no Time Ariel? — diz Felix. — Algum interessado?

Todos na sala erguem as mãos. Agora que compreendem as possibilidades, todos querem entrar no Time Ariel.

17/ A ILHA É CHEIA DE RUÍDOS

Naquele mesmo dia

O sol está caindo; sua luz é de um amarelo frio e pálido. No alto da tela interna de proteção há dois corvos empoleirados, mantendo a vigilância. Não há esperança para vocês, meus amigos, pensa Felix. Sou o único a sair daqui hoje e ainda não estou morto. Ele entra no carro congelado. Depois de duas tentativas, o motor dá a partida.

O portão externo se abre, empurrado por mãos invisíveis. Muito obrigado a vós, semimarionetes, Felix diz baixinho, vós, elfos do arame farpado, da arma de choque, dos muros sólidos, por mais que, como mestres, sejais fracos. Enquanto se afasta rumo ao pé da montanha, o portão se fecha atrás dele, trancando-se com um ruído surdo. O ar já está enegrecendo; atrás dele, os faróis ganham vida estridente.

Seu carro segue pela rodovia, depois sai da estrada e embica na estreita pista coberta de neve rumo à sua gruta, quase como se ele não o estivesse guiando e sim conduzindo-o apenas pelo pensamento. Ele se permite uma sensação de alívio: os primeiros e maiores obstáculos já foram superados, os primeiros objetivos conquistados. Ele capturou sua Miranda, e Ariel foi transformado e aceito. Pode sentir o restante do elenco surgindo como se saísse da neblina; os rostos indistintos, mas presentes. Até aqui, seus encantamentos continuam funcionando bem.

Seu carro para como se estivesse enraizado. Por sorte, não há nenhum bloco de neve compactada e lama congelada para ser cavado. Ele estaciona e tranca o carro, então caminha pesado pela viela até sua cabana, com a neve estalando sob seus pés. Do campo à esquerda vem um sussurro cristalino: são os talos mortos do capim espetados na neve, vitrificados pelo gelo, agitados pelo vento. Tilintando como campainhas.

Tudo está escuro lá dentro, nenhuma luz na janela. Quase bate à porta, mas quem atenderia? Ele tem uma repentina sensação de frio, como diante da notícia de uma perda irreparável. Abre a porta. Desocupado. Vazio. Nenhuma presença. Dentro do barraco está gelado, ele abasteceu o fogão à lenha antes de ir para a Fletcher de manhã, mas não gosta de deixar o aquecedor elétrico ligado quando não está lá. É muito arriscado, embora Miranda pudesse ficar de olho. Não podia?

Idiota, diz a si mesmo. Ela não está aqui. Nunca esteve aqui. Foi a imaginação e a autoilusão, nada além disso. Aceite.

Ele não consegue aceitar.

Acende o fogo, liga o aquecedor. Não vai demorar para o lugar ficar aquecido. Vai jantar um ovo e alguns biscoitos de água e sal. Uma xícara de chá. Não está com muita fome. Depois do impacto da adrenalina da primeira semana, está sentindo um anticlímax; com certeza é apenas isso. Mas ele sente uma fraqueza interna, um desânimo, uma fissura em sua determinação, uma hesitação.

Ultimamente, sua vingança tem parecido tão próxima. Tudo que ele teria de fazer seria esperar até que Tony e Sal viessem à Fletcher para a visita VIP e, então, garantir que eles não vissem o vídeo da peça no andar superior com o diretor do presídio, e sim na ala fechada, onde estaria esperando por eles, embora, de início, não o vissem. Assim que o vídeo começasse a rodar, se dividiria em dois. Uma versão seria o vídeo exibido na tela e em todo o resto da prisão. A outra versão teria, repentinamente, pessoas reais dirigidas e controladas por ele. Criando uma ilusão por meio de duplos, um dos mais antigos truques teatrais existentes.

Mas agora sua visão está turva. Por que ele tem tanta certeza de que pode concretizar isso? Não a peça em si, ela já existirá em um vídeo finalizado. Mas a outra peça, o drama improvisado que ele tem em mente para seus distintos inimigos, como organizá-la? Ele precisará de um grau de habilidade técnica que não possui. E, mesmo que consiga resolver esse problema, que imprudente de sua parte tentar uma artimanha dessas! Que arriscado! Tanta coisa pode dar errado. Seus atores podem se deixar levar pela emoção, especialmente na presença de um Ministro da Justiça linha-dura. Essa situação pode se mostrar tentadora para eles. Alguém poderia se machucar.

— Nenhum dano, nenhum dano — diz a si mesmo. Mas poderia muito bem haver danos. Ele não tem nenhum daqueles elementais obedientes para apoiá-lo, não tem nenhuma alquimia de verdade. Não tem armas.

Melhor abdicar. Desistir de seus planos de retribuição, de restauração. Dar um beijo de adeus a seu antigo eu. Entrar silenciosamente na escuridão. De qualquer forma, o que ele realizou na vida, além de alguns momentos espalhafatosos, alguns triunfos efêmeros sem qualquer importância no mundo em que a maioria das pessoas vive? Por que ele se sentiu merecedor de consideração especial do universo como um todo?

Miranda não gosta quando ele fica deprimido. Isso a deixa ansiosa. Talvez seja por isso que ela se fez invisível, embora já seja, em geral, quase invisível. Será que é ela no outro quarto? Ele está ouvindo um sussurro? Ou é apenas o frigobar?

O quarto tem um cheiro de remédio, como se alguém doente tivesse ficado ali. Um inválido, por um longo tempo. Não, ela não está ali. Apenas a foto na moldura prateada: a garotinha no balanço, congelada na gelatina do tempo. Visível, mas não viva.

Ele acende a luminária da cabeceira e abre a porta do grande guarda-roupa. Lá está seu traje; esperando por ele já há doze anos. Deveria ir para o lixo, afinal? Seus muitos olhos brilham, vivos, perceptivos.

— Ainda não — ele diz a seus animais mágicos. — Ainda não mesmo. Não chegou a hora.

A hora deles será a sua hora. Sua hora de vingança. Deve haver um modo de fazer aquilo funcionar. Com certeza ainda lhe sobraram alguns truques.

Ele volta à sala.

— Querida — ele diz em voz alta, e lá está ela, no canto. Felizmente, está usando branco: ela resplandece. O que é essa energia impaciente que ele está sentindo? Foi apanhada nas preocupações dele, e agora é ela que está preocupada. — Não houve dano — ele diz. — E não haverá, prometo. Não farei nada exceto por devoção a ti.

Mas o que representava essa sua devoção? Ele a protegeu, é verdade, mas será que não exagerou? Há tantas coisas que ele deveria ser capaz de oferecer a ela. Miranda deveria ter o que outras garotas da idade dela consideravam natural, não que ele soubesse quais coisas são essas. Roupas, com certeza. Roupas bonitas, mais roupas do que ela tem à disposição. Ela parece sair por aí usando roupas provisórias, feitas de chita e de lençóis de cama velhos. Ela deveria ter sedas e veludos, ou minissaias e aquelas botas altas que as garotas dos dias de hoje parecem apreciar tanto. Ela deveria ter um iPhone, em tom pastel. Ela deveria estar pintando as unhas de azul ou prateado ou verde, tagarelando com as amigas, escutando música com fones de ouvido cor-de-rosa. Indo a festas.

Ele tem sido um fracasso tão grande como pai. Como pode compensá-la? É admirável que ela não seja mais rabugenta, engaiolada aqui sem ninguém além de seu pai velho e decadente; mas também não sabe o que está perdendo. Ainda assim, Felix foi capaz de ensinar a ela uma porção de coisas que a maioria das garotas da idade dela nunca teriam a chance de aprender.

— O que você esteve tramando o dia todo? — diz a ela. — Quer jogar uma partida de xadrez?

Com relutância (seria relutância?) ela vai até o tabuleiro de xadrez, montado, como de costume, sobre a mesa vermelha de fórmica.

Pretas ou brancas?, ela pergunta.

18/ ESTA ILHA
É MINHA

Segunda-feira, 14 de janeiro de 2013

N a segunda-feira de manhã, Felix havia recuperado sua confiança. Ele deve agir como se tudo estivesse se desenrolando do modo usual com uma produção da Companhia de Atores da Instituição Penal de Fletcher. Esta semana, ele vai ajudar a turma a explorar os personagens principais, como um prelúdio à formação do elenco. Agora que havia lidado com os problemáticos Ariel e Miranda, não deveria haver mais muita dificuldade com os demais, exceto Calibã. Ele fatalmente levantará questões incômodas.

Quanto à sua outra empreitada, a secreta, ele deve se ater firmemente ao fio condutor. Deve segui-lo em meio à escuridão. Seja qual for a forma que essa coisa assumir, tudo dependerá de um controle preciso do tempo. Esta é sua última chance. De se defender, restaurar sua reputação, esfregar aquilo no nariz deles, no nariz de seus inimigos. Se ele perder essa chance, seu futuro estará para sempre arruinado. E as coisas já estão arruinadas o suficiente.

Ele não pode recuar, não pode hesitar. Precisa manter o ímpeto. Tudo depende de sua determinação.

— Como vai, sr. Duke? — Dylan pergunta enquanto Felix passa pelo equipamento de segurança.

— Tudo bem até agora — diz Felix, animado.

— Quem vai fazer a fada? — diz Madison.

— Não é uma fada — diz Felix. — Aliás, semana que vem vou trazer uma atriz convidada; uma atriz muito ilustre, na verdade. O nome dela é Anne-Marie Greenland. Ela vai interpretar o papel feminino na peça. Miranda.

— Ah, é, ficamos sabendo — diz Madison. A rede de fofocas está bastante ativa na Fletcher, ao menos em relação a alguns assuntos; ou talvez seja o sistema de segurança. A fofoca se espalha como gripe. — Estamos ansiosos, hein? — Ele ri baixinho.

— Ela tem autorização? — diz Dylan.

— Evidentemente — diz Felix, com mais autoridade do que sente ter. Estelle providenciou isso para ele. Foi uma situação difícil, houve algumas objeções, mas Estelle sabe quais pauzinhos mexer e quais egos massagear. — Espero que todos aqui, toda a equipe, a recebam bem.

— Ela vai precisar usar um alarme de segurança — diz Dylan. — A atriz, ou seja lá o que for. Vamos mostrar a ela como usá-lo. Em caso de dificuldade. — A curiosidade deles é palpável: eles gostariam de pedir mais detalhes sobre a garota, mas não vão se entregar demonstrando muito entusiasmo. Será que Felix deveria jogar algumas migalhas para eles, falar do vídeo disponível gratuitamente no YouTube com Anne-Marie fazendo lasanha de seus dois parceiros de dança masculinos? Melhor não, ele decide.

— Não haverá dificuldade alguma — ele diz —, mas é muita gentileza sua.

— Sem problema, sr. Duke — diz Dylan.

— Nosso objetivo é servir — diz Madison.

— O senhor pode contar conosco. Tenha um bom dia, sr. Duke — diz Dylan. — *Merde*!

— *Merde*, hein? — diz Madison. Ele mostra os dois polegares para cima.

— A peça inteira se passa em uma ilha — diz Felix, em pé ao lado do quadro branco. — Mas que tipo de ilha? Será que ela mesma é mágica? Nunca saberemos realmente. Isso é diferente para cada uma das pessoas que nela chegaram. Algumas querem apenas ir embora dali.

"A primeira pessoa a colocar os pés ali foi a mãe de Calibã, Sicorax, dita feiticeira abominável. Ela morre antes de a peça começar, mas não antes de Calibã nascer na ilha. Ele cresce ali, e é o único que realmente gosta do lugar. Quando Calibã é menino, Próspero é gentil com ele, mas então o sexo entra em cena, Calibã perde o controle e é levado à prisão. Depois, ele passa a ter medo de Próspero e de seus diabinhos e duendes, porque o atormentam. Mas ele nunca teme a ilha que, em troca, às vezes toca uma música suave para ele.

Felix escreve "CALIBÃ" no quadro branco.

— Existe outro personagem que está lá há tanto tempo quanto Sicorax, mas não é humano. É Ariel. O que ele pensa sobre a ilha? Não sabemos. Ele é responsável por criar as ilusões ali, mas faz o que lhe é ordenado.

Abaixo de "CALIBÃ" ele escreve "ARIEL".

— Os próximos a chegarem à ilha são Próspero, o legítimo duque de Milão, e Miranda ainda bebê, que foram colocados à deriva em um barco furado pelo perverso irmão de Próspero, Antônio. Eles têm sorte de terem aportado ali porque, de outra maneira, teriam morrido de fome ou afundado. Mas precisam morar em uma gruta onde não há nenhuma outra pessoa, exceto Calibã. Então o objetivo principal de Próspero é tirar ele mesmo e Miranda da ilha e voltar a Milão o mais rápido possível. Ele quer seu antigo posto de volta, quer ver sua filha bem casada e não conseguirá nada disso se ficar na ilha. Miranda é neutra em relação a isso. Ela não sabe de nada, então sente-se bem na ilha até que surge uma alternativa.

"PRO & MIRANDA", ele escreve.

— Então, depois de se passarem doze anos, várias outras pessoas são trazidas pelas ondas como resultado de uma tempestade levada a cabo por Próspero e Ariel. A tempestade é uma ilusão, mas eles são convencidos por ela: pensam que naufragaram. Para Alonso, o rei de Nápoles, a ilha é um lugar de sofrimento e perda, porque ele acredita que seu filho, Ferdinando, afundou no mar.

"Para o irmão do rei Alonso, Sebastião, e para o irmão cruel de Próspero, Antônio, a ilha é um lugar de oportunidades: parece dar a eles a possibilidade de matar Alonso e seu conselheiro, Gonçalo, e depois Sebastião herdaria o reino de Nápoles; não que ele tenha a menor ideia de como voltar para lá. Esses dois pensam que a ilha é um lugar árido, sem nenhum encanto.

"Gonçalo, o conselheiro idoso e bem-intencionado, pensa que a ilha é rica e fértil. Ele se distrai descrevendo o reino ideal que ele estabeleceria ali, no qual todos os cidadãos seriam iguais e virtuosos, e ninguém precisaria trabalhar duro. Os outros ridicularizam sua visão.

"Todos esses homens estão pensando a maior parte do tempo sobre governos e governantes: quem deve governar e como. Quem deve ter poder e como se deve chegar a ele e como deve-se usá-lo."

Felix escreve "ALON, GON, ANT, SEB", e faz um traço sob esses nomes.

— O próximo personagem é muito diferente. É Ferdinando, filho de Alonso. Desde que ele chegou, nadando, à terra firme, em uma parte diferente da ilha, acredita que o pai se afogou. Quando está lamentando sua perda, Ariel faz com que ele se afaste dali com música. Primeiro, ele pensa que a ilha é mágica; e depois, quando vê Miranda, pensa inicialmente que ela é uma deusa. Quando descobre que ela é humana e, ainda por cima, solteira, se apaixona à primeira vista e a pede em casamento. Então, sua ilha é um lugar de questionamento e, depois, de amor romântico.

Felix escreve "FERD", faz outra linha.

— No pé da pirâmide estão Estéfano e Trínculo — ele diz. — São os tolos. Também são bêbados. Como Antônio e Sebastião, veem a ilha como um lugar de oportunidades. Querem explorar o simplório Calibã fazendo-o de servo; até consideram a possibilidade de exibi-lo como uma aberração ou vendê-lo quando voltarem à civilização. Mas estão bastante preparados para acrescentar roubo, assassinato e estupro em seu repertório. Livrem-se de Próspero, Calibã diz a eles, e a ilha será seu reino, com Miranda incluída como bônus.

— Eles também estão interessados em quem deve governar, e como; são as versões cômicas de Antônio e Sebastião. Ou vocês podem dizer que Antônio e Sebastião são tolos mais bem vestidos.

"ESTEF & TRINC", ele escreve.

Faz uma pausa, vira-se para a sala: nenhuma hostilidade, mas também nenhum entusiasmo verdadeiro. Eles o observam.

— Talvez a ilha seja realmente mágica — ele diz. — Talvez seja uma espécie de espelho: cada um enxerga nela um reflexo de seu interior. Talvez revele quem você realmente é. Talvez seja um lugar onde se pretende que você aprenda algo. Mas o que se pretende que cada uma dessas pessoas aprenda? E elas aprendem?

Ele traça uma linha dupla abaixo da lista.

— Então — diz. — Esses são os personagens principais. Anotem-nos nessa ordem; todos, exceto Próspero e Miranda: eu vou interpretar Próspero e vocês sabem quem vai interpretar Miranda. Depois, escrevam um número ao lado desses nomes, de zero a dez. Dez significa que vocês realmente gostariam de interpretar aquele personagem; zero significa que você tem zero interesse nele. Pensem se vocês podem fazer um bom trabalho no papel. Por exemplo, seria útil que Ferdinando fosse razoavelmente jovem, assim como Gonçalo deve ser razoavelmente velho.

— Entre hoje e o momento em que eu definir os papéis, vamos ler algumas falas. Feito isso, vocês podem mudar de ideia sobre seu personagem preferido. Se for o caso, sintam-se livres para apagar o número e escrever um novo. — Todos começam a trabalhar, há um rangido intenso de lápis.

Aquela é uma ilha mágica?, Felix se pergunta. A ilha é muitas coisas, mas entre elas há algo que ele não mencionou: a ilha é um teatro. Próspero é um diretor. Ele está encenando uma peça na qual há outra peça. Se sua mágica se sustentar e sua peça for bem-sucedida, ele conseguirá o que seu coração deseja. Mas se ele falhar...

— Ele não vai falhar — diz Felix. Algumas cabeças se levantam, alguns olhares se voltam em sua direção. Ele falou aquilo em voz alta? Ele está falando sozinho?

Cuidado com essa tendência, ele diz a si mesmo. Você não quer que pensem que você está sob o efeito de drogas.

19/ MONSTRO ABJETO

Terça-feira, 15 de janeiro de 2013

Na manhã de terça-feira, Felix conta os votos. Dos vinte membros de sua companhia de teatro, apenas um quer interpretar Gonçalo. Felizmente, é Colarinho Branco, o contador esquisito. Felix o escala.

O rei Alonso e seu irmão, Sebastião, não têm interessados; estão bem no fim da lista para todos, mas não obtiveram nenhum zero.

Antônio, o irmão cruel de Próspero, é mais popular: cinco o colocaram na escala nove.

Estéfano e Trínculo: dois cada. Isso soma quatro que se enxergam como palhaços.

Oito entre eles se imaginam como Ferdinando, dos quais seis estão esperançosos demais: não poderiam em absoluto ser convincentes como protagonista romântico. Mas dois são possíveis.

Ariel, doze. Muitos, ao que parece, estão seriamente interessados em alienígenas e efeitos especiais.

E Calibã, surpreendentes quinze.

Decisões difíceis serão tomadas na quarta-feira, pensa Felix. Vai começar com Calibã. Calibã é secretamente poético. Quando eles discutirem esse aspecto, alguns dos candidatos vão certamente cair fora. E há mais em Calibã, dirá a eles, do que uma cara feia.

Como preparação para a dura missão diante de si, Felix toma seu banho semanal na banheira de estanho. É uma produção. Primeiro, ele precisa esquentar a água, no fogão e na chaleira elétrica. Depois, ele tem que misturar a água quente com a fria, da bomba manual. Então, tem de se despir. E tem de entrar na banheira. É uma atividade fria e escorregadia nessa época do ano, com a corrente de ar entrando por baixo da porta e, nesse exato momento, granizo tamborilando na janela. A toalha esfarrapada não ajuda nessas horas. Ele precisa arrumar outra; o que o impede? Seu senso de design, é isso o que o impede. Uma toalha nova não combinaria com a decoração rarefeita digna de um monge.

Como é apropriado ao recato, Miranda nunca está presente quando ele realiza esse ritual. Onde ela vai? Outro lugar qualquer. Moça sábia. Nada seria capaz de diminuir mais o respeito de uma adolescente por seu perspicaz progenitor masculino do que o vislumbre de suas pernas de palito e de sua carne enrugada e murcha.

Como exatamente se banhavam Próspero e Miranda quando estavam na ilha? Felix medita sobre essa questão enquanto se ensaboa cuidadosamente sob os braços. Será que tinham banheira? Pouco provável. Talvez houvesse uma cachoeira. Mas cada vez que a usava, Miranda não arriscaria ser atacada pelo lascivo Calibã? Certamente, mas Próspero deve tê-lo mantido preso em sua gruta nas rochas nesses momentos.

Tudo muito bem, mas e quanto ao próprio Próspero? A fim de manter a continuidade de seus encantos, ele não precisava estar vestindo seu traje mágico? Não necessitava de seus livros, seu bastão? Ele não seria capaz de ficar com seu traje mágico enquanto tomava banho na cachoeira.

Então, talvez ele não tomasse banho. O velho deve ter ficado bastante malcheiroso depois de doze anos sem banho. Mas ele está se esquecendo: Ariel poderia ter montado guarda. Ariel, com asas de harpia, e a guarda pretoriana de duendes obedientes. "Encarregado de banho" não é uma função mencionada para Ariel no texto, mas deve estar subentendida.

É algo omitido de grande parte da literatura teatral, Felix conclui: ninguém toma banho ou sequer pensa sobre isso, ninguém come, ninguém defeca. Exceto em Beckett, obviamente. Sempre se pode contar com Beckett. Rabanetes, cenouras, xixi, pés fedorentos: está tudo lá, o corpo humano por inteiro em seu nível mais mundano e abjeto.

Ele se levanta na banheira de estanho, com os pés rangendo, pisa nas tábuas frias do chão e se enxuga depressa. Camisa de dormir flanelada. Bolsa de água quente cheia. Dentes no copo de água com um tablete efervescente borbulhando. Pílulas de vitamina, chocolate quente. Não consegue encarar o banheiro externo embaixo de neve, então urina em um pote de vidro que guarda para esse fim e joga o rejeito pelo ralo da pia. Próspero nunca precisou lidar com a neve: ele não teria necessidade de um pote.

E então, cama.

Assim que ele está enfiado ali e apaga a luz, Miranda condensa na escuridão.

— Boa noite — ele diz a ela. Será que ela alisa o ar sobre sua testa com a mão? Com certeza.

A manhã de quarta-feira está clara e límpida. Depois de um ovo cozido como café da manhã, Felix dirige o carro deixando para trás os campos cobertos de neve e as árvores cintilantes, e sobe a colina rumo à Fletcher, assobiando baixinho uma melodia. *Bã, Bã, Ca-Calibã.* Aquela cena é um momento excelente para um número musical. Vai dizer a eles que o canto de Calibã é um exemplo primitivo de rap, o que não deixa de ser.

— Temos um problema — ele começa, depois de se posicionar ao lado do quadro branco. — Quinze de vocês querem interpretar Calibã. Precisamos conversar sobre isso. — Ele pega o pincel atômico. — Que tipo de pessoa é Calibã? — Olhares vazios.

— Então — ele tenta de novo —, concordamos que Ariel não é humano... que ele é uma espécie de alienígena. E Calibã? Ele teve uma mãe humana, seja como for, sabemos disso. E então? Humano ou não humano?

— Isso, humano — diz Ligação Direta.

— Humano demais — diz Garoto Prodígio, olhando ao redor em busca de apoio. — O modo como ele quis se atirar em cima de Miranda. — Alguns risos tristes, murmúrios de "é".

Estamos chegando a algum lugar, pensa Felix.

— Sem pensar muito — ele diz —, qual é a palavra que melhor descreve Calibã?

— Monstro — diz C-nora. — Muitos deles dizem que ele é um monstro.

— Cruel.

— Idiota.

— Feio.

— Peixe. Dizem que ele fede como peixe.

— Uma espécie de canibal. Tipo, um selvagem.

— Terra — diz Phil o Doentio.

— Escravo — diz Coiote Vermelho. — Escravo venenoso — ele acrescenta.

— Semente de Bruxa — diz 8Handz, o hacker do lado escuro. — Essa é a melhor.

Felix escreve as palavras em sequência.

— Não é um cara muito agradável — ele diz. — Então, por que vocês querem interpretá-lo?

Risos.

— Ele é um traste sinistro.

— Nós *entendemos* qual é a dele.

— Toma chute de todo mundo, mas não quebra, ele não deixa, diz o que pensa. — Essa veio de Pernazz.

— Ele é cruel — diz Navalha. — Maléfico de tão cruel. Todo mundo zomba dele e ele quer se vingar!

Felix traça uma linha abaixo das palavras.

— Ouvimos um monte de palavras ruins sobre ele ditas por outras pessoas — ele diz. — Mas ninguém é apenas a soma do que as outras pessoas dizem. Todo mundo tem outros lados.

Acenos de cabeça em aprovação.

— Quais são esses lados? — Ele mesmo responde, como de costume: — Primeiro: ele adora música. Sabe cantar e dançar. — "MUSICAL", ele escreve. — Então, ele é um pouco como Ariel.

— Mas não com jeito de fada — diz Navalha. — Não é florzinha.

Felix ignora isso.

— Ele conhece a ilha… sabe onde encontrar tudo, por exemplo, o que comer. — "CONHECIMENTO DO LOCAL", escreve. — Tem o discurso mais poético sobre a ilha em toda a peça… aquele sobre seus belos sonhos. — "ROMÂNTICO", ele escreve. — E sente que seu direito de nascença, a ilha, foi roubada dele por Próspero e quer reavê-la. — "VINGATIVO", escreve.

— De certa forma, ele tem argumentos — diz Kobra.

— Então, ele é como Próspero — diz 8Handz. — Cheio dessas ideias de vingança. E quer ser o Rei da Merda Toda.

— Perdeu ponto, você falou *merda* — diz Garoto Prodígio.

— Não era xingamento — diz 8Handz. — Era só um nome.

— O que estou tentando explicar a vocês — diz Felix — é que Calibã é um papel difícil. Vocês precisam pensar a respeito. Interpretá-lo é difícil. — Ele faz uma pausa para deixar que isso seja compreendido. Há alguns ruídos subvocais. Será que alguns dos quinze aspirantes a Calibã estão repensando? Possivelmente. — E, de fato, ele é um pouco como Próspero — Felix continua. — Mas Próspero nunca quis ser rei da ilha e estabelecer ali uma colônia. Pelo contrário: ele deseja se despedir do lugar. Mas Calibã acha que deveria ser o rei da ilha, e quer povoá-la com réplicas de si mesmo, o que ele gostaria de fazer estuprando Miranda. Como não consegue, se junta a Estéfano e Trínculo e os encoraja a assassinarem Próspero.

— O plano não é ruim — diz Pernazz. Murmúrios de aprovação.

— Ok, vocês não gostam de Próspero — diz Felix. — E há vários motivos pelos quais não gostar. Vamos falar sobre isso depois. Enquanto isso, este é o trabalho de vocês: no nosso primeiro dia, eu disse que um dos pontos principais dessa peça é prisões. — "PRISÕES", ele escreve no alto do quadro branco. — Agora, quero que vocês façam uma revisão e encontrem todas as prisões, incluindo aquelas na parte da história que aconteceu antes de começar a peça. De que tipo são essas prisões? Quem foi colocado em cada uma delas? E quem é o carcereiro, quem os colocou ali, quem os mantêm ali? — "PRISIONEIRO", "PRISÃO", e "CARCEREIRO", ele escreve. — Encontrei ao menos sete prisões. Talvez vocês consigam encontrar mais. — Na verdade, existem nove, mas deixe que eles o superem.

— Se for o mesmo lugar, por exemplo, a ilha, mas em uma parte diferente, isso vale como duas prisões? — diz Colarinho Branco. — Ou uma?

— Vamos chamá-las de episódios únicos de encarceramento — diz Felix.

— Episódios únicos de encarceramento — diz Pernazz. — Isso, quando eu sair, vou dizer, tive um traste de uma droga de *episódio único de encarceramento.* — Risos de toda a companhia.

— Pelo menos não foi um episódio único *de morte* — diz C-nora.

— Episódio único de quebro sua cara.

— Episódio único de perda total.

— Certo — diz Felix. — Vocês entenderam o que quero dizer. — Eles o desafiam quando ele fala muito parecido com um assistente social.

— O que conta, exatamente? — diz 8Handz. — Tipo, aquele pinheiro em que Ariel ficou preso?

— Digamos que uma prisão é qualquer lugar ou situação em que você é colocado contra sua vontade, em que você não quer estar, e de onde não consegue sair — diz Felix. — Então, o pinheiro conta, sim.

— Bastardo! — diz Ligação Direta. — Fazendo uma solitária em um pinheiro!

— Bastardo *incrível* — diz 8Handz.

— O carvalho seria pior — diz Coiote Vermelho. — Carvalho é uma madeira mais dura.

— Há uma nota para o maior número de prisões? Ganhamos cigarros para fazer isso? — diz Pernazz.

PARTE 3

Esses nossos atores

20/ SEGUNDO TRABALHO: PRISIONEIROS E CARCEREIROS

Resultado consolidado da aula:

PRISIONEIRO	PRISÃO	CARCEREIRO
Sicorax	Ilha	Governo de Argel
Ariel	Pinheiro	Sicorax
Próspero e Miranda	Barco furado	Antônio e Alonso
Próspero e Miranda	Ilha	Antônio e Alonso
Calibã	Gruta nas pedras	Próspero
Ferdinando	Encantamento, correntes	Próspero
Antônio, Alonso e Sebatião	Ilha, encantamento, loucura	Próspero
Estéfano e Trínculo	Tanque de lama	Ariel e espíritos caninos, por ordem de Próspero

21/ OS DUENDES DE PRÓSPERO

Quarta-feira, 16 de janeiro de 2013

Usando letras de forma vermelhas, Felix cobre o quadro branco com as descobertas da turma.

— Vocês se saíram bem — ele diz. — Identificaram oito... — Ele faz uma pausa. — Oito eventos únicos de encarceramento. — Vou deixar que eles sorvam a frase dessa vez, pensa, e ele sorvem: não há zombaria. — Há uma nona prisão, entretanto. — Olhares confusos. Ceticismo por parte de 8Handz:

— De jeito nenhum, praga!

Felix espera. Os observa enquanto contam, ponderam.

— Você vai dizer para a gente? — C-nora pede por fim.

— Depois que tivermos feito a peça — diz Felix. — Assim que nossa comemoração terminar. A menos, óbvio, que alguém adivinhe antes. — Eles não vão adivinhar, ele aposta, mas já se enganou antes. — Agora, vamos examinar os carcereiros. Três personagens são aprisionados por alguém que não é Próspero: Sicorax, na ilha, pelas autoridades de Argel; Ariel, no pinheiro, por Sicorax, e o próprio Próspero, por Antônio, com a ajuda de Alonso, primeiro no barco furado e depois na própria ilha. Quatro personagens, se você contar Miranda, mas ela só tinha três anos quando aportou, então ela cresce na ilha sem o sentimento de estar aprisionada nela. Portanto, sete indivíduos são aprisionados em eventos nos quais o carcereiro é Próspero. Ele parece ser o principal carcereiro dessa peça.

— E mais: ele é um explorador de escravos — diz Coiote Vermelho.

— Não só com Calibã, ele pisou em Ariel também — diz 8Handz. — Fez uma ameaça com aquela árvore. Solitária permanente. É desumano.

— E mais: ele é um ladrão de terras — acrescenta Coiote Vermelho. — Velho branco aproveitador. Devia ser chamado Corporação Próspero. Só falta descobrir petróleo na ilha, explorar e atirar com uma metralhadora neles para deixar todo mundo de fora.

— Você é um traste comunista — diz Kobra.

— Cala a boca, cão sardento — diz Coiote Vermelho.

— Parem com esses insultos de bastardos, somos um time — diz Pernazz.

Pede-se calma.

— Sei que vocês culpam Próspero por essas coisas — diz Felix. — Principalmente pelo tratamento que ele dá a Calibã. — Ele passa os olhos pela sala: sobrancelhas franzidas, maxilares cerrados. Nítida hostilidade contra Próspero. — Mas quais são as opções dele?

— Opções! — diz Navalha. — Ele que se... Ele que seja *terra* com as malditas opções dele!

— Cuidado com esse *terra* aí — diz Coiote Vermelho. — Estou avisando.

— Nem tudo tem a ver com você — diz Navalha.

— Deem uma chance a Próspero. Vamos ouvir sobre as opções — diz Colarinho Branco, com moderação. Ele gosta de fazer o papel de homem ponderado.

— Vou explicar — diz Felix. — Suponham que o navio com o rei Alonso, Antônio, Ferdinando e Gonçalo nunca tivesse aparecido. Foi pura sorte navegarem perto da ilha na volta do casamento da filha de Alonso. Ou, na linguagem de Próspero, foi o ato de uma estrela auspiciosa e da deusa Fortuna. Mas suponham que o navio nunca viesse. Lá estaria Próspero, preso na ilha, com uma filha jovem e um homem forte e jovem que tenta forçá-la a fazer sexo contra a sua vontade. Ainda que Próspero tenha sido gentil ao menino selvagem que foi Calibã, o Calibã adulto se volta contra ele.

"Ninguém tem uma arma. Ninguém tem uma espada. Em uma disputa de forças, Calibã mataria Próspero facilmente. Na verdade, é isso que ele quer fazer assim que enxerga a oportunidade. Então, será que Próspero tem direito à autodefesa?"

Resmungos. Sobrancelhas franzidas.

— Vamos votar — diz Felix. — Sim?

A maioria ergue a mão, com relutância. Coiote Vermelho resiste.

— Coiote Vermelho? — diz Felix. — Ele devia permitir que Calibã ficasse livre, correndo o risco de ser assassinado por ele?

— Ele nem devia estar lá, em primeiro lugar — diz Coiote Vermelho. — A ilha não é dele.

— Ele escolheu aportar ali? — diz Felix. — Ele está longe de ser um invasor, ele é um náufrago.

— Ainda assim é um explorador de escravos — diz Coiote Vermelho.

— Ele poderia manter Calibã preso o tempo todo — diz Felix. — Poderia matá-lo.

— É o que ele diz, mas quer se aproveitar dele — diz Coiote Vermelho. — Pegar a lenha, lavar os pratos. Tudo isso. E mais: ele faz a mesma coisa com Ariel. Obriga Ariel a trabalhar contra a vontade. Sem dar a liberdade dele.

— Válido — diz Felix. — Mas ele ainda tem o direito de se defender, não? E o único modo de fazer isso é com sua magia, que só tem efeito enquanto ele tem Ariel para fazer as tarefas para ele. Se atar Ariel a uma corda mágica, uma corda mágica temporária, fosse a única arma que vocês tivessem, vocês fariam o mesmo. Certo?

Dessa vez, a concordância é geral.

— Ok — diz Garoto Prodígio —, mas por que fazer os outros passarem por isso? A cena da harpia, a loucura. Por que ele simplesmente não mata os inimigos e pega o navio deles? Deixa Calibã na ilha e navega de volta para Milão ou coisa assim?

Porque não haveria a peça, pensa Felix. Ou seria uma peça muito diferente. Mas se ele quer que os personagens se mantenham reais para eles, não pode usar essa tática.

— Tenho certeza de que ele se sentiu tentado — ele diz.

— Provavelmente, sentiu vontade de esmagar suas cabeças. Quem não sentiria, depois do que fizeram com ele? — Assentimentos generalizados. — Entretanto, se executasse esse tipo de vingança ele poderia obter seu ducado de volta, mas como Antônio fez um acordo com o rei Alonso pelo qual Milão está sob o domínio de Nápoles, quem quer que herdasse o reino de Nápoles naturalmente guardaria rancor de Próspero. Não ficariam satisfeitos com o desaparecimento misterioso do rei e de seu filho, e os marinheiros iriam falar. O novo governante de Nápoles colocaria Próspero para fora de novo, ou então o mataria e pronunciaria outro como duque de Milão. Se isso falhasse, Nápoles entraria em guerra contra Milão. Nápoles é maior. Milão corre o risco de perder. Qual o melhor plano para Próspero?

— Ferdinando se casa com Miranda — diz Colarinho Branco. — Isso faz de Miranda rainha de Nápoles, e ela faz a união do ducado com Nápoles. Uma paz honrada. É o que se chamava casamento dinástico — ele explica aos outros.

— Tudo de uma vez — diz Felix. — Mas Próspero não é um tirano: ele não quer forçar um casamento por razões políticas, do modo como Alonso fez com sua própria filha. Ele não quer casar Miranda como parte de um acordo calculista de comércio de carne. Em vez disso, ele quer que as duas pessoas jovens, Ferdinando e Miranda, se apaixonem sinceramente. Então, ele usa a magia para providenciar isso. Ou, ao menos, para ajudar no início. — Acenos de cabeça: eles aprovam.

— Eu também não ia fazer isso com minha filha — diz Pernazz. — Arranjar o casamento dela. Uma droga.

Felix sorri.

— Próspero também precisa criar uma situação para que Alonso aceite o casamento — ele diz. — Normalmente, ele não aprovaria, porque Nápoles é um reino e Milão, apenas um ducado. Alonso sem dúvida quer casar seu filho, Ferdinando, para que faça parte de um reino grande, rico. Ele seria mais poderoso dessa forma. E Ferdinando teria que se casar com quem quer que o pai escolhesse.

— Era a lei, naquela época — diz Colarinho Branco. — Você tinha de segui-la.

— Traste de lei — diz VaMbora.

— Então, Próspero faz Alonso pensar que Ferdinando se afogou, e depois faz a grande revelação — diz 8Handz. — "Olha! Ele está vivo!" Legal.

— E o rei fica tão feliz que deixaria Ferdinando se casar com um sapo, se fosse esse seu desejo — diz Kobra.

— Exatamente — diz Felix. — Por um lado, a pretensa morte de Ferdinando é uma punição a Alonso: uma vingança causa angústia; mas por outro lado, é um estratagema calculado.

— Dois coelhos com uma cajadada só — diz Krampus, o menonita.

— Nada bobo — diz Kobra. — Belo golpe.

— Então, justifica-se o que Próspero faz, considerando-se sua estreita margem de opções? Vamos votar novamente — diz Felix. — Quem é a favor do sim? — Desta vez, todos erguem a mão. Felix solta os ombros: alívio. — Então, estamos todos de acordo — ele diz. — Agora vamos falar sobre os agentes da força.

— Agentes da força? — diz Colarinho Branco.

— Toda autoridade, no fundo, reside na força — diz Felix. — A ilha é uma prisão, e onde há prisões tem de existir quem exerce a força. Do contrário, todos lá dentro poderiam simplesmente sair e fugir. — Acenos enfáticos com a cabeça.

— Mas não há agentes da força na lista de elenco — diz Colarinho Branco. — Em "Personagens da peça". — Ele abre seu texto na página e a consulta.

— Contudo, eles estão presentes — diz Felix. — Eles dão beliscões e apertões quando Calibã fala demais, e perseguem Estéfano e Trínculo, disfarçados como espíritos caninos.

— Não é Ariel? — diz 8Handz. — Pensei que fosse ele.

— Reveja. Ariel os comanda — diz Felix. — Está bem aqui. *Meus duendes*. É isso que são: duendes de Próspero. Não estão listados no elenco porque eram interpretados por quem quer que não estivesse no palco naquela cena. Você põe uma máscara e, bingo, é um duende. Então, todos em nossa peça terão dois papéis: o próprio personagem e um dos duendes de Próspero. Eles são os agentes do controle, mas também são os facilitadores da vingança e da retribuição. Fazem o trabalho sujo na prática.

Ah, sim, ele consegue perceber como isso vai se desenrolar: Tony e Sal, cercados por duendes. Conduzidos por eles. Ameaçados por eles. Reduzidos a gelatinas trêmulas. *Ouça, eles urram*, ele pensa. *Deixe que sejam caçados até o fim. Neste momento / encontram-se à minha mercê todos os meus inimigos.* Ele olha ao redor da sala de aula, sorrindo com benevolência.

— Bacana — diz 8Handz. — Saquei. Somos duendes.

22/ PERSONAGENS DA PEÇA

Quinta-feira, 17 de janeiro de 2013

Até o momento, Anne-Marie não se encontrou com a classe. Ela está decorando as falas sozinha – ou melhor: relembrando-as. Sua primeira sessão dentro da Fletcher será na sexta-feira, o dia em que Felix anuncia a seleção do elenco, mas ele combinou de almoçar com ela antes. Quer prepará-la, dar a ela alguma ideia de onde estará entrando. Por exemplo, quem será seu Ferdinando? Ela tem o direito de saber antecipadamente.

Enquanto come seu solitário ovo matinal – solitário porque Miranda está fora, em algum lugar de seu espaço particular, e como todas as adolescentes, ela é evasiva quanto à própria localização –, ele revisa as escolhas que acabou de fazer.

Ele pensou muito nessas escolhas. Há as preferências declaradas dos próprios atores, mas com sua longa experiência, Felix aprendeu a desconsiderá-las. Que Romeu nato não ansiou por interpretar Iago e vice-versa?

Será que ele deveria fazer a seleção de acordo com o esperado ou contra o esperado? Feios em papéis que requerem beleza, um galã deslumbrante como Calibã? Colocá-los em papéis que os forçariam a explorar profundezas escondidas ou seria melhor deixar essas profundezas inexploradas? Desafiar a audiência mostrando-lhe personagens conhecidos sob um manto surpreendente e possivelmente controverso?

Em sua vida passada, no festival, ele ficou conhecido por sua agressividade em transpor limites. Olhando retrospectivamente, ele pode ter ido longe demais, às vezes. Honestamente, mais do que *às vezes*; ir longe demais era sua marca registrada. Mas, nesse momento, melhor não forçar nada. Ele dará aos homens papéis que eles têm chance de interpretar bem: afinal, ele é, acima de tudo, um diretor. A peça é o principal. Seu trabalho é ajudar os atores a ajudarem-no a executá-la.

Ele fez uma série de anotações, em parte para seu próprio uso, mas também para compartilhar com Anne-Marie. Essas anotações jamais devem ir além deles dois, ele enfatizará isso para ela. Depois de sua ótima fala à classe ("Não me importa o que vocês fizeram" e assim por diante), seria decepcionante para seus atores ver suas acusações criminais explicitadas em tantos detalhes.

Ele relê rapidamente sua lista provisória:

Personagens da peça

PRÓSPERO, O DUQUE DEPOSTO DE MILÃO: Sr. Duke, diretor e produtor.

MIRANDA, SUA FILHA: Anne-Marie Greenland, atriz, bailarina, coreógrafa.

ARIEL: 8Handz. Constituição frágil. Oriundo de uma família da Índia Oriental. Cerca de 23 anos. Muito inteligente. Ágil no teclado de um computador. Altamente versado em assuntos tecnológicos. *Acusação*: hacker, roubo de identidade, falsidade ideológica, falsificação. Sente que suas atividades se justificam, pois acredita que está representando um Robin Hood benevolente contra os capitalistas do cruel rei João neste mundo. Traído por um colega mais velho quando não quis hackear instituições beneficentes para refugiados. Interpretou Rivers em *Ricardo III*.

CALIBÃ: Pernazz. Por volta de 30 anos. Origem miscigenada, irlandesa e negra. Cabelo ruivo, sardas, constituição forte, se exercita muito. Veterano, esteve no Afeganistão. A Organização de Apoio aos Veteranos se recusou a pagar seu tratamento de TSPT (Transtorno De Estresse Pós-Traumático). *Acusação*: arrombamento, agressão. Associados ao uso de drogas e álcool. Esteve em um tratamento para dependência, mas o programa foi cancelado. Interpretou Brutus, a Segunda Feiticeira e Clarence. Excelente ator, mas irritadiço.

FERDINANDO, FILHO DE ALONSO: Garoto Prodígio. Parece ter 25 anos, provavelmente é mais velho. Sobrenome escandinavo. Atraente, bem-apessoado, bonito, plausível para o papel; pode parecer bastante sincero. *Acusação*: fraude; venda de seguros de vida falsos para pessoas idosas ingênuas. Interpretou Macduff e Hastings em *Ricardo III*.

ALONSO, REI DE NÁPOLES: Krampus. Quarenta e cinco anos, talvez. Origem menonita. Rosto comprido como de cavalo. Membro de uma quadrilha menonita que transporta drogas do México via Estados Unidos em equipamentos agrícolas, sob o manto da religião. Depressivo. Interpretou Banquo em *Macbeth* e Brutus em *Júlio César*.

SEBASTIÃO, IRMÃO DE ALONSO: Phil o Doentio. Origem: refugiado vietnamita; sua família toda se sacrificou para colocá-lo na faculdade de medicina. Cerca de 40 anos. Sente que foi incriminado injustamente. *Acusação*: homicídio culposo ligado a mortes por overdose de três jovens estudantes universitários para os quais ele repetidamente prescrevia analgésicos que causam dependência. Diz que eles imploraram para que os ajudasse. Facilmente manipulável. Interpretou Buckingham em *Ricardo III*.

ADRIANO E FRANCISCO, OS DOIS CORTESÃOS. *Nota: muitas produções cortam esses papéis e atribuem algumas de suas falas a Gonçalo ou Sebastião. Um bom plano e o adotei.*

GONÇALO, CONSELHEIRO IDOSO DE ALONSO: Colarinho Branco. Acima do peso, ficando calvo. Nos seus cinquenta anos. WASP: branco, anglo-saxão e protestante. Contador. *Acusação*: Peculato. Inteligente, com tendência filosófica. Sente que sua sentença foi injusta. Respeitado pelos outros, que acreditam que ele pode ajudá-los a burlar o sistema quando saírem. Interpretou Cássio em *Júlio César* e Duncan em *Macbeth*.

ANTÔNIO, O IRMÃO USURPADOR DE PRÓSPERO: Kobra. Ascendência italiana. Magro, exercita os músculos. Estrábico. Cerca de 35 anos. Graduação em direito, que as investigações provaram ser falsa. *Acusação*: golpe imobiliário, falsificou documentos e depois vendeu propriedades que não possuía. Também gerenciou um esquema pirâmide secundário. Persuasivo, mas apenas para aqueles que querem ser persuadidos. Senso de merecimento. Acredita que os outros são crédulos e, portanto, merecem ser depenados; sente que foi pego apenas por um detalhe técnico legal. Interpretou Macbeth. Interpretou Ricardo III. Ótimo vilão.

ESTÉFANO, O DESPENSEIRO BÊBADO: Coiote Vermelho. Em seus vinte anos. Origem canadense de ascendência indígena. *Acusação*: Contrabando de bebida alcoólica, tráfico de drogas. Não acha que estava fazendo nada errado porque o sistema legal é, de qualquer maneira, ilegítimo. Interpretou Marco Antônio em *JC*. Interpretou a Primeira Feiticeira em *Macbeth*.

TRÍNCULO, BOBO DA CORTE: Pastel de Vento. Origem familiar chinesa de um dos lados. Rosto redondo, pálido. Tirou seu nome artístico da iguaria frita porque afirma não ter nada no meio da cabeça. Finge ser mais estúpido do que é. Habilidades avançadas como batedor de carteira. *Acusação*: Dirigir uma quadrilha de roubo de lojas de varejo. Afirma ter sido pressionado a participar. Adivinho em *Júlio César*, porteiro em *Macbeth*. Talento para palhaço.

APRESENTADOR: Sempre usamos um apresentador, que traz versões condensadas de cada cena para que o público possa acompanhar a trama. Considerando Navalha para esse papel. Família originária do Novo México. *Acusação*: Agressão. Atuava como a força bruta de uma gangue local. Personalidade expansiva, boa voz. Interpretou Lorde Grey em *Ricardo III*.

CONTRAMESTRE: C-nora. Afro-canadense. Talento musical e, sim, conheço os clichês. Dançarino, não tão bom quanto acha que é, mas bom. *Acusação*: Drogas, extorsão e agressão, associadas à participação em uma gangue. Seria um bom Calibã, mas é necessário em outras funções.

IRIS, CERES, JUNO: *Problema*, Felix escreveu. *Nenhum dos homens concordará em personificar essas deusas. Mas Próspero as chama de marionetes, então, por que não usar marionetes? Ou bonecas com vozes digitais. Dar a elas um componente de estranheza. Em vídeo pode funcionar.*

Há vários outros papéis e tarefas que Felix precisa atribuir: técnicos de efeitos especiais, pontos, substitutos. Figurino e adereços. Ele precisará de um fotógrafo para fotos publicitárias; não haverá publicidade real, óbvio, mas os caras ficam emocionados com as fotos de si mesmos com o figurino. A turma já decidiu que vai alterar alguns números musicais e acrescentar outros, então cantores e dançarinos serão necessários. Cantores de rap, dançarinos de break, Felix supõe. Anne-Marie pode ajudá-los com a coreografia.

Ele esboçou uma equipe, mas as coisas podem ser alteradas conforme ele descobre as habilidades e limites de cada um.

Formação provisória

EFEITOS ESPECIAIS: 8Handz, técnico principal; Garoto Prodígio, Navalha, C-nora, Ligação Direta.

ADEREÇOS E FIGURINOS: Atribuir como projeto para cada personagem principal, com sugestões de seus times.

FOTOS PUBLICITÁRIAS: Garoto Prodígio. Ele tem percepção do que parece glamoroso.

DJS: Pernazz, Coiote Vermelho, Lee Cara-Pálida, Bolota de Arroz. 8Handz fará a edição de som.

Música instrumental: Pernazz, Navalha, o mexicano, C-nora, Coiote Vermelho, Coronel Difunto.

Coro e dançarinos: C-nora, Pernazz, Pastel de Vento, VaMbora, Bolota de Arroz e integrantes da companhia, conforme necessário.

Coreografia: Anne-Marie Greenland, Pernazz, C-nora.

Duendes principais: Bolota de Arroz, Coronel Difunto, VaMbora. *Condenações*: Incêndio proposital para resgatar seguro; roubo à mão armada; delitos associados a drogas. Todos atores de primeira viagem que podem aprender muito com os outros. Dois deles foram seguranças.

DUENDES RESERVA: Integrantes da companhia, conforme a necessidade.

Os duendes, pensou Felix. A arma decisiva. Para o cerne de seu projeto secreto, sua pepita de vingança, tudo depende dos duendes. O que eles devem vestir? Máscaras pretas de esqui, ou isso é muito próximo a assaltantes de banco e terroristas? Se é esse o caso, ele pensa, melhor ainda: o medo é um ótimo motivador. *Profundamente* transformador, pode-se dizer.

23/ ADMIRADA MIRANDA

No mesmo dia

Felix encontra Anne-Marie para o almoço no Imp and Pig-Nut em Makeshiweg. Ela está um pouco menos esquelética, mas está tensa. Ligada. Permeada por energia. Ao mesmo tempo, seus olhos parecem maiores, sua fisionomia, mais aberta: ela parece dez anos mais jovem. Está usando uma camisa simples de manga comprida, branca. Na peça, Miranda tradicionalmente usa branco. Bege, pelo menos.

Excelente, pensa Felix. Ela está se fundindo com o papel. Quando você perceber, ela estará andando descalça, mesmo sendo inverno.

— Cerveja? — ele diz. — Hambúrguer com fritas?

— Acho que só vou querer a salada de nozes e cranberry e uma xícara de chá verde — ela diz. — Meio que deixei a carne de lado. — As jovens estão fazendo isso agora, pensa Felix: sua Miranda é igual. Elas comem quinoa, sementes de linhaça, milk-shakes de leite de amêndoas. Castanhas. Frutas vermelhas. Macarrão de abobrinha.

— Não vá passar dos limites — ele diz.

— Passar dos limites?

— Na inocência e na pureza — ele diz. — Você sabe. As saladas.

Ela ri.

— Ok, vou tomar uma cerveja — ela diz. — E batatas fritas com a salada.

Para ele, Felix pede um hambúrguer. Faz algum tempo desde que comeu um. O que eles fazem para obter proteína na ilha?, ele se pergunta. Ah, claro. Peixe. É por isso que Calibã tem cheiro de peixe! Não só cava a terra com suas longas unhas para encontrar trufas, ele também pega peixes. *Nem mais um dique construirei para pescar.* Por que Felix nunca fez essa relação antes?

— Como está indo? — ele pergunta. — Seu papel?

— Está tudo aqui — ela diz. — Desde a outra vez. Em minha cabeça. Estava lá apenas esperando, armazenado, sabe, o passado sombrio e o abismo do tempo. Uma das colegas com quem divido a casa está ouvindo minhas falas. Estou quase acertando palavra por palavra.

— Estou ansioso para fazer aquela cena com você — diz Felix. — A cena do *passado sombrio*. A peça toda, na verdade. Você vai tirar de letra!

Ela dá um sorriso triste.

— É... vou, certo? Interpretar Miranda com um bando de criminosos vai fazer minha carreira decolar. Você fala como se fosse real. Uma produção real.

— É real — ele diz. — Mais do que real. Hiper-real. Você vai ver.

A comida chega, milagrosamente sem atraso, e há um interlúdio de mastigação. Quando julga que é a hora certa, Felix diz.

— Montei o elenco do espetáculo. Provisoriamente. Ainda pode haver mudanças. Trouxe a lista para você saber com quem vai encenar, antes de se encontrar com eles. Fiz algumas observações sobre eles para você.

Ele entrega a ela, do outro lado da mesa, as páginas presas por um clipe; ela as analisa.

— Então você colocou os crimes aí — ela diz, em tom reprovador. — Atencioso de sua parte, mas isso é justo? Você não faria isso com atores normais. Você sempre dizia que devemos vir despidos. Sem pré-concepções uns sobre os outros.

— Atores normais estão na Wikipédia — ele diz. — Os crimes deles são suas críticas negativas. De conhecimento público. De qualquer forma, não são crimes propriamente ditos, são acusações. É diferente. Não sabemos se eles realmente *fizeram* seja lá o que for.

— Ok, cá entre nós, justo — ela diz. Passa o dedo pela lista. — Agressão, peculato, fraude. Ótimo. Pelo menos não tem nenhum assassino em série ou molestador de bebês.

— Esses ficam na ala de segurança máxima — diz Felix. — Sob vigilância especial. Para a proteção deles mesmos. Os meus caras não aprovam esse tipo de coisa.

— Que bom — diz Anne-Marie. — Então, Calibã não vai tentar me estuprar de verdade?

— Ele nem sonha — diz Felix. — Os outros caras o impediriam. Um deles é contador. — Ele aponta Gonçalo. — E aqui está seu Ferdinando.

— Fofo — diz Miranda. — Garoto Prodígio. Ele escolheu sozinho esse nome artístico?

— Não tenho certeza — diz Felix. — Mas ele tem o rosto perfeito para isso. Aparência de galã de propaganda de creme de barbear dos anos 1950. Sério. — Ele denunciou a idade com *propaganda de creme de barbear dos anos 1950*, mas ela não o provoca por isso.

— Então quer dizer que é um fraudador. Depenando velhinhas — ela diz. — Nada agradável.

— Ele não machucou ninguém — diz Felix, se defendendo. — Não fisicamente. Vendia seguros de vida falsos para idosos, estava indo muito bem. Não descobririam nada antes de estarem mortos.

— Repete isso? — diz Anne-Marie, com um sorrisinho sarcástico.

— Certo, seriam os beneficiários que descobririam, mas como nenhum de seus alvos havia morrido ainda, isso não aconteceu. Foi uma namorada abandonada que o delatou, pelo que eu soube.

— E quantas dessas existem? Namoradas abandonadas? — Ela já soa possessiva: por um ator falso interpretando Ferdinando, a réplica de um amante inexistente.

— "Muitas damas" — diz Felix, citando —, mas nenhuma chega a seus pés. Você é perfeita e inigualável, lembra?

— Sou mesmo, não é? — Ela ri de novo. Ele vai pedir a ela durante os ensaios para repetir aquela risada, transformá-la de uma risada de autogozação em uma risada de prazer.

— Obviamente, ele tem uma conversa mansa — diz Felix. — Alguns dos idosos foram ao julgamento. Queriam que ele tivesse uma redução de pena, uma outra chance. Eles o adoravam; pensavam nele como um filho. Se alguém consegue transformar aquelas declarações de amor floreadas em algo convincente, é o Garoto Prodígio.

— Você está querendo me dizer alguma coisa?

— Quem está prevenido vale por dois — diz Felix. — Esse garoto consegue seduzir até a estátua da rainha Victoria. Ele vai querer que você seja a namorada dele fora dali, que contrabandeie coisas lá para dentro, quem sabe? Simplesmente não se envolva. Provavelmente, ele já é casado. Com mais de uma mulher — ele acrescenta, para criar um efeito de ênfase.

— Você acha que vou me apaixonar por ele, certo? — diz Anne-Marie. — Você acha que sou tão fácil assim? — Ela cerra os maxilares.

— Não, não — diz Felix. — Deus a livre. Mas você vai precisar manter o bom senso quando estiver na personagem. Mesmo com sua armadura tão forte.

— Você já está no personagem — diz Anne-Marie, rindo. — Interpretando meu pai superprotetor. Mas você sabe como são as adolescentes, elas abandonam seus adorados pais no instante em que avistam um gostosão musculoso. Não me culpe, culpe os filhos da puta dos meus hormônios.

— Ok, trégua — diz Felix. — Você está indo bem, mas contenha os palavrões. Estão proibidos, lembre-se; especialmente no caso de Miranda.

— Combinado — diz Anne-Marie. — Vou tentar. — Ela continua lendo a lista. — Vejo que haverá música e dança.

— Bom, *A tempestade* existiu durante todo o século XVIII como ópera — diz Felix. — Então, eu a apresentei para os caras como um musical. Dá um contexto melhor para eles. Eles estavam tendo problemas com as fadas e a canção sobre a abelha chupadora e tudo mais.

— Ah, entendi — diz Anne-Marie, rindo.

— Estava pensando que você poderia ajudar com a coreografia. Dar a eles algumas dicas.

— Poderia — ela diz. — Nada de balé, imagino. Nós teremos de ver o que os corpos deles aguentam. — Felix sorri: ele gosta da palavra *nós*. — O que você vai fazer quanto à abelha chupadora? Isso pode ser um empecilho.

— Continua em aberto — diz Felix. — Eles podem reescrever a fala. Nas outras peças que fizemos, eles escreveram algum material novo para as sequências que achavam precisar de atualização. Usando o... é... vernáculo contemporâneo.

— Vernáculo contemporâneo — diz Anne-Marie. — Você quer dizer o palavreado sujo. E agora, senhor certinho?

— É a parte de escrita do curso — ele diz, um pouco como justificativa. — Escrever coisas. De qualquer forma, julgando pelos textos que temos, as trupes de Shakespeare devem ter improvisado um pouco.

— Você sempre testou os limites — diz Anne-Marie. — E quanto a Íris, Ceres e Juno? A mascarada na festa de noivado. É uma cena estranha. Tem muitas palavras, pode ficar enfadonha. Vi aqui que você está pensando em bonecas.

— Não posso pedir àqueles homens que se vistam de deusas. Podemos fazer uma montagem...

— Que tipo de bonecas?

— Estava esperando você me ajudar com isso — diz Felix. — Não sou proficiente nessa área. Bonecas adultas.

— Você quer dizer peitudas.

— Bem, não bebês ou, você sabe, animais. O que você sugeriria? — Sua Miranda não conseguiu passar da fase dos ursinhos: bonecas são um foco de dor para ele.

— Princesas da Disney — diz Anne-Marie, assertiva. — Elas seriam perfeitas.

— Princesas da Disney? Por exemplo...

— Ah, você sabe. Branca de Neve, Cinderela, Bela Adormecida, Jasmine de *Aladdin*, com aquelas calças bufantes, Ariel de *A pequena sereia*, Pocahontas usando roupas de couro com franjas... Eu já tive a coleção completa. Mas não a Merida de *Valente*... ela veio depois da minha época.

Aquilo era um idioma estrangeiro para Felix. O que é Merida de *Valente*?

— Não pode ser Ariel — ele diz. — Já temos um Ariel.

— Ok, vou explorar isso. Pode muito bem funcionar! Quem não iria querer três princesas da Disney chegando em sua festa de noivado e derramando bênçãos? E talvez um pouco de confete cintilante — ela acrescenta, com perspicácia, já que Felix é famoso pelo papel cintilante.

— Serei aconselhado por você — diz Felix, com o máximo de cortesia. — Senhorita Incomparável.

— Deixe isso para os fãs — ela diz, rindo. Mas ele consegue o que quer: agora eles são aliados.

São? Talvez os olhos dela não estejam arregalados por causa da inocência. Pode ser medo. Por uma fração de segundo, ele vê Próspero pelo olhar de Miranda, uma Miranda petrificada que percebeu subitamente que seu adorado pai é um completo maníaco, e ainda por cima paranoico. Pensa que ela está dormindo enquanto ele fala em voz alta com alguém que não está presente, mas ela o ouve, e isso a assusta. Diz que pode dar ordens aos espíritos, despertar temporais, arrancar árvores, abrir sepulturas e fazer os mortos caminharem, mas o que é isso na vida real? Pura loucura. A garota, coitada, está presa no meio do oceano com um bandido saturado de testosterona que quer estuprá-la e com um pai ancião que perdeu totalmente a cabeça. Não chega a surpreender que ela se atire nos braços do primeiro jovem aparentemente são que cruza seu caminho. *Tire-me daqui!* É o que ela está dizendo a Ferdinando, na verdade. Não é?

Não, Felix, não é, diz a si mesmo com firmeza. Próspero não é louco. Ariel existe. Outras pessoas além de Próspero o enxergam e o escutam. Os encantamentos são reais. Atenha-se a isso. Confie na peça.

Mas será que a peça é confiável?

24/ SOBRE A SITUAÇÃO ATUAL

Sexta-feira, 18 de janeiro de 2013

Na loja da Print Pro em Wilmot, Felix faz cópias da relação do elenco revisada – apenas com os nomes dos personagens e dos artistas, sem as descrições – para entregá-las aos atores. Depois, ele dirige até Makeshiweg e pega Anne-Marie em frente à casa que ela divide com três pessoas. Ele dá a ela a licença para entrar na Fletcher que Estelle conseguiu agindo nos bastidores e ela o segue colina acima em seu próprio carro, um Ford cinza prateado amassado, atravessando o portão externo até o estacionamento.

Ela sai do carro com dificuldade, titubeando no gelo com suas botas. Será que ele deveria lhe estender a mão, oferecendo ajuda? Não, não deveria, ele seria dispensado com sarcasmo. Ela examina a tela aramada, o arame farpado no alto, os refletores.

— Isso é sinistro — ela diz.

— Sim, é uma prisão — ele diz. — Embora "Muros de pedra uma prisão não façam, e barras de ferro não sejam uma jaula". Mas contribuem para um ambiente semelhante a uma jaula.

— Em que peça está isso? — diz Anne-Marie.

— Não é peça — ele diz. — É um poema. O homem que o escreveu estava realmente na prisão, escolheu o lado político errado. Em *A tempestade*, é dito que "O pensamento é livre", mas, infelizmente, isso é em uma canção cantada por três idiotas.

— Que deprimente — diz Anne-Marie. — Vivendo no lado escuro esses dias? O inverno pegou você? Está frio o suficiente?

— É por aqui — Felix diz. — A entrada. Cuidado. É glacial.

— Esta é Anne-Marie Greenland — ele diz a Madison e Dylan no controle de segurança. — Ela é uma atriz muito conhecida — ele mente —, que gentilmente concordou em se juntar à nossa companhia de teatro. Ela nos ajudará com a peça. Tem autorização.

— Prazer em conhecê-la — diz Dylan a Anne-Marie. — Qualquer problema, qualquer coisa, pode nos chamar.

— Obrigada — diz Anne-Marie, lacônica, com sua voz de posso-cuidar-de-mim-mesma.

— Isso funciona como um alarme — diz Madison a ela. — Você aperta esse botão. Posso prendê-lo em seu...

— Entendi — diz Anne-Marie. — Eu mesma prendo.

— Agora coloque sua bolsa por aqui e vá por ali. O que tem na bolsa? Itens pontiagudos?

— Agulhas de tricô — diz Anne-Marie. — Para meu tricô.

Felix é pego de surpresa, pois tricô e Anne-Marie não parecem combinar, mas Dylan e Madison sorriem, satisfeitos: é uma atividade feminina.

— Senhora, desculpe, mas elas ficam conosco — diz Dylan.

— Ah, pelo amor de Deus — diz Anne-Marie. — Por acaso vou tricotar alguém até a morte?

— Essas agulhas podem ser usadas contra a senhora — Madison diz, em um tom de voz paciente. — Qualquer coisa pontuda pode. A senhora ficaria surpresa. Poderá pegar sua bolsa na saída.

— Certo — diz Anne-Marie. — Apenas não mexam na minha lã enquanto eu não estiver aqui. — Eles riem disso, ou talvez dela, porque evidentemente ela os alegra, por que não?, pensa Felix. Apesar de sua incisividade, ela é uma luz radiante em um espaço sombrio. Ela quebra a monotonia.

Felix a conduz pelo corredor de sua ala exclusiva, apontando as várias salas vazias.

— Temos o uso dessas, e mais as duas celas de exposição, como camarins e bastidores. E espaço para ensaio — ele acrescenta.

— Ótimo — ela diz. — Vou precisar de uma dessas. Para os números de dança.

Os homens já estão na sala de aula. Felix apresenta Anne-Marie. Ela tirou o casaco; está vestida de modo conservador: camisa branca, cardigã preto, calças pretas. O cabelo está penteado para cima em um coque formal; em cada uma de suas orelhas, um único brinco. Ela dá um sorriso descompromissado olhando em direção à parede dos fundos da sala e depois se senta na fileira da frente, em uma carteira que Felix indicou. Sua cabeça se equilibra no alto de sua coluna ereta, uma postura de bailarina. Sem relaxar o corpo de forma convidativa.

— A sra. Greenland ficará apenas sentada por enquanto — diz Felix. — Conhecendo vocês. Ela contribuirá quando começarmos a ensaiar.

Silêncio mortal. Os homens dos dois lados dela tentam não olhar fixamente: seus olhos se reviram de um lado para o outro. Aqueles atrás dela a contemplam, encantados, embora nada esteja visível para eles, exceto suas costas. Fique alerta, Felix diz a si mesmo. Mantenha um olho nela. Não suponha que os conhece. Tente se lembrar de como você era quando tinha essa idade. Você pode ser uma brasa quase apagada agora, mas não foi sempre assim.

— Agora, o elenco — ele procede como se tudo estivesse normal. — Sou o diretor, e essas escolhas cabem a mim. Talvez vocês não consigam o papel que queriam, mas a vida é assim. Nada de pressão, nada de barganhas, nada de reclamações. O teatro não é uma república, é uma monarquia.

— Pensei que você tinha dito que éramos um time — diz VaMbora em um tom ríspido.

— São — diz Felix. — São um time. Mas eu sou o rei do time. Todas as decisões são finais. Os atores experientes sabem disso, certo? — Alguns acenos de cabeça dos veteranos.

A seguir, ele passa a lista do elenco. Há reclamações contidas.

— Você quer que eu interprete um índio bêbado — diz Coiote Vermelho, que está na lista como Estéfano.

— Não — diz Felix. — Quero que você interprete um homem branco bêbado.

— Êba, sou o bobo — diz Pastel de Vento. — Consigo fazer isso!

— Ferdinando — diz Garoto Prodígio. — Estou pronto para isso. — Ele sorri em direção às costas de Anne-Marie, exibindo seus dentes perfeitos.

— Eu não estou — diz Krampus, o menonita. — Pronto para isso. O papel do rei, ele só sabe lamentar. Eu deveria ser Calibã.

— Sei que muitos de vocês queriam Calibã — diz Felix —, mas há apenas uma vaga para isso.

— Calibã deveria ser de um povo indígena — diz Coiote Vermelho. — É óbvio. Tiveram essa terra roubada.

— De jeito nenhum — diz C-nora. — Ele é africano. Onde fica Argel, afinal de contas? Norte da África, certo? É de onde veio a mãe dele. Olhe no mapa, cabeça de chaga.

— Então ele é muçulmano? Acho que não, bastardo.

— VaMbora, outro aspirante a Calibã.

— De jeito nenhum ele é um branquelo que fede a peixe, em todo caso... — diz Navalha, olhando furioso para Pernazz. — Nem metade branco.

— Eu ganhei — diz Pernazz. — Vocês ouviram o homem, cabeças de pântano, é definitivo. Então, chupem.

— Perdeu ponto, você disse palavrão — diz C-nora.

— *Chupem* não é palavrão — diz Pernazz. — É só afronta. Todo mundo sabe disso, e que o demônio pegue seus dedos.

Anne-Marie dá uma gargalhada.

A próxima tarefa deles é estudar as próprias cenas: o que acontece nelas, como devem ser encenadas, quais são os problemas? Felix teve o cuidado de incluir um ou dois atores veteranos em cada time: eles podem oferecer orientação. Pelo menos na teoria.

Os homens passam para as salas designadas. Anne-Marie se levanta, se alonga, curva uma perna para trás, a coloca em ângulo reto.

— Eles não parecem tão maus — ela diz.

— Eu disse que eram? — diz Felix.

— Não, não exatamente. Mas... — Ela deve estar se lembrando das acusações contra eles.

— Você ainda está de acordo com isso? — pergunta Felix.

— Sim, óbvio — ela diz, embora sua voz esteja hesitante.

— Então, o que eu faço agora? Onde está meu belo Ferdinando? Devo começar a ensaiar as cenas piegas com ele?

— Ele está lambendo os beiços, mas não comece hoje —
diz Felix. — Eles precisam entrar nos papéis, compreender as
coisas sozinhos. Depois, passo algum tempo com eles em uma
cena de cada vez. Como a versão final é um vídeo, podemos
gravar a cena quando os caras estão prontos e temos os figurinos e tudo mais, e então unir tudo como em um mosaico. Mas
nós dois podemos ensaiar o Ato I, cena 2 agora, se você quiser.

Então, Miranda chora e implora, e Próspero a acalma,
a conforta, a tranquiliza, e depois esclarece. Bem quando
ele está começando a história da traição fraternal de Antônio
que os fez aportar na ilha, 8Handz aparece na porta.

— E então, com quem ensaio? — ele diz. — Ferdinando
está praticando como se sentar em uma pedra e parecer
melancólico e então eu deveria entrar e atraí-lo para longe
dali com música, mas ainda não temos a música. De qualquer forma, minha primeira fala é com você, sr. Duke.

— Ah, meu Ariel — diz Felix. — Há algumas questões técnicas que preciso discutir com você. Vamos fazer
um intervalo — ele diz a Anne-Marie. — Vá dar uma
olhada, ver o que os garotos estão fazendo.

— Você está tramando, é? — ela diz com um sorriso,
olhando para 8Handz. — Preparando ilusões? Você precisa ter cuidado com o velho mago, ele vai lançar um feitiço
que fará de você um tolo.

— Eu sei — diz 8Handz, rindo. — Ele já fez isso.

Felix espera que ela saia. E abaixa a voz.

— O que, exatamente, você sabe sobre sistemas de vigilância? — ele pergunta.

8Handz sorri.

— Sou ótimo — ele diz. — Se tiver o que preciso;
tipo, as ferramentas. Alguma coisa em mente?

— Quero ver sem ser visto — diz Felix. — Em todas as salas, e também no corredor.

— Você e todos os agentes secretos do planeta — diz 8Handz. — Vou fazer uma lista de compras. Você me traz as coisas e temos um acordo.

— Se você puder arranjar o que tenho em mente — diz Felix —, tenho certeza de que consigo a liberdade condicional para você.

— Sério? — diz 8Handz. — Já solicitei, mas está demorando. Como você irá mudar isso?

— Influência — diz Felix enigmaticamente.

Inimigos em altos cargos, ele pensa consigo mesmo.

25/ ANTÔNIO, MANO PERVERSO

Quarta-feira, 6 de fevereiro de 2013

O tempo passou depressa e agora falta pouco. Apenas cinco semanas para o momento decisivo, o momento em que os odiados dignitários entrarão em seu domínio, e seu plano, agora um botão, irá desabrochar em flor. A expectativa aguça a sagacidade de Felix, coloca brilho em seus olhos e tensão em seus músculos. Disposição é tudo.

Tony e Sal se aproximam, frequentando banquetes, aparecendo em festas de gala, distribuindo entrevistas para a imprensa como rosas atiradas, deixando um rastro de sessões de fotografias por onde passam. Ele os segue pelas ondas da web, como uma aranha espreitando borboletas; ele vasculha o éter em busca de suas imagens. Sem nenhuma suspeita, seguem seu caminho livremente, sem trazer em suas cabeças, normalmente cheias de tramas, nenhum pensamento dirigido a ele, Felix Phillips, exilado por mãos injustas, recostado à espera deles, preparando sua emboscada. Levou algum tempo, mas a vingança é um prato que se come frio, ele lembra a si mesmo disso.

Ele marca os dias, conta as horas restantes. Eles chegarão à Fletcher em meados de março, prontos para ver o espetáculo.

Mas o espetáculo não está pronto para eles. A companhia não está nem perto ainda. Felix está agoniado de impaciência: o que pode fazer para acelerar as coisas, fazer com que o vídeo seja gravado, lapidado e polido, convertido em uma pedra preciosa? A tempo da visita programada, claro.

Gremlins conspiram contra ele. Houve duas desistências entre os duendes menores, embora ele tenha conseguido convencer um deles a voltar. Outro duende está na enfermaria com uma lesão não especificada: algum tipo de retaliação envolvendo uma lixa de unha, segundo Pernazz "nada a ver com nenhum de nós". Têm acontecido ofensas nos ensaios, uma rixa quando ele estava de costas. Aquilo poderia degringolar facilmente; por outro lado, ele sempre teve esse pensamento em todas as peças que já dirigiu.

Tudo que ele tem em vídeo são algumas das cenas preliminares: rudimentares, muito rudimentares. Ele encomendou um teclado eletrônico da agência de locação de equipamentos que usa, que ainda não chegou; como eles podem fazer a música sem isso?, eles dizem. Querem que ele consiga acesso à internet para que possam baixar arquivos MP3, mas isso é ir longe demais: até mesmo Estelle é incapaz de mudar isso, já que a Administração levanta as objeções de sempre. Os detentos vão abusar, usá-la para assistir pornografia e criar planos de fuga. Não faz sentido Felix dizer que eles estão tão absortos na peça para se darem ao trabalho de pensar em fuga: ele mesmo não acreditaria. Além disso, ele pode muito bem estar errado. Ele faz o melhor que pode, traz trechos de música para eles e os toca no computador da sala de aula, mas não, não é a versão que pediram, dizem, revirando os olhos. Ele não sabe que os Monkees são um lixo?

A frustração o espreita em cada esquina. Garoto Prodígio e Anne-Marie encontraram um obstáculo. O primeiro ensaio entre eles foi excelente, mas o seguinte foi medíocre: Garoto Prodígio não estava criando. Estava apenas agindo automaticamente.

— O que aconteceu? — Felix perguntou a Anne-Marie durante um café na quinta-feira.

— Ele me pediu em casamento — disse Anne-Marie.

— Espera-se que ele faça isso. Está na cena — Felix disse, mantendo a neutralidade.

— Não, eu quis dizer que ele me pediu em casamento de verdade — disse Anne-Marie. — Disse que foi amor à primeira vista. Eu disse que era só uma peça, que não era de verdade.

— E depois? — Felix perguntou. Ela estava brincando com a colher: ele sabia que havia algo mais.

— Ele meio que me agarrou. Tentou roubar um beijo.

— E?

— Eu não quis paralisá-lo — disse Anne-Marie.

— Mas paralisou?

— Só temporariamente — ela disse. — Os sentimentos dele foram feridos, mais do que qualquer coisa. Depois que ele parou de se contorcer no chão e se levantou, eu pedi desculpas.

Isso poderia explicar a falta de paixão dele, pensou Felix.

— Vou ter uma palavra com ele — disse.

— Não faça isso, você vai inibi-lo — ela disse.

Até mesmo seu Ariel, 8Handz, está fazendo bobagem. No segundo ensaio da primeira cena do Ato I, ele começou a fala com "*Sieg heil*, grande monstro!". E então desatou a rir, constrangido porque algo que estava em sua cabeça saiu por sua boca involuntariamente.

Eles tiram sarro pelas costas, têm seus próprios pejorativos para ele e também para Próspero, ridicularizam a peça; isso é normal, mas 8Handz tem de se lembrar quem se espera que ele seja. É verdade que Ariel tem muitas tarefas para acompanhar, é o parceiro secreto de Próspero, mas ainda assim. 8Handz precisa se conter.

É sempre tão difícil assim nessa fase? Felix se pergunta. Sim, é. Não, não é. É mais difícil dessa vez porque ele está apostando demais nisso.

Mais catorze sessões e, então, o grande dia. Eles ainda estão hesitando para escolher o figurino, ainda erram as falas, falam entre os dentes.

— Três pratos de trigo para três tigres tristes — ele os lembra. — Com clareza! AR-TI-culem! Não interessa o que vocês estão falando se não conseguimos ouvir vocês! Ela perambula pela beira da praia procurando pequenas madrepérolas preciosas! Chega de choro!

Se fosse uma companhia comum dos velhos tempos, ele já estaria gritando com eles a essa altura, chamando-os de estúpidos, mandando que eles fossem mais fundo, buscassem o personagem, torcendo suas emoções até chegarem ao ponto de virada e dizendo a eles para usarem o sangue e a dor resultantes; *usem isso!* Mas esses egos são frágeis. Alguns fizeram terapia de controle da raiva, então seus gritos estabeleceriam um mau exemplo. Para os outros, a depressão nunca está longe. Pressione-os demais e eles entrarão em colapso. Desistirão, até mesmo os atores principais. Irão embora. Já aconteceu antes.

— Vocês têm talento — diz a eles. Encolhimento de ombros, resistência passiva. — São melhores do que isso!

— E o que ele pretende fazer, ameaçar levá-los à prisão?

Não vai funcionar, eles já estão na prisão. Ele não tem margem de manobra.

Onde está a energia? Onde está a faísca que vai acender o fogo dessa pilha de lenha úmida? O que estou fazendo de errado? Felix se preocupa.

Ele insistiu no café, café de qualidade, não aquela abominável coisa solúvel; ele pagou pelos grãos, fez com que fossem moídos, trouxe ele mesmo o café, tendo o cuidado de dividir um pouco com Dylan e Madison. Naquela manhã, durante o intervalo para o café de qualidade, Kobra se aproximou. Anne--Marie está atrás dele, pronta para apoiá-lo com o que quer que seja, Felix imagina. Ela está vestindo uma de suas roupas de ensaio de dança: polainas tricotadas, calça de moletom azul-pavão, camiseta preta de manga comprida. E sapatos de sapateado, Felix observa: haverá percussão.

— Nós montamos uma coisa — diz Kobra. — Meu time, o Time Antônio.

— Vá em frente — diz Felix

— Sabe aquela cena, quando você, quero dizer, você, Próspero, conta os antecedentes da história? Para Miranda? Sobre como, o que o irmão...

— Ato I, cena 2 — diz Felix. — Certo?

— Isso mesmo.

— O que é que tem? — diz Felix.

— É muito longa — diz Kobra. — Além do mais, é chata. Até Miranda acha chata. Ela quase dorme.

Ele está certo, pensa Felix. Aquela cena foi um desafio para todo ator que já interpretou Próspero: passar o Ato I, cena 2, narrando a triste história de Próspero e, ao mesmo tempo, torná-la cativante. A coisa toda é muito estática.

— Mas o público precisa da informação — Felix diz. — Caso contrário, não consegue acompanhar a trama. Precisam ouvir sobre as injustiças que Próspero sofreu, e seu motivo para querer vingança.

— Sim, entendemos isso — diz Kobra. — Então, pensamos: por que não fazer isso como uma retrospectiva?

— Já é uma retrospectiva.

— É, mas, sabe o que você sempre diz? Mostrem, não falem, mexam-se, coloquem alguma energia.

— Sim — diz Felix. — E?

— E, então, podemos fazer isso como uma cena de retrospectiva, só que com Antônio contando. Nós ensaiamos.

A-ha, ele está me cortando, pensa Felix. Dando cotoveladas. Criando um papel maior para si mesmo. Que apropriado para Antônio. Mas não foi isso que ele pediu que fizessem? Repensassem, reformulassem?

— Ótimo, vamos ouvir — diz.

— Os caras vão fazer as vozes de fundo para mim — diz Kobra. — Time Antônio. Chamamos de "Antônio, mano perverso".

— Ok — diz Felix. — Hora do espetáculo.

— Lembrem-se de contar — diz Anne-Marie enquanto eles se posicionam, Kobra na frente, seus apoios em fila, atrás: Phil o Doentio, VaMbora e, o mais improvável, Krampus, o menonita. Se Anne-Marie arrancou de Krampus qualquer coisa parecida com uma dança, era um milagre.

— Sou todo ouvidos, e olhos — diz Felix.

— Começando no três — diz Anne-Marie. Ela conta "um, dois, três", bate palmas uma vez e eles prosseguem.

Kobra aspira encontrar a essência de Antônio: implacável, cheio de si. Ele estufa o peito, esfrega as mãos, aperta o olho esquerdo estrábico, sorri zombeteiro com a boca torta. Se tivesse bigode, o enrolaria. Pula o máximo possível. Seu time estabelece o ritmo batendo os pés no chão, batendo palmas e estalando os dedos. Trabalho respiratório, sem acompanhamento instrumental.

Eles são bons, muito melhores do que Felix esperava. Foi tudo devido a Anne-Marie, ou eles tiram essas coisas de videoclipes? Talvez as duas coisas. *Pés pés pés palmas, pés pés pés palmas, palmas palmas pés estalo,* fazem os apoios. Kobra começa:

> Irmão, eu sou o cara, sou o duque de Milão.
>
> Se quiser ganhar, faça o que eu mandar.
>
> Nem sempre foi assim, não, mano.
>
> Há um tempo eu era só o Antônio,
>
> não tinha valor, muito pouco, muito louco.
>
> Meu sangue fervia, pois eu nunca vencia.
>
> Sem respeito, era o segundo. Porém
>
> eu sorria, mentia, dizia "tudo bem".

> Mas o cara de verdade
>
> era Próspero, meu irmão.
>
> *Ele era o duque, era o duque, era o duque de Milão.*
>
> *Uh ah ha! Uh ah ha! Pés palmas, palmas pés, estalo estalo pés*

> Mas era um tolo, sem miolo, nem olhou
>
> ao redor, focou nos negócios,
>
> a cara nos livros, nem se cuidou.
>
> Disse, mano, não me engano,
>
> sabe como rola, exibe teu plano.

Diz que eu que disse, você é o chefe de Milão:
você manda e eles farão.
Vão para lá, vêm para cá, longe ou perto.
Traz meu cobre, roupa nobre. Seja esperto.

Tava focado no livro, fazendo magia,
sacudindo o bastão, toda essa porcaria.
Fiz o que quis e deu certo:
tudo o que queria, tinha por perto.
Fiquei mal-acostumado,
e ele nem viu, desligado e sem cuidado.
Foi tolo, sem miolo, e eu caí na tentação.
Mandava e desmandava em toda Milão.
Ele não via o que eu pegava e mais bandido eu ficava.
Virei o gêmeo mau, o pecado era normal
e pra vitória crucial.

Uh ah ha! Uh ah ha! Pés palmas, palmas pés, estalo estalo pés

Falei com o cara de Nápoles, o rei,
ele queria Milão sob sua lei.
Fizemos um trato,
ele me ajudou no ato, fiz dívida.
Derrubamos meu mano, Prós-pe-ro,
à noite, na miúda.
Pagamos os guardas pra não ter luta.

Jogamos Próspero num barco furado,
Sem chance de ser estabilizado.
Ele e a filha no barco imundo:
jogamos os dois no mar profundo.

Disse que ele viajou, folgou, des-can-sou
numa ilha tropical. Todos riram, mas viram
que não voltou, acham que se afogou.

Uh ah ha! Uh ah ha! Pés palmas, palmas pés, estalo estalo pés

Oh, não! Fiquei sem irmão.
Diziam: que triste, que desconforto,
ele deve estar morto.
Irmão, agora sou o cara, o grande cara
Sou o duque, sou o duque, sou o duque de Milão.

É!
É o duque, é o duque, é o duque de Milão.
Pés pés, Pés pés, Pés pés, pés pés pés! Palmas palmas Há!

No "há!" final, todos olharam para Felix. Ele conhece aquele olhar. *Por favor, me ame, não me rejeite, diga que tudo bem!*
— O que você achou? — Kobra pergunta. Ele se entregou aos pulos, está respirando com dificuldade.
— Tem algo de bom — diz Felix, que na verdade queria estrangulá-lo. Ladrão de cena! Mas ele refreia aquela emoção e repreende a si mesmo: o espetáculo é deles.
— Tem mais do que algo de bom! Vamos, é incrível! — diz Anne-Marie, que ficou olhando do fundo da sala. — Diz o que aconteceu, resume tudo! Tem que ficar!
— Sapateado estiloso — diz Felix.
— É para isso que estou aqui — diz Anne-Marie, com um sorrisinho. — Senhorita Prestativa. Carregamento de madeira, números de dança, qualquer coisa.
— Obrigado — diz Felix.

— Com ciúme, sr. Duke? — Anne-Marie sussurra, de um modo travesso. Ela o enxerga em profundidade, muito fundo. — Quer fazer parte do acompanhamento, não é?

— Não seja infantil — ele sussurra de volta.

— Então, nós pensamos — diz Kobra, insistindo —, que depois disso podemos cortar para o barco, o barco furado em que eles estão, e mostrar no vídeo, enquanto ele está falando, quero dizer, você... ele está falando aquela parte em que Miranda diz que fardo ela deve ter sido, uma menina de três anos naquele barco, e Próspero fala que ela foi um anjo que o salvou? Um querubim. Aquela parte.

— Sei qual é a parte — diz Felix. Seu coração se contorce dentro dele.

— Então, alguns dos caras têm filhos — ela diz. — Eles têm fotos dos filhos, você tem permissão para ter esse tipo de foto. Da sua família, se você tiver uma. Então, gravamos um vídeo do barco... Podemos usar, tipo, um barco de brinquedo, mexê-lo de um lado para o outro, manipulá-lo para parecer que está se desintegrando; e está escuro, o vento sopra, é noite, e no céu nós mostramos as fotos dos filhos deles. É como os caras se sentem com isso, com os filhos: é como um tipo de querubim que ajuda a atravessar os momentos difíceis.

Como Felix poderia dizer não?

— Vamos fazer uma tentativa — diz Felix.

— O 8Handz disse que pode encaixar as fotos com facilidade — diz Kobra. — No vídeo. Ele diz que pode fazê-las cintilar, uma a uma, por um segundo. Como estrelas.

— Parece bom — diz Felix. Sua garganta está se fechando. Como uma ideia boba dessas pode devastá-lo tão completamente? Lodo sentimental! Vai chorar agora?

Cuidado, diz a si mesmo. Segure-se. Próspero está sempre no controle. Mais ou menos.

Kobra tem mais coisas a dizer: está balançando de um pé para o outro. Fala logo, Felix quer dizer, ríspido. Vamos, dispare a segunda bala. Acabe comigo.

— Pensamos que talvez você queira acrescentar algo seu, sr. Duke. — Ele está com a voz retraída. — Se você tiver uma foto especial como essa. Pode colocá-la naquela coisa de céu também. Uma espécie de aparição especial. Os caras disseram que seria bem-vindo.

Sua Miranda perdida, três anos, no balanço, colocada no céu, em sua moldura prateada. Rindo de alegria. *Isso de fato me salvou.*

— Não — Felix quase grita. — Não, não tenho nada apropriado! Mas agradeço mesmo assim. Com licença. — Eles não fizeram isso para implicar com ele. Não têm como saber nada a respeito dele, dele e de seu remorso, de seu autoflagelo, de sua dor sem fim.

Meio aturdido, sufocando, ele caminha vacilante até a réplica de cela dos anos 1950 e desmorona sobre a cama de baixo. Com os cobertores cinzentos e ásperos. Braços cruzados ao redor dos joelhos, cabeça arqueada. Perdido no mar, oscilando para um lado, oscilando para o outro. Em uma carcaça deteriorada abandonada até pelos ratos.

26/ MECANISMO CURIOSO

Sábado, 9 de fevereiro de 2013

O mau-humor passa. As coisas melhoram. Movimentar-se sempre ajuda.

No fim de semana, Felix viaja a Toronto em busca de figurinos e acessórios. Vai de trem, deixando o carro no estacionamento da estação de Makeshiweg porque não suporta o trânsito e o suplício de tentar estacionar. Não está mais acostumado às aglomerações urbanas.

Os caras fizeram listas do que acreditam precisar. Ele não prometeu nada com certeza, mas jurou fazer o melhor possível por eles. Anne-Marie acrescentou três bonecas de princesas da Disney. Ela as teria comprado online, disse, mas seus cartões de crédito atingiram o limite.

Ele salta do trem na Union Station e começa a busca. Depois de uma pesquisa em seu smartphone, Anne-Marie fez um mapa para ele marcando os lugares com maiores chances de encontrar algo.

Sua primeira parada é uma loja de brinquedos algumas estações de metrô adiante. Agora ele consegue contemplar essas lojas; Miranda não está mais na idade dos brinquedos. Ele passa em frente à vitrine e volta: só tem plástico lá dentro, só papelão. Com certeza, pode arriscar entrar.

Respira fundo e mergulha, atravessando a soleira da porta, naquele mundo de desejos estragados, esperanças abandonadas. Tão claro, tão resplandecente, tão fora de seu alcance. Há uma palpitação em seu peito, mas ele aguenta firme. Uma vez seguro lá dentro, ele se encaminha para a seção de brinquedos de praia: qualquer coisa que possa flutuar provavelmente está ali. Enquanto ele reflete sobre os muitos itens de cores primárias em oferta, uma vendedora vem até ele.

— Posso ajudá-lo? — ela diz.

— Obrigado — diz Felix. — Eu queria dois barcos. Um parecido com um barco a remo e outro, talvez maior, mais parecido com um veleiro. — Não, ele não quer um kit de montagem. Algo que possa realmente suportar a água, como um brinquedo de banheira ou...

— Ah — diz a garota. — Netos?

— Não exatamente — diz Felix. — Sou mais uma espécie de tio.

Juntos, eles escolhem os barcos. O pequeno pode ser coberto com remendos, o maior terá uma boa aparência na tempestade.

— Algo mais? — a garota pergunta. — Posso mostrar alguns equipamentos para flutuação para os pequenos? Boias de braço, que são decoradas como asas de borboleta, fofas para as garotas, e boias de macarrão, muito populares. Macarrões de natação — ela acrescenta, vendo o olhar vazio dele.

— Na verdade — diz Felix —, você tem algumas, ãhn, princesas da Disney?

— Ah, sim — diz a garota, rindo. — Temos uma exorbitância delas! — Ela é estudante de história ou algo assim, quem mais diria *exorbitância*? — Estão ali. — Ela o acha engraçado. Tudo bem, ele diz a si mesmo: engraçado pode vir a calhar para mim.

— Você me ajudaria a escolher? — ele pergunta, com uma expressão de incapacidade no rosto. — Preciso de três.

— Mas que sobrinhas sortudas! — ela diz, com um movimento irônico da sobrancelha. — Tinha alguma princesa específica em mente?

Felix consulta a lista.

— Branca de Neve — ele lê. — Jasmine. Pocahontas.

— Puxa — diz a garota. — Como você está bem-informado! Sobre os gostos das meninas. Aposto que você também tem filhas além de sobrinhas!

Felix se retrai. Por que isso é o inferno?, ele pensa, e por que não estou fora dele? Maldita Anne-Marie, deveria tê-la feito vir comigo para comprar ela mesma essas coisas. Ele negocia o processo de compra e pede que as futuras deusas sejam tiradas das caixas, envolvidas em papel e enfiadas em uma única sacola. É humilhante para elas, mas uma apoteose as aguarda.

Carregando suas duas sacolas de compras, ele localiza o empório de figurinos e fantasias da Yonge Street que Anne-Marie marcou para ele. Na vitrine, há um manequim quase nu com sapatos de salto alto, uma máscara de lantejoulas, apetrechos de couro para submissão sexual, e um chicote nas mãos. Lá dentro, ele avista dentes de vampiro, capas de Batman, máscaras de zumbi, e tenta não parecer um fetichista. Atrás do balcão está um jovem musculoso em demasia com um conjunto de adornos de cromo nas orelhas e uma caveira tatuada no antebraço.

— Algo especial? — ele diz, com um olhar meio malicioso.

— Recebemos novos itens em couro, muito requintados. Fazemos sob medida. Mordaças, algemas. — Ele identificou Felix como um masoquista; não muito fora do alvo, pensa Felix.

— Tem alguma asa preta? — ele diz. — Ou de qualquer cor, na verdade, exceto branca.

— Anjo caído, certo? — diz o cara. — Claro. Temos algumas azuis. Servem?

— Melhor ainda — diz Felix. Ele compra as asas, um pote de tinta azul para o rosto, um pote de tinta verde-musgo, um kit de maquiagem para palhaço, um chapéu verde escamoso de Godzilla com olhos de lagarto no alto e dentes superiores que se encaixam na testa, um par de maiôs de malha com estampa de pele de animais (esses três itens são para Calibã) e algumas máscaras de lobisomem, que é o mais próximo que consegue chegar dos espíritos caninos.

A loja não tem rufos, mas tem quatro capas curtas de veludo, então ele as acrescenta à pilha para os aristocratas. Um punhado de medalhões de ouro falsos pendurados em correntes, com imagens de leões e dragões. Dois xales de lantejoulas dourados e um prateado: roupas brilhantes, para atrair os bobos. Dois pacotes de confete cintilante azul, várias lâminas de tatuagens temporárias: aranhas, escorpiões, cobras, o de sempre.

As asas são difíceis de carregar. Ele para em uma loja de bolsas, compra uma grande mala com rodas e armazena as asas, os barcos, as princesas da Disney, as máscaras de lobisomem e a tralha brilhante. Cabe tudo e ainda sobra espaço, o que é bom, porque ainda há mais por vir.

Em seguida, a loja de itens esportivos. Ele quer alguns óculos de esqui, diz ao jovem vendedor com aparência saudável: óculos do tipo iridescente.

— Esses são os mais vendidos — diz o jovem. — Plutonita. — Há um resplendor roxo-azulado nas lentes, que são enormes e envolvem os olhos por completo: um efeito de olho de inseto. — É para o senhor? — diz o vendedor, erguendo as sobrancelhas; evidentemente, a imagem de Felix usando esquis exige um esforço dele.

— Não — diz Felix. — Para um parente jovem.

— Bom esquiador?

— Assim espero — diz Felix. — E quero quinze máscaras de esqui pretas.

— Quinze?

— Se você tiver. É para um grupo.

Eles só têm oito no estoque, mas há uma Mark's Work Wearhouse no shopping de Wilmot onde ele pode, sem dúvida, pegar as outras, além de quinze pares de luvas elásticas pretas. Ele não tem certeza de quantos duendes irá precisar afinal, mas é melhor estar bem preparado.

Na esquina, em uma loja de quinquilharias que vende guarda-chuvas e bolsas, ele pega capas de chuva semitransparentes azul-piscina, com uma divertida estampa de joaninhas, abelhas e borboletas.

— A maior que você tiver — ele diz à vendedora. É uma grande, tamanho feminino, mas apesar disso ainda pode ser um pouco apertada para 8Handz. Mas eles sempre podem cortá-la nas costas e prender os dois lados na camiseta dele: só a frente precisa aparecer.

Em um ponto de vendas da Canadian Tire, ele compra uma cortina de box azul, um grampeador, um varal, alguns pregadores de roupa – esses dois últimos são para Estéfano e Trínculo na cena do roubo das roupas – e uma tigela de plástico verde para o banquete que lhes é oferecido, depois arrancado deles.

Em seguida, ele vai à papelaria mais próxima e consegue um grande pacote de papel cartão de várias cores, um rolo de papel de embrulho pardo e alguns marcadores de feltro: cactos, palmeiras, esse tipo de coisa, para os cenários da ilha. São precisos apenas alguns poucos itens: o cérebro completa a ilusão.

Sua última parada é em uma boutique de roupas de banho femininas.

— Queria uma touca de natação — ele diz à elegante mulher de meia-idade que dirige o lugar. — Azul, se você tiver.

— Para sua esposa? — diz a mulher, sorrindo. — Vai a um cruzeiro? — Felix fica tentado a dizer a ela que é para um criminoso condenado que está na prisão e vai interpretar o papel de um alienígena voador azul, mas muda de ideia.

— Sim — ele diz. — Em março. Para o Caribe — ele detalha.

— Parece fascinante — diz a mulher com certa melancolia. O destino dela é propiciar cruzeiros, mas nunca participar de um.

Ele olha e rejeita várias toucas de banho: uma com margaridas, uma com estampa de rosas vermelhas sobre azul-piscina, uma com laços à prova d'água.

— Ela gosta das totalmente lisas — ele diz. — O melhor que ele consegue é uma touca engraçada com tiras de borracha sobrepostas formando escamas. — Você tem de um tamanho maior? — ele pergunta. — A maior. Ela tem a cabeça grande e muito cabelo — ele se sente forçado a explicar.

— Ela deve ser bem alta — diz a vendedora.

— Como uma estátua — diz Felix.

Ele espera que talvez haja algum jeito de esticar a touca. Não quer que 8Handz fique ridículo com uma minúscula touca azul assentada na cabeça, parecendo um cogumelo.

27/ IGNORANTE
DE QUEM ÉS

Naquele mesmo dia

Felix volta a Makeshiweg de trem, e então puxa sua grande mala pelo estacionamento da estação até o carro. Está caindo mais neve; quando ele estiver de volta na viela a caminho da cabana, será uma luta para arrastar a mala pelos bancos de neve fresca até a porta.

Apesar da nevasca local, o sol está se pondo, ao longe, a sudoeste, entre nuvens da cor de damasco. À beira do campo coberto de neve, as sombras lançadas pelas árvores são azuladas. Antes, há não muito tempo, Miranda estaria fora da casa a essa hora, aproveitando os últimos raios de luz para brincar na neve, lançando bolas pelo ar ou fazendo anjos na neve. Ele procura pegadas: não, ela não saiu recentemente. Mas ele se lembra de que Miranda não deixa pegadas, tão leve é seu caminhar.

Há um cheiro terroso, de cinzas, dentro da casa, como acontece quando o fogo se extingue. Ele liga o aquecedor, que zune; é o som do metal se aquecendo.

— Miranda? — ele diz.

Primeiro, ele pensa que ela não está ali, e seu coração desacelera. Então, ele a percebe: ela está na mesa deles, onde as sombras se encontram. Espera ao lado do tabuleiro de xadrez, pronta para retomar a aula. Ele a está ensinando alguns lances de meio de partida. Quando ele abre a mala nova, entretanto, ela deixa a mesa e se aproxima para olhar, admirada, o que ele trouxe.

Tantos tesouros: o tecido dourado, a touca de natação emborrachada azul, os barquinhos! As três princesas da Disney com suas roupas espalhafatosas: ela as acha encantadoras. O que é cada coisa? Ela quer saber. De onde vieram e para que servem? A touca de natação? Os óculos de esqui? O que é natação, o que é esqui? Evidente que aqueles itens lhe são desconhecidos: ela sabe tão pouco sobre o mundo exterior.

— São para a peça — Felix diz a ela. Então, tem de explicar o que é uma peça, o que é atuar, por que as pessoas fingem ser alguém que não são. Nunca conversou com ela sobre teatro; na realidade, até esse momento ela demonstrou pouco interesse sobre aonde ele vai quando não está nos dois cômodos simplórios deles, mas agora ela ouve atentamente.

Na segunda-feira, quando retorna da Fletcher, exausto depois de seis horas de discussão sobre o Ato II, cena a cena, ele descobre que ela leu *A tempestade*. Ele não deveria ter deixado seu livro sobressalente largado por lá com tanto descuido. Agora que a viu, ela foi capturada pela peça. Ele devia saber.

Nunca quis que ela entrasse no teatro. É uma vida muito difícil, é muito dura com o ego. Há muitas rejeições, muitas decepções, muitos fracassos. Você precisa de um coração de ferro, de uma pele de aço, da força de vontade de um tigre, e de uma dose adicional disso tudo se for mulher. Seria uma vocação especialmente difícil para uma garota como ela: com um coração tão afetuoso, tão sensível. Ela foi protegida contra o pior da natureza humana: como ela reagiria, assim que fosse colocada cara a cara com aquele pior? Ela deveria escolher uma carreira de trajetória mais segura, como a medicina ou, talvez, a odontologia. E, evidente, se casar um dia com um marido estável e amoroso. Ela não deveria se dissipar em um mundo de ilusões, de arco-íris que desaparecem, de bolhas que estouram, de torres coroadas por nuvens, como aconteceu com ele.

Mas o teatro deve estar no sangue dela, porque agora ela está determinada. Insiste em fazer parte da produção. Pior: quer interpretar Miranda. Sente que o papel é ideal para ela, diz a ele. Pensar nisso a deixa tão feliz! Mal pode esperar para encontrar a pessoa que interpretará Ferdinando. Sabe que serão espetaculares juntos.

— Você não pode interpretar Miranda — ele diz o mais firmemente que consegue. — Não é possível. — É a primeira vez que ele se opõe a ela diretamente em algo. Como dizer a ela que ninguém exceto ele seria capaz de vê-la? Ela nunca acreditaria nisso. E se acreditasse, se fosse forçada a acreditar, o que aconteceria com ela?

Por que não? Ela insiste. Por que não pode ser Miranda? Ele está sendo cruel demais! Ele não entende! Trata-a como se ela fosse...

— O que, mal-humorada? — diz a ela.

Isso é um beicinho? Os braços cruzados dela são um desafio? Mas por quê? Ela quer saber. Por que não posso?

— Porque já tenho uma atriz para Miranda — ele diz. — Lamento.

Ela fica triste, o que o deixa triste também. Odeia ferir os sentimentos dela; isso oprime seu coração.

Ela desaparece... Será que está lá fora, caminhando no escuro, na neve? Será que está em seu quarto, emburrada na cama, como as adolescentes fazem?

Mas ela não tem um quarto, ele se lembra. Ela não tem cama. Ela nunca dorme.

28/ SEMENTE DE BRUXA

Segunda-feira, 25 de fevereiro de 2013

Agora que tem figurinos para experimentar, o elenco ficou com mais energia. A peça está se tornando real para eles. Passam muito tempo na frente dos espelhos da sala 2, agora renomeada como camarim, se olhando de diversos ângulos, fazendo caras, testando as falas. Fazendo os exercícios de aquecimento que ele ensinou.

Três pratos de trigo para três tigres tristes, ele consegue ouvi-los dizendo. *Arr, arr, arr: Arrependimento! Ele, ele, ele: Liberdade! Ess, ess, ess: Espíritos! Pe, pe, pe: Perfeição!* Aqueles que vão cantar aquecem a voz cantando como Anne-Marie ensinou a eles: *Om, om, om. Bom! Bum! Blim! Blom!*

O teclado chega; depois de alguma discussão, é permitida a passagem pela segurança. Felix designa a sala 4 como sala de música. Anne-Marie está trabalhando com os dançarinos. Antes de cada sessão, eles se aquecem: ela os coloca para fazer flexões e exercícios de solo. Rondando pelo corredor de seu minirreino, escutando atrás da porta, Felix consegue ouvi-la:

— Mantenham a batida! Um dois, batida no *dois*! Balanço! Balanço! Lá do fundo! Contem! Mova essa pélvis! Isso!

Um dia 8Handz está com os cotovelos enfiados nos cabos, no dia seguinte são as minicâmeras. Depois ele está instalando os minúsculos microfones e alto-falantes sem fio: seria contraindicado furar as paredes.

Felix montou um biombo no canto da sala principal, a que eles usarão para assistir ao vídeo. Atrás do biombo, há uma mesa com uma tela de computador e um teclado, além de duas cadeiras: uma para 8Handz, uma para ele. Agora Felix consegue bisbilhotar todos os pontos de seu reino.

— Camarim — diz 8Handz, colocando-o na tela. — Sala de música. Cela de exposição, a antiga. Agora a outra. Etiquetei todas aqui, viu? Há áudio, vídeo e gravações para essas duas.

— Exatamente o que eu precisava — diz Felix. — Meu espírito intrépido!

— Você tem certeza de que tem permissão para tudo isso? — diz 8Handz, com certa ansiedade. Ele não quer incorrer em nenhuma punição: isso pode atrasar sua condicional.

— Você está limpo — diz Felix. — Tudo é parte da peça. Assumo total responsabilidade. Expliquei isso às autoridades, sabem o que estamos fazendo. — É meia verdade, mas metade já serve. — Se houver perguntas, as encaminhe para mim.

— Beleza — diz 8Handz.

Anne-Marie e Garoto Prodígio estão ensaiando suas cenas, ambos estão convincentes. Ela é virginal e espontânea, ele a venera com o olhar carente de um cãozinho. Ele a venera com o olhar carente de um cãozinho fora de cena também, mas Anne-Marie finge não perceber. Ela se decidiu pelo papel de ursa mãe, com a intensão de inspirar a devoção filial e não a luxúria de seus companheiros de elenco. Para isso, ela começou a cozinhar: chega com tabuleiros de brownies de caramelo, biscoitos com gotas de chocolate e pãezinhos de canela e os distribui durante os intervalos. Dylan e Madison são premiados com algumas porções e fazem piada sobre haver drogas nas guloseimas. Não é disso que o povo do teatro gosta? Orgias selvagens e doidas? Anne-Marie sorri indulgentemente para eles, como se fossem meninos inteligentes de nove anos de idade.

É espantoso, pensa Felix, como alguém tão esguia e delicada pode parecer uma matrona. Não estava errado a respeito dela tantos anos atrás: é uma excelente atriz.

Ela também cuidou das deusas. Branca de Neve será Íris, a mensageira, ela decretou; Pocahontas será Ceres, deusa da fertilidade; e Jasmine fará o papel de Juno, a patrona do casamento.

— Mas elas não podem vestir esse lixo — disse a Felix quando ele as entregou a ela, despindo-as de suas roupas extravagantes.

— Entendo — Felix disse —, mas onde vamos conseguir...

— Meu clube de tricô pode fazer disso um projeto.

— Ainda não consigo imaginar você em um clube de tricô. — Clubes de tricô costumavam ser para tias missionárias e matronas da Primeira Guerra Mundial que faziam meias para os rapazes nas trincheiras, não para atrizes jovens e modernas.

— O tricô acalma os nervos. Você deveria tentar. Os caras também fazem.

— Passo — disse Felix. — Você acha que seu clube vai querer levar isso adiante? Roupas de bonecas?

— Elas são bem descoladas — ela disse. — Vão adorar isso. Cores do arco-íris para Íris; frutas, tomates e ramos de trigo, você sabe, essas coisas, para Ceres; um figurino com penas de pavão para Juno.

— Mas deusas vestidas com lã? — Felix perguntou. — Isso não vai fazer com que pareçam gordas? — Um mau gosto estava em algum lugar à espreita, mas não o tipo de mau gosto que ele apoiava.

— Você ficará surpreso — disse Anne-Marie. — De qualquer forma, elas não vão parecer gordas. Prometo.

— O fato é que — ele disse —, minha melhor fala em toda a peça vem logo depois que essas deusas fazem a parte delas. "Nosso espetáculo agora chegou ao fim." — Ele não resiste à declamação:

"Esses nossos atores,
como preveni vocês, eram todos espíritos e
desvaneceram no ar, volátil ar,
como a trama invisível dessa ilusão,
as torres coroadas por nuvens, os belos palácios,
Os templos solenes, o grande globo em si.
Sim, tudo que ele herdou, se dissolverá.
Essa cerimônia sem substância se esvaiu
sem deixar destroços. Somos como a matéria
da qual sonhos são feitos, e nossa breve vida
está envolta em sono."

— Droga, você ainda consegue — disse Anne-Marie quando ele terminou. — Por isso sempre quis trabalhar com você. Você é o maestro. Quase me fez chorar.

— Obrigado — disse Felix, com uma pequena mesura. — Está razoavelmente bom, não está?

— Razoavelmente? Caralho — disse Anne-Marie. Ela esfregou um olho.

— Certo, vamos deixar o razoavelmente de lado — disse Felix. — Mas não acha que essas princesas da Disney cobertas de lã poderiam, de algum modo, ser... — Qual era a palavra que ele queria? — Poderiam, de algum modo, ser um rebaixamento? Do discurso? Não correm o risco de parecer simplesmente ridículas?

— Fiz uma busca online e, além disso, vi três produções, e a parte das deusas sempre tem o risco de ser ridícula, mesmo quando são pessoas — disse Anne-Marie. — Já usaram projeções na tela de fundo, já usaram bonecas infláveis, e há alguns anos, fizeram com pernas de pau. Mas as nossas não vão parecer princesas da Disney quando chegar a hora. Vou pintar o rosto delas. Pensei em algo que brilhe no escuro, e um pouco de glitter. Dar a elas a aparência de usarem máscaras. E como elas já são mais ou menos fantoches de Ariel, por que não usar aquela técnica japonesa, bunraku, ou luz negra? Fazer com que os caras, usando máscaras de esqui e luvas pretas, as movam. Você já tem esse material, mesmo. Fazemos as falas com o modificador de vozes; algo que soe como espíritos meio estranhos.

— Vale a pena tentar — disse Felix.

Quarta-feira, *27 de fevereiro de 2013*

Faltam duas semanas para o dia em que os planetas convergirão e a tempestade será desencadeada. Eles gravaram agora a cena inicial da tempestade, com o barco afundando e 8Handz usando a touca de natação e os óculos: o resultado foi surpreendentemente bom. Felix fará sua primeira cena com Ariel na próxima semana. 8Handz tem estado tão ocupado com os assuntos técnicos que precisa de mais tempo para trabalhar as falas.

Hoje vão gravar Calibã. Vão fazer os primeiros planos de suas falas e, mais tarde, acrescentar tomadas em plano aberto. Esse é o primeiro dia em que Pernazz usa o figurino completo: o chapéu escamoso de Godzilla, os olhos e dentes arrancados e o corte alterado para que caia como farrapos ao redor de seu rosto, que está coberto com maquiagem de lama; a estampa de pele de lagarto nas pernas, tatuagens temporárias de aranhas e escorpiões cobrindo seus braços. Não está pior do que outros trajes de Calibã que Felix já viu, e melhor do que alguns deles.

— Pronto? — pergunta Felix.

— Sim — diz Pernazz. — Humm. Nós acrescentamos algo. Anne-Marie nos ajudou.

Felix se vira para Anne-Marie.

— Ficou bom? Não podemos ficar brincando, já estamos quase sem tempo, precisamos avançar com isso. — Ele os encorajou a escrever seu próprio material extra, então não tem o direito de ficar irritado.

— Três minutos e meio — ela diz. — Cronometrei. E sim, é incrível! Eu não mentiria para você, mentiria?

— Melhor não responder — diz Felix.

— Tomada Um — diz Pastel de Vento. — Semente de Bruxa, por Calibã e os Sementes de Bruxa. Primeiro tem uma fala do apresentador, podemos gravar isso depois. "Lá vem Calibã / de sua prisão nas pedras, / submetido à servidão / e forçado ao lamento, Mas aconteça o que acontecer, / ele tem algo a dizer". É assim.

Felix assente.

— Excelente — ele diz.

— Não esqueça de respirar — Anne-Marie diz a Pernazz.

— Pelo diafragma. Lembre do que eu disse sobre a raiva. É como combustível, busque-a, use-a. É sua chance de urrar! Decolar como um foguete! Um, dois, já!

Pernazz se ergue, se contrai, sacode o punho. Pastel de Vento, C-nora, VaMbora e Coiote Vermelho ficam de lado, marcando a batida com palmas, acrescentando suaves "u-hus" ao compasso, enquanto Pernazz faz seu canto, seu discurso.

O meu nome é Calibã, tenho escaras na cara.
Meu cheiro é de peixe, não de gente.
Sou o Semente de Bruxa, é assim que ele diz;
Me chama de todo nome, esse cara me consome:
Me chama de veneno, de imundo e de escravo,
Me pôs na prisão, porque sou bravo.
Mas eu sou Semente de Bruxa!

Minha mãe era Sicorax, dizem que era feiticeira,
uma bruxa de olho azul, cadela traiçoeira.
Meu pai era o demônio, pelo menos é o que se diz,
Sou então cruel em dobro, não lamento o que fiz.
É que sou o Semente de Bruxa!

A jogaram nessa ilha, porque tinha dívidas,
A deixaram pra morrer e aqui apodrecer.
Eu nasci, ela morreu, então tudo aqui é meu,
esse lugar era meu reino! Aqui o rei era eu!
Era eu o rei de tudo:
Rei Semente de Bruxa!

Mas então Próspero veio, com a maldita da filha.
No passado ele foi rico, logo quis mandar na ilha;
No começo, tudo bem,
mostrei o que a ilha tem.
Ele me fez de criado, me deixou amargurado,

porque ataquei a garota, mas homem não tem outro.
Para ela era vantagem, dar à luz todo um povo,
uma nova nação, só de Sementes de Bruxa!

Ele então me aprisionou e também me castigou.
Tenho que fazer de tudo, enquanto ele deita e ronca,
ou fala os seus feitiços; desse cara tenho bronca.
Retribuo com uma praga, e ele, com mais punição,
Tudo uma grande dor, uma grande frustração!
Mas eu sou Semente de Bruxa,

e se eu tiver a chance, despedaço o livro dele,
destruo seu bastão, numa grande curtição,
estouro sua cabeça, o fim da desgraça minha.
E a garota de Semente de Bruxa seria a rainha,

Sem ligar para os gritos,
Quanto mais gritar, mais ela quer.
No chão de joelhos, vou fazê-la querer,
quanto maior a lamúria, mais cego de luxúria.
É que eu sou Semente de Bruxa!

Não esqueça dessa história:
Eu sou Semente de Bruxa!

Ele termina. Respira ofegante.

— Uau, você matou a pau! — diz Anne-Marie. Ela
bate palmas, e os apoios também; e então Felix também.

— É, eu lembrei de tudo — diz Pernazz, com modéstia.

— Mais do que isso! Foi o melhor ensaio até agora —
diz Anne-Marie. — Vamos colocá-lo na tela para você poder

ver, e depois faremos uma versão final, no próximo dia de gravação! Precisamos de figurinos para os apoios, eles devem usar esses chapéus de lagarto combinando. — Para Felix, ela diz: — Aposto que você nunca viu a cena feita desse jeito antes!

— Exato — diz Felix. — Nunca vi. — Ele se sente levemente embargado: Pernazz superou tudo por ele. Não, por ele, não: Pernazz superou tudo por Anne-Marie. E pela peça, evidentemente. Pernazz superou tudo pela peça. — "Oh admirável mundo novo, que tem pessoas assim" — diz.

— "Novo para ti" — ela ri. — Pobre Felix! Estamos fazendo cagada com a sua peça?

— Não é minha peça — diz Felix. — É nossa peça.

— Será que ele acredita nisso? Sim. Não. Na verdade, não. Sim.

29/ APROXIME-SE

Sábado, 2 de março de 2013

Quando Felix acorda no sábado ao meio-dia está com uma forte ressaca, o que é estranho, já que ele não tem bebido. É o esgotamento mental, o esgotamento da energia. Excesso de pensamento, excesso de orientação, excesso de observação. Excesso de produtividade, excesso de expressão, excesso de exteriorização. Ele dormiu catorze horas, mas isso sequer começou a recarregá-lo.

Usando sua surrada camiseta de dormir, desgastada pelos anos, ele cambaleia até a sala. A luz entra pela janela, duplicada por seu reflexo na neve do lado de fora. Ele pisca e retrocede como um vampiro: por que não há cortinas? Ele nunca perdeu tempo com cortinas, afinal, quem iria querer olhar lá dentro?

Além de Miranda que, quando está lá fora, espia pelo vidro para se certificar de que ele está bem. Onde está Miranda? Ela não é matinal, especialmente ao meio-dia, quando o sol está no ponto mais alto. A claridade a faz desaparecer; ela precisa do crepúsculo para brilhar.

Idiota, ele diz a si mesmo. Por quanto tempo você vai tomar esse soro intravenoso? A quantidade suficiente de ilusão para mantê-lo vivo. Por que você não desliga isso? Renuncie a seus adesivos brilhantes, seus recortes de papel, seus lápis de cor. Enfrente a imundície pura e sem brilho da vida real.

Mas a vida real é surpreendentemente colorida, diz outra parte de seu cérebro. É feita de todos os matizes possíveis, incluindo aqueles que não podemos ver. A natureza toda é um fogo onde tudo se forma, tudo desabrocha, tudo desvanece. Somos nuvens que se dissipam...

Ele se sacode, coça a cabeça. Circulação sanguínea, circulação sanguínea, para reavivar a noz encarquilhada dentro de seu crânio. Café, é o que ele precisa. Ferve a água em sua chaleira elétrica, põe os grãos moídos em infusão, filtra a poção e então dá goles como um bêbado engolindo rum. Os neurônios começam a soltar faíscas.

Veste as roupas; jeans e uma blusa de moletom. Prepara para si uma papa de cereais matinais triturados, as migalhas que sobraram no fundo de três caixas. É hora de comprar comida, reabastecer a despensa. Ele não pode permitir que se torne um daqueles reclusos ressecados descobertos meses depois por morrerem de inanição porque esqueceram de comer, de tão incontroláveis que eram suas visões.

Certo. Agora ele está recuperado. Agora está preparado.

Liga o computador e faz uma busca pelos nomes de Tony e Sal. Lá estão, eles e suas frases de efeito, a quase quinhentos quilômetros de distância. Têm como companhia outro igual a eles: Sebert Stanley, ministro de Políticas para Veteranos, um capacho covarde do passado, embora seus eleitores confiem nele porque conheciam seu tio e sempre elegem alguém da família Stanley.

Eles estarão ali em um piscar de olhos, e quão delicioso isso será para Felix! Será que vão reconhecê-lo? Não no início, porque ele ficará fora do alcance de visão deles enquanto os duendes estiverem fazendo seu trabalho. Como vão reagir quando pensarem que suas vidas estão suspensas por um fio? Sentirão angústia? Sim, sentirão angústia. Angústia que se retorce duas vezes. Não há dúvidas a respeito.

Pelo calendário, ele antevê a semana que tem à frente: suas próprias cenas na peça, iminentes. Só há tempo para uma tomada de vídeo, duas no máximo: ele terá de ser tão bom quanto possível logo na primeira vez. Está confiante demais em suas falas, que certamente estão entalhadas em seus ossos a essa altura, mas isso é sensato? E quanto às posturas, aos gestos, à face ruborizada? A força, a precisão. Ele deveria ensaiar. *Três pratos de trigo para três tigres tristes. Ela perambula pela beira da praia procurando pequenas madrepérolas preciosas!*

Abre o grande armário. Lá está seu traje mágico, com seus muitos olhos captando a luz. Ele o retira dali, limpa a poeira e algumas finas teias de aranha. Pela primeira vez em doze anos, ele o veste.

É como retornar a uma pele descamada: como se a capa o vestisse e não o contrário. Olhando-se no pequeno espelho, ele se ajeita. Ombros para trás, diafragma para cima, baixo ventre expandido, para abrir espaço para os pulmões. *Mi-mi--mi, mo-mo-mo, mu-mu-mu. Constantinopla. Paralelepípedo. Paralelogramo. Vicissitudes.* Sem cuspir.

Em seguida, o seu bastão. A bengala com a cabeça de raposa prateada salta para sua mão. Ele a ergue no ar: seu pulso está tenso.

— "Aproxime-se, meu Ariel. Venha" — ele entoa.

Sua voz soa enganadora. Onde está a intensidade autêntica, o tom verdadeiro? Por que ele pensou que poderia interpretar esse papel impossível? São tantas as contradições de Próspero! Aristocrata mimado, eremita humilde?

Velho mago sábio, velho vingativo e babaca? Irritadiço e insensato, gentil e dedicado? Sádico, compassivo? Muito desconfiado, muito crédulo? Como transmitir cada delicado tom de significado e intenção? Não pode ser feito.

Trapacearam por séculos ao apresentar essa peça. Cortaram falas, editaram frases, tentaram confinar Prósperos em perímetros calculados. Tentando fazer dele uma coisa ou outra. Tentando fazer com que ele se encaixasse. Não desista agora, diz a si mesmo. Há muito em risco.

Vai tentar a fala novamente. Deveria ser mais como uma ordem ou mais como um convite? A que distância ele pensa que Ariel está quando está dizendo isso? Ou chamando-o? É um chamado sibilante ou um grito? Ele se imaginou na cena tantas vezes que mal sabe como interpretá-la. Nunca conseguirá corresponder à própria concepção elevada que tem.

— "Aproxime-se, meu Ariel." — Ele se inclina para trás, como se estivesse ouvindo. — "Venha!"

Bem perto de seus ouvidos ele escuta a voz de sua Miranda. É apenas um sussurro, mas ele a escuta.

> Salve, grande mestre, grave senhor, salve! Venho
> dar a resposta que melhor o satisfaz, seja voar,
> nadar, mergulhar no fogo, flutuar
> nas nuvens aneladas; está sob tua ordem resoluta
> Ariel e toda sua excelência.

Felix deixa o bastão cair como se estivesse queimando sua mão. Aquilo aconteceu de fato? Sim, aconteceu! Ele ouviu! Miranda tomou uma decisão: ela será a substituta de Ariel; ele certamente não pode fazer nenhuma objeção a isso.

Como é inteligente da parte dela, e perfeito! Ela encontrou o único papel que lhe permitiria se fundir naturalmente aos ensaios. Apenas ele será capaz de vê-la, de tempos em tempos. Só ele a escutará. Ela será invisível aos olhos de todos os demais.

— "Meu admirável espírito!" — ele declama, chorando. Gostaria de abraçá-la, mas isso não é possível. Próspero e Ariel nunca se tocam: como se poderia tocar um espírito? Nesse momento ele sequer pode vê-la. Terá de se contentar com a voz.

PARTE 4

Magia rudimentar

30/ CERTA EXIBIÇÃO DE MINHA ARTE

Segunda-feira, 4 de março de 2013

Na manhã de segunda-feira, Felix acorda cedo, seu sonho ainda está em sua memória. O que foi aquilo? Havia música, e alguém se afastando dele em meio às árvores. Ele queria chamar, pedir que esperasse, mas não conseguia falar ou se mover.

"SONHOS", ele deveria ter escrito em seu quadro branco. É certamente a ideia principal. *Como num sonho, meu moral está aprisionado.* Quantas pessoas na peça caem no sono repentinamente ou falam sobre sonhar? *Somos como a matéria da qual sonhos são feitos.* Mas do que os sonhos são feitos? *Está envolta em sono.* Está envolta. Harmoniza-se tão bem com *o grande globo.* Será que Shakespeare sempre sabia o que estava fazendo, ou agia sonâmbulo parte do tempo? Seguindo a corrente? Escrevendo em transe? Encenando um encantamento sob o qual ele mesmo estava? Será que Ariel é a figura de uma Musa? Felix pode imaginar uma *Tempestade* totalmente diferente, uma em que…

Cale a boca, diz a si mesmo. Não acrescente mais nada à mistura. Os caras já estão ocupados demais como está.

Bebendo seu primeiro café do dia, ele espia pela janela. Está nublado e o frio é congelante: o vidro fica marcado com sua respiração gelada. Deve ser a passagem de uma frente fria. Choveu granizo durante a noite; talvez tenham caído linhas de energia. Também haverá gelo negro que, por ser invisível, é traiçoeiro. Entretanto, as lixadoras devem ter passado, então ele ficará bem se dirigir devagar.

Hoje eles vão gravar sua cena do Ato I com Ariel, usando figurino completo. Ele enfia sua capa de animais em um saco de lixo verde e junta sua bengala de cabeça de raposa. Depois, coloca as roupas de sair: casaco acolchoado, botas forradas de lã, luvas grossas, gorro vermelho e branco de lã falsa com um pompom no alto, dois dólares canadenses na Value Village de Makeshiweg, disse Anne-Marie, que lhe deu de presente porque não queria que ele ficasse com frio na cabeça.

— Precisamos da tralha que tem na sua cabeça — ela disse, com seu jeito rude de colocar a coisa. Ela alega desprezar sentimentos.

— Fez as pazes com Garoto Prodígio? — ele perguntou a ela, mantendo a voz neutra. — Ele ainda está incomodando você?

— Ele só quer correspondência agora — ela disse. — Escrever cartas para mim, depois que tivermos terminado a peça.

— É uma ideia horrível — ele diz, com vigor excessivo. — Então ele saberá seu endereço e, quando sair, tentará... Espero que você tenha dito não.

— Deixe que eu resolva isso — ela disse.

— Você o está enganando — disse Felix. — É justo?

— Ainda não gravamos a grande cena de amor — ela disse. — Você é o diretor. Quer uma cena *Uau* ou uma cena *Fuén*? Porque, se eu disser não, certamente será *Fuén*.

— Você é cruel! Isso é antiético — ele disse.

— Não venha com sermão. Aprendi com o melhor. Tudo pela peça, certo? É assim que você dizia doze anos atrás. Se eu bem me lembro.

Isso era antes, Felix pensou. Será que eu diria isso hoje?

— Vou falar com ele — disse Felix. — Colocar os pingos nos is.

— Você não é meu pai de verdade — ela disse. — Posso lidar com isso. Vai dar tudo certo. Pode confiar.

Ao se vestir para a tomada, ela soltou o cabelo do coque, dando a aparência de ter sido despenteado pelo vento e o enfeitou com algumas flores de papel. Ela mesma fizera o vestido: branco, mas esfarrapado na barra, com uma faixa de cordão tricotada. Uma manga escorregava do ombro. Pés descalços, claro. Um pouco de pó bronzeador, um pouco de blush, não muito. Um frescor geral.

A cena foi tudo que Felix desejava: a inocência dos olhos arregalados por parte dela, o encantamento extasiado. Garoto Prodígio estava impecável: respeitoso, mas suplicante, a corporificação do desejo sequioso. Quando disse "Oh, você é admirável!", estendendo o braço como que para tocá-la e então deixando a mão pairar, como se refreada por um vidro, poderia ter derretido aço. Esteve mais do que convincente.

Espero que ela não o destrua, pensou Felix. Mas ele é um golpista, não se esqueça. Um golpista representando um ator. Uma dupla irrealidade.

Ele faz uma última conferência no espelho. Perdeu peso ao longo das últimas semanas, está levemente abatido. Tem em seu olhar fixo a determinação de um falcão engaiolado, mas pode usar isso a seu favor durante as cenas: o olhar fixo, o olhar furioso. Curvado sobre sua presa, mas também agitado, distraído. Ele vira a cabeça de lado, observa seu perfil. Deve acrescentar uma pitada de terror, um toque de Drácula? Não, melhor não.

Ele enrola o cachecol no pescoço e então segue a bruma branca da própria respiração até o carro. Milagrosamente, o carro pega. É um bom presságio. No momento, ele aprecia os bons presságios.

Miranda não esqueceu de sua decisão: está determinada a participar da peça. Ela o acompanha até o carro, ele consegue senti-la ali, atrás de seu ombro esquerdo, mas em princípio ela não entra. Será que está com medo? Está se lembrando da última vez que esteve em um carro, na corrida até o hospital, quando tinha três anos, envolta em cobertores, passando por uma febre alta? Ele espera que não.

Tarde demais, tarde demais. Por que ele não percebeu antes, as maçãs do rosto enrubescidas, a respiração rápida, o entorpecimento? Por que ele não estava lá, ou melhor, estava lá, mas imerso em algum esquema misterioso ou coisa assim. *Cimbelino...* era esse o projeto que provocou sua ausência? Que ele considerou mais precioso do que sua querida filha? O erro foi dele, seu erro mais doloroso.

Explica o carro para ela, lenta e cuidadosamente. É uma máquina voadora mágica, diz a ela, algo como um barco, exceto por percorrer o solo sobre rodas. Mostra a ela as rodas. A fumaça que emite não significa que esteja pegando fogo, vem do motor. O motor é o que o movimenta. Ele estará no controle do carro, então não há nada a temer. Ela pode ir atrás, bem atrás dele. Se quiser estar na peça, é desse jeito que precisam ir. Será quase como voar pelo ar.

Por sorte, não há ninguém por perto ouvindo-o falar alto, ou vendo-o abrir a porta de trás do carro para uma pessoa que não está lá.

Assim que se põem em movimento, ela parece gostar da experiência. Árvores, casas e celeiros passam a toda velocidade; ela fica curiosa com tudo. Pessoas moram nas casas? Sim, pessoas. Tantas pessoas! Tantas árvores!

— Gosta disso, meu anjo? — pergunta a ela.

Sim, ela gosta. Mas onde é a peça?

— Já estamos perto — Felix diz a ela.

Passam pelo posto de gasolina, pelo shopping próximo a Fletcher: tão colorido, com a decoração das festas ainda no lugar. Tantas outras máquinas voadoras! Então, sobem a colina, atravessam os portões. Ele explica que as cercas são para manter as pessoas lá dentro e para manter outras pessoas lá fora. Há vigias, ele diz. Ela não pergunta por quê, mas imagina se os vigias vão querer impedi-la de entrar.

— Eles não vão vê-la — diz a ela —, invisível como és.

— E ela acha que essa é uma ótima piada.

No posto de segurança, ela passa pelo equipamento de controle com, sem provocar sequer um sinal na tela. *Meu espírito ardiloso*, ele diz baixinho, radiante. Baixinho, ela ri. É uma satisfação para ele que ela esteja tão feliz!

— Como estão as coisas, sr. Duke? — Dylan pergunta.

— Estamos aparando as arestas — diz Felix. — Virei amanhã, aliás, ainda que não seja um dia de curso. Vou trazer um equipamento. Vocês podem colocá-los em um armário ou coisa assim até precisarmos dele?

— Claro, sr. Duke — diz Madison. Felix precisa explicar a utilidade de tudo que ele traz, ou a suposta utilidade: as outras, as utilidades secretas, ele guarda para si mesmo. Eles questionaram, por exemplo, todas aquelas roupas pretas: blusas de moletom, calças, máscaras de esqui, luvas. Teatro de fantoches, ele disse. O método japonês. Luz negra. Contou a eles como funcionava. Como o teatro bonraku.

— Sério? — Madison disse, impressionado. Eles acham que Felix sabe tantas coisas teatrais refinadas.

Então, Dylan diz:

— O que tem no saco? O senhor está armando algo, sr. Duke?

— É só meu figurino — diz Felix. — Uma capa mágica. Um bastão mágico.

— Tipo *Harry Potter* — diz Dylan. — Legal.

Ele pensou que eles poderiam apreender a bengala, mas não. A sorte de Felix persiste.

Todos já estão na sala principal, aguardando orientações. Anne-Marie trouxe com ela, dentro de uma bolsa de tricô em tapeçaria roxa, as três deusas, usando seus novos trajes de lã.

— Isso basta? — ela pergunta a Felix.

— Qual o veredito? — Felix pergunta ao elenco reunido. Ele segura Íris, que veste um vestido de arco-íris feito de longas tranças de lã com contas em toda a extensão. O rosto dela foi pintado de laranja, e ela tem um touado de nuvens de algodão feita de lã.

— Chaga! É a nação arco-íris — diz Pernazz, e todos riem.

— Suponho que isso seja um "sim" — diz Felix. Ceres é a próxima, usando um vestido de folhas de videira e um touado de, ele supõe, maçãs e peras de lã. O rosto dela é verde e ela tem um adesivo de abelha na testa.

— Vi uma stripper assim uma vez — é Pernazz de novo. Mais risos, grunhidos de "Tira tudo!".

— Essa é Juno, a deusa patrona do casamento — diz Felix. Juno veste um uniforme de enfermeira tricotado e carrega um frasco de sangue em tricô. Ela tem um olhar carrancudo pintado e minúsculos dentes caninos foram colocados em sua boca. Ela usa um colar de caveiras.

O elenco não é tão favorável a Juno.

— Peste vermelha, ela parece a minha mulher — diz Navalha. Murmúrios de aprovação.

— Uma bastarda de feia — diz Pernazz.

— Tem que começar de novo — Kobra acrescenta.

— Engole o que disse, seu babaca — diz Anne-Marie —, ou então faz as suas putas das suas deusas, e mais: não tem biscoito para você.

Risadas.

— Palavrão! Palavrão! Perdeu ponto! — diz Pernazz.

— Não estou juntando pontos, então engole essa também — diz Anne-Marie. Todos riem.

— Que tipo de peste vermelha de biscoito? — diz C-nora. — Pode engolir *eles* em vez disso?

— Certo, ordem! — diz Felix. — Titereiros, já para a sala de ensaio de vocês para praticarem. Calibã e os Sementes de Bruxa, vamos regravar o número hoje para ver se conseguimos ângulos melhores. Mas primeiro: Ato I, cena 2, minha cena com Ariel. Vamos gravá-la agora.

8Handz já está montado como Ariel. Seu rosto já está azul. Ele puxa a capa de chuva, ajusta a touca de natação com escamas, abaixa os óculos, coloca suas luvas azuis de borracha. Fazem a cena uma vez, a partir de "Salve, grande mestre". 8Handz está expressivo, mas nervoso.

— Podemos fazer de novo? — ele pergunta. — Eu estava ouvindo um retorno de áudio estranho. Como se alguém estivesse dizendo as falas ao mesmo tempo que eu. Isso, tipo, me atrapalhou. Talvez seja o microfone da gravação.

O coração de Felix dá um salto brusco: sua Miranda, se fazendo de ponto.

— Voz masculina ou feminina?

— Só uma voz. Provavelmente a minha. Vou verificar o microfone.

— Pode ser isso. Alguns atores ouvem a própria voz, mesmo — diz Felix. — Quando estão nervosos. Relaxe, respirações profundas. Vamos gravar outra tomada.

Para Miranda, ele diz, *sotto voce*.

— Não tão alto. E só se ele esquecer.

— O quê? — pergunta 8Handz. — Você quer que eu contenha a voz?

— Não, não. Desculpe — diz Felix. — Estou falando sozinho.

31/ GENEROSA FORTUNA, AGORA MINHA AMADA DAMA

Quinta-feira, 7 de março de 2013

O relógio bate inexoravelmente. Os planetas estão se encontrando.

As palmeiras e os cactos foram recortados no papel, usando tesouras infantis. O barco plástico de remo e o veleiro foram desfigurados, mergulhados em água e colocados para navegarar no mar de cortina de banheiro. Canções foram entoadas, descartadas, reescritas, entoadas novamente. Insultos sobre as vozes de canto dos outros foram trocados.

Cantos foram cantados, pés foram pisados. Lesões leves foram enfrentadas pelos dançarinos, devido ao uso de músculos inativos. Crises de confiança foram superadas, invejas sofridas, sentimentos feridos consolados. Felix repreendeu a si mesmo por sua insensatez em realizar uma empreitada tão desesperadora, e então parabenizou a si mesmo por seu julgamento acertado. Seu moral despenca, então se eleva vertiginosamente, então despenca de novo.

Vida normal.

Quase toda a peça já foi gravada. Há poucas cenas faltando e mais edições a serem feitas, efeitos a serem acrescentados, algumas novas tomadas e dublagens em casos em que a qualidade não ficou boa. As três deusas ficaram espetaculares em vídeo, e os titereiros vestidos de preto dão dimensão à cena: está claro que as deusas são meramente aparições, representando o roteiro de outra pessoa. C-nora compôs um fundo musical para elas, alguns ruídos estranhos de assovios com toques de sinos e notas de flauta. Em um momento no qual elas desvanecem na confusão, 8Handz usou um efeito multiplicador: a imagem é duplicada e duplicada novamente, e tem seu ritmo atrasado, para parecer que as deusas estão se desintegrando no ar. Um efeito excelente, e Felix parabeniza 8Handz por ele.

Menos de uma semana para o momento decisivo. Se fosse uma ocasião comum, Felix estaria relaxado a essa altura; têm tempo suficiente para o acabamento, mas nessas circunstâncias, há mais a fazer.

Felix pegou outro trem para Toronto. Precisava conseguir figurinos para Estéfano, o despenseiro bêbado, e para Tríuculo, o bobo: um paletó surrado para o primeiro e ceroulas vermelhas compridas e um chapéu de feltro para o segundo; maquiagem branca para ambos. Ele buscou as ceroulas vermelhas compridas de Tríuculo na Winners, na seção de roupas íntimas masculinas, e o paletó para Estéfano na Oxfam. Também pegou alguns outros chapéus de Godzilla para os Sementes de Bruxa.

Compras concluídas, ele se encontrou com um homem cortês de uns quarenta anos, possivelmente coreano, em um canto discreto da Union Station. Aquilo era arriscado (e se o homem estivesse sendo seguido?), mas em meio à multidão de passageiros, eles certamente eram imperceptíveis. O contato foi cortesia de 8Handz: cada lado poderia confiar no outro como em um irmão, ele garantiu ao contato por meio de uma mensagem gravada levada clandestinamente para fora por Felix em um pen drive.

Em troca de dinheiro, Felix recebeu um pacote com cápsulas de gel, um pacote de pó, uma agulha hipodérmica e algumas instruções bastante precisas.

— Não exagere — o contato disse. — Você não quer matar ninguém nem deixar ninguém permanentemente frito. Essas cápsulas de gel são da Mr. Sandman. Quebre-as, esvazie-as em uma xícara, você vai conseguir dissolvê-las mais rapidamente em cerveja de gengibre. O efeito é rápido mesmo que só bebam metade. Mas não dura muito, você terá talvez dez minutos. É suficiente?

— Vamos ver — disse Felix.

— O outro é o pó mágico de fada. Um quarto de colher de chá para uma colher de chá de água. Não coloque demais nas uvas.

— Vou tomar cuidado — disse Felix. — Qual é o efeito, exatamente?

— Como você disse, vamos ver. Mas será algum tipo de viagem — disse o contato.

— Mas inofensiva? — disse Felix. — Permanente? — Ele estava nervoso: o que poderia acontecer se ele fosse pego com essas coisas, e o que exatamente era aquilo? Será que ele estava sendo imprudente? Estava, mas a operação toda era imprudente.

— Se der algum problema, isto aqui nunca aconteceu — disse o contato, com uma voz suave, mas convincente.

Hoje Felix está trabalhando em casa. Ele come seu ovo quente no café da manhã, e então liga o computador. Está rastreando o nobre avanço de Tony e Sal enquanto eles devoram um jantar atrás do outro em cidadezinhas no fim do mundo, prometendo favores, embolsando contribuições, registrando os nomes de agitadores e dissidentes para posteriormente bani-los. Ele tem um mapa na parede no qual fixa tachinhas traçando a rota deles. Sente satisfação em ver seus inimigos sendo atraídos para cada vez mais perto, como se estivessem sendo sugados por um vórtice de criação sua.

Mas antes de sua busca diária no Google ele verifica os e-mails. Ainda está administrando duas contas na internet, uma de Felix Phillips, para os impostos e outras funções do tipo, e outra para F. Duke. A segunda é o endereço que ele deu ao escritório da Fletcher para uso em emergências, não que tenha havido alguma, e também o deu a Estelle, ainda que ela saiba seu verdadeiro nome.

Ela o tem mantido informado. Uma verdadeira estrela, ele diz a ela: sua Dama da Sorte. Ela adora esse tipo de elogio: adora ter a sensação de que ambos, ele e o programa, precisam dela. Tem um enorme prazer em ser uma parte invisível, mas crucial da ação teatral.

Hoje ela mandou uma mensagem para ele. *Preciso vê-lo o mais depressa possível. Algo inesperado surgiu. Almoço?*

Será um prazer, ele diz no e-mail de resposta.

Eles se encontram no lugar de sempre: o Zenith, em Wilmot. Estelle se enfeitou para ele, mais ainda do que o normal; mas por que ele pressupõe que é para ele? Talvez ela se enfeite todos os dias. Seu cabelo tem um novo brilho, assim como suas unhas, e ela ostenta brincos em formato esférico que parecem globos espelhados de danceterias em miniatura, rosa choque e salpicadas de pedraria. Seu casaco é do mesmo rosa, e ela usa um lenço Hermès com estampa de cavalos de corrida e cartas de jogo, preso por um broche dourado em forma de cornucópia. Talvez ela tenha usado rímel demais.

Felix segura a cadeira para que ela se sente.

— Então — ele diz. — Martini? — Eles se acostumaram a começar seus encontros com martinis. Ela aprecia o glamour que isso implica.

— Ah, você não deveria me tentar — ela diz, com malícia —, seu danado!

— Adoro tentar você — Felix arrisca. Ele irá sustentar o "danado" dela e aumentar a aposta. — E você adora ser tentada. Qual a novidade?

Ela se inclina para a frente, de modo conspiratório. O perfume dela é floral com notas de frutas. Ela coloca a mão direita no pulso dele.

— Não quero que você fique contrariado — ela diz.

— Ah, é ruim?

— Soube por minhas fontes internas que o Ministro Price, do Patrimônio Cultural, e o Ministro O'Nally, da Justiça, querem descontinuar o programa de capacitação — ela diz. — Eles se reuniram para discutir isso e concordaram. No anúncio que farão, dirão que isso é uma indulgência, um ataque ao bolso do contribuinte, um bajulo às elites liberais e uma recompensa à criminalidade.

— Entendo — diz Felix. — Muito severo da parte deles. Mas eles ainda virão à Fletcher? Para a produção deste ano? Como confirmado anteriormente?

— Com certeza — diz Estelle. — Eles dirão que viram a coisa acontecendo, que deram todas as chances, mas que na comparação, não vale o... Além disso, a visita deles terá efeito positivo no interior do sistema de justiça criminal. Mostrará que estão prestando atenção aos agentes penais, e... e... eles querem a sessão de fotos.

— Excelente — diz Felix. — Contanto que eles venham.

— Você não está decepcionado? Com o cancelamento? Na verdade, Felix está exultante com isso. É exatamente a munição de que ele precisa para arregimentar a tropa. Esperem até os duendes ouvirem que sua trupe teatral está prestes a ser aniquilada! Será muito motivador.

— Eu mesma estou furiosa a ponto de explodir — diz Estelle. — Depois de todo nosso trabalho!

— Pode haver um jeito de salvá-lo — ele diz, cauteloso.

— Acho. Mas vou precisar da sua ajuda.

— Você sabe que pode me pedir qualquer coisa — ela diz.

— Se eu puder fazer, eu faço.

— Quem, exatamente, estará na comitiva deles? — ele diz. — Além dos dois. Você sabe?

— Esperava que você perguntasse isso. — Ela busca algo dentro da bolsa de lamê prateado e formato estreito. — Acontece que tenho a lista bem aqui. Não deveria tê-la, mas cobrei alguns favores. Cone do silêncio! — Ela pisca com a máxima agilidade possível, dada a grossura de seus cílios.

Felix não vai perguntar que tipo de favores: enquanto ela continuar a lançar raios positivos sobre ele pessoalmente, está bom. Com voracidade, ele examina a página. Sal O'Nally, confere. Tony Price, confere. E quem diria: Lonnie Gordon, ainda diretor do Festival de Makeshiweg, mas também, ao que parece, gerenciando uma consultoria e liderando as atividades locais de arrecadação de recursos do partido.

— Percebo que Sebert Stanley se incluiu nisso — ele diz.

— Por que ele teria essa preocupação?

— O boato é de que... Mais do que boato, na verdade... Ele quer concorrer a líder do partido. Na próxima convenção, em junho. Ele vem de uma linhagem confiável e tem muito dinheiro também.

— Sal também está concorrendo — diz Felix. — Ele sempre foi ambicioso. Eu o conheci na escola, ele era um idiota já naquela época. Portanto, há uma rivalidade entre eles?

— O rumor é esse — diz Estelle. — Embora o apelido da fonte interna para Sebert seja "frouxo". Nos bastidores, não acreditam que ele tenha, desculpe a palavra, colhões. — Ela ri da própria grosseria. — Por outro lado, Sal O'Nally fez muitos inimigos. A reputação dele é de atirar pessoas nos trilhos quando elas não têm mais utilidade para ele.

— Percebi — diz Felix.

— Mas muitas pessoas que ele esmagou têm amigos dentro do partido. E se ressentem desse tipo de comportamento. Então, há impedimentos de ambos os lados. Eu diria que os dois estão correndo cabeça com cabeça.

— E o impostor do Tony, o rei da conversa fiada? — Felix pergunta. — Tony, o mediador. Quem ele está apoiando? Porque obviamente Tony está de olho na melhor oportunidade. Ele vai colocar todo seu peso onde puder afundar um candidato e fazer o outro flutuar, para depois resgatar sua recompensa com o que flutuou.

— Não se sabe — diz Estelle. — Ele lambeu as botas de ambos. Segundo minhas fontes.

— Ele tem uma língua molhada — diz Felix, correndo o dedo página abaixo. — Quem é esse Frederick O'Nally? Algum parente do ministro?

— É o filho de Sal — diz Estelle. — Filho decepcionante. Pós-graduado pela National Theatre School, atualmente é estagiário no Festival de Makeshiweg. Sal fez Lonnie mexer seus pauzinhos para colocá-lo lá, porque ele não consegue dizer não. O garoto quer fazer a vida no teatro, o que várias de minhas fontes no Departamento de Patrimônio Cultural acreditam que é hilário, considerando-se que o pai é tão contrário às artes. Isso deixando Sal p... está deixando-o irritado.

— Ele acha que sabe atuar? — diz Felix. — Esse garoto? — Ultrajante! Um fedelho de nariz empinado nascido em berço de ouro que pensa que pode abrir caminho no teatro pela política, grudado na barra do casaco do papai. Pedindo às estrelas e à Fada Azul que o transformem em um ator de verdade. O mais provável é que ele tenha o talento de uma beterraba.

— Dirigir — diz Estelle. — Essa é a ambição dele. Ele realmente fez pressão para vir a essa visita. Aliás, ele viu os vídeos anteriores que você fez. Sei que eles não deveriam circular publicamente, mas os mostrei a ele às escondidas, e ele acha que são, e estou citando, absolutamente geniais. Diz que o programa aqui é radicalmente inovador, de vanguarda, e um exemplo fora de série de teatro para o povo.

A opinião de Felix sobre o rapaz é amenizada.

— Mas ele não sabe que eu sou eu? — ele pergunta. — Ele não sabe que sou, você sabe... Felix Phillips? — Ele quer dizer *o* Felix Phillips, mas ele já não se qualifica como um *o*.

Estelle sorri.

— Meus lábios ficaram fechados — ela diz. — Todos esses anos, mantive nosso segredo, e acrescentei alguma camuflagem para você. No que diz respeito a nossos distintos visitantes, você é só um velho professor fracassado e arruinado chamado sr. Duke. Espalhei essa história por aí e eles a compraram, afinal quem, a não ser um velho professor fracassado e arruinado, estaria fazendo teatro em um lugar sem esperança como a Fletcher? Quer se juntar a mim em mais um martini?

— Claro! Vamos pedir umas lulas fritas — diz Felix. — Curtir a vida! — Quantos martinis isso dá? Felix está se sentindo fantástico: a presença do filho de Sal vai arrematar as coisas de modo bastante satisfatório; ao menos é sua ardente esperança. — Você é a melhor — ele diz a Estelle. De alguma forma, estão de mãos dadas. Ele está bêbado? — A melhor Dama da Sorte que eu poderia ter.

— Estou com você — ela diz. — Você é o cara com quem vim, para cunhar uma frase. Aquela foi uma *Guys and Dolls* tão boa que fizeram em Makeshiweg, uns quinze anos atrás, você lembra?

— Foi antes da minha época — diz Felix —, mas a fiz uma vez, quando era jovem.

— Você ainda é jovem — ela suspira. — Um coração jovem.

— Mas você é mais jovem — ele diz. — Mais jovem do que a primavera. — Sim, ele está bêbado. — A Dama da Sorte pode ser uma dama gentil. — Eles brindam.

— Uma dama muito gentil — ela diz —, se você ficar do meu lado bom. — Ela bebe um gole do martini. Mais do que um gole. — Não sei o que você está tramando, mas está com aquele olhar perverso. Se for para salvar a Companhia, apoio você por inteiro.

32/ FELIX FALA AOS DUENDES

Quarta-feira, 13 de março de 2013

Chegou o dia. Ele está à beira do precipício. Em breve será o momento do estrondo. Mas antes, o discurso pré-batalha.

No vestiário, ele ajusta seu manto mágico de animais de pelúcia. Não é tudo o que ele tinha em mente antes, mas uma pulverizada de tinta dourada o trouxe de volta à vida. Pega sua bengala de cabeça de raposa com a mão esquerda, e então a troca para a mão direita. Espia-se no espelho: nada mal. *Magistral*, pode ser o adjetivo que vem à mente de um observador amigável. Ele acaricia a barba, despenteia o cabelo, ajusta suas roupas, verifica os dentes: estão firmemente fixos no lugar. "Três tigres tristes", diz a seu reflexo.

Então, ele segue pelo corredor, espiando no camarim para ter certeza de que as uvas estão preparadas. Antes de sair do barraco rumo à Fletcher, ele passou as primeiras horas da manhã fazendo aplicações em cada uma com a agulha hipodérmica. As uvas passaram pela Vigilância sem levantar uma sobrancelha: afinal, elas não contêm metal. O mesmo com as misteriosas pílulas de pó mágico, armazenados em um frasco de analgésicos. Ele enfia a mão no bolso crucial, apenas para ter certeza. Está tudo em ordem.

Na sala principal, o elenco está todo reunido. Anne-Marie veste seu figurino de Miranda: o vestido branco simples que escorrega do ombro, pés descalços, margaridas e rosas de papel no cabelo. C-nora, Navalha, Pastel de Vento, Pernazz e Coiote Vermelho estão vestidos como marinheiros, com as máscaras pretas de esqui enroladas para cima como um capuz. No mais, estão vestindo preto, como todos na sala.

8Handz está atrás do biombo que esconde a tela do computador, o painel de controle, o microfone central e os dois pares de fones de ouvido, um para ele e outro para Felix.

Há uma tensão, familiar para Felix devido às suas muitas noites de estreia. Dançarinos de sobreaviso com os pés já posicionados. Mergulhadores em seus trampolins, arqueando os joelhos, esticando os braços. Jogadores de futebol antes do apito. Cavalos de corrida antes do tiro. Ele sorri de um modo encorajador.

— É isto — diz a eles. — Jamais estaremos tão prontos.
— Ouvem-se palmas moderadas. — Só para lembrá-los — ele continua —, esses são os políticos que querem destruir nossa Companhia de Atores da Instituição Penal de Fletcher.
— Vaias brandas.

— Uma vergonha — diz Colarinho Branco.

— Sim — diz Felix. — Eles acham que isso é uma perda de tempo. Acham que *vocês* são uma perda de tempo. Não se importam com a educação de vocês, querem que continuem ignorantes. Não estão interessados na vida da imaginação, e foram incapazes de apreender o poder redentor da arte. Pior de tudo: eles acham que *Shakespeare* é uma perda de tempo. Acham que ele não tem nada a ensinar.

— Vergonha dupla — diz Phil o Doentio. As orientações secretas que Felix vinha ensaiando com eles ao longo da semana que passou deixaram Phil nervoso. Ele tem levantado objeções a tudo: aquilo não é ilegal? O que pretendem fazer?

Mas a maioria da turma está a favor, por isso, agora, ele está seguindo de acordo. Entretanto, Felix não incluiu Phil entre os duendes principais: ele poderia se apavorar e quebrar o feitiço.

— Mas, juntos, podemos interromper o plano de cancelamento — diz Felix. — Podemos colocar as coisas em ordem! O que faremos hoje... Daremos a eles alguns excelentes motivos quanto à necessidade de reconsiderarem. Mostraremos a eles que o teatro é uma poderosa ferramenta educacional. Certo?

Murmúrios de aprovação, concordâncias.

— Vamos nessa, cara — diz Pernazz. — Que escaravelhos pulem neles! Que os cubram de bolhas!

C-nora diz:

— Esses chagas vão pensar duas vezes depois que terminarmos.

— Estamos nessa — diz Coiote Vermelho. — Palermas, nem vão saber o que os atingiu.

— Obrigado — diz Felix. — Ok, prontos para começar. Primeira parte: eles são trazidos aqui pelos marinheiros, entram, sentam, vocês servem os refrescos. Copos azuis, copos verdes. Não confundam as cores! Verde é para O'Nally Pai, e também para Lonnie Gordon. Azul para Tony Price e Sebert Stanley. Pipocas para todos. Lembrem-se disso!

— O cálice com o palácio é a poção com veneno — diz Colarinho Branco. Ninguém entende.

— Os copos transparentes são para o resto de nós e para Freddie. Vocês estão com as luvas pretas? — diz Felix. — Ótimo. Os protetores de ouvido? Mantenham-nos fora de vista. Assim que a tela ficar escura, coloquem os protetores, desenrolem as máscaras de esqui para baixo, coloquem as luvas. Então vocês estarão praticamente invisíveis. Observem as marcas no chão, vocês as verão assim que 8Handz acender a luz negra. Pastel de Vento, contamos com você para retirar os alarmes de segurança.

— Não tenham medo, a ilha está cheia de dedos — diz Pastel de Vento.

— Será exatamente do modo como temos ensaiado — diz Felix. — Estarei com 8Handz atrás do biombo. Ouçam nossa deixa. Conseguiremos ouvir vocês, então, se tiverem problemas, mandaremos apoio. A senha para problemas é "monstro abjeto". Entenderam?

Assentimento geral.

— Espero que ninguém se machuque — diz Colarinho Branco. Ele tem se inquietado quanto a isso: rapto e furto não são seu *modus operandi*.

— Nem um fio de cabelo — diz Felix. — A menos que eles tentem lutar. O que não vão fazer. Mas C-nora e Pernazz e Coiote Vermelho estão prontos para mantê-los sob controle, se necessário. Eles vão usar o abraço de segurança, nada de pancadaria. Sem o uso excessivo de força, não importa quão tentador seja. Prometem?

— Você é quem manda — diz C-nora.

— Há maneiras de se fazer — diz Coiote Vermelho.

— Agora, as locações — diz Felix. — Em meia hora, o vestiário não será mais vestiário: será a gruta de Próspero. A cela dos anos 1950 em exposição será o local de provação de Ferdinando, entre pedras e toras de madeira, então o jovem O'Nally será colocado lá. É a que tem o vaso sanitário mais antigo. Anne-Marie será a babá dele para nós: ela está bem preparada.

— Tem certeza de que isso é ético? — diz Anne-Marie.

— Sei que você tem algumas contas para acertar, mas o O'Nally filho nunca fez nada para você.

— Já discutimos isso — diz Felix. — Ele não será machucado. Lembre-se, foi o pai dele quem, em parte, cagou com a sua carreira doze anos atrás. As palmeiras já estão no local, certo?

— Certo — diz Garoto Prodígio. — Além da sereia.

— Ele parece emburrado: Anne-Marie em uma cela trancada com outro homem não cai bem para ele.

— A outra cela em exposição, a dos anos 1990, será o local da hora da soneca de Alonso e Gonçalo... Desculpem, de O'Nally e Lonnie Gordon — diz Felix. — É a que tem os cactos. É importante colocar as pessoas certas nas salas certas. Quando estiverem todos na sala principal de exibição, e imediatamente antes de apertarmos o botão "Play", Navalha estará lá fora, no corredor, colando a sinalização nas portas: palmeiras, cactos.

— Entendido — diz C-nora.

— Excelente. A precisão do tempo é tudo. Duendes, dependemos de vocês: nada nessa peça pode funcionar sem os duendes.

— Vamos sair impunes disso? — diz Pastel de Vento. — E a vigilância?

— Sem problemas, eles não terão nenhuma pista — diz Felix. — O essencial é que fomos autorizados a receber os dignitários em nossa ala, desacompanhados. Uma amiga minha com muita influência conseguiu isso para nós. Temos o vídeo pronto, de modo que, enquanto estivermos fazendo nosso teatro interativo aqui com os políticos, todos os demais no local estarão assistindo nosso espetáculo exatamente como costumamos fazer. Se ouvirem gritos, o que não vão ouvir, pensarão que é parte da peça.

— Você é um puta de um gênio, cara — diz Pernazz. Ninguém o censura pelo palavrão.

— Eu não conseguiria ter feito isso sem Ariel — diz Felix. — Sem 8Handz. Ele foi... ele foi demais. Como todos vocês foram. — Ele verifica o relógio. — Agora, lá vamos nós. As cortinas vão subir. *Merde* a todos.

— *Merde, merde, merde* — eles dizem uns aos outros. — *Merde*, mano. *Merde*, cara. — E pulsos se chocam.

— *A tempestade*, Ato I, cena 1 — diz Felix. — Do início.

33/ É CHEGADA
A HORA

Naquele mesmo dia

O grupo de visitantes posa do lado de fora, na entrada principal, com o nome da Fletcher claramente visível. Os dois potenciais candidatos a líderes federais estufam o peito, exibem os dentes, se acotovelando pela posição de maior destaque no quadro. Os outros se agrupam em volta deles.

O Honorável Sal O'Nally, ministro da Justiça; o Honorável Anthony Price, ministro do Patrimônio Cultural; o Honorável Sebert Stanley, ministro de Políticas para Veteranos; e o sr. Lonnie Gordon, da Gordon Strategy, diretor do conselho do Festival de Makeshiweg. Acompanhados pelo filho do ministro O'Nally, Frederick O'Nally.

Sal fica mais barrigudo a cada ano; Tony está impecável em seu terno elegante, e ainda tem uma boa quantidade de cabelo na cabeça. Sebert Stanley sempre pareceu uma foca e continua parecendo: cabeça pequena, quase sem orelhas, olhos pequenos, corpo em forma de pera. O garoto, Freddie O'Nally, é bonito o bastante: cabelo escuro, sorriso claro; mas está olhando para o lado. É como se não gostasse da companhia que tem, mesmo que uma das pessoas dessa companhia seja seu pai.

Ladeando o grupo central está um bando de lacaios e mensageiros do governo, e alguns dos superiores da Fletcher, que muito provavelmente estão se mijando porque não é sempre que recebem uma visita ministerial. Na verdade, nunca recebem.

Estelle está ao fundo, meio obscurecida: ela disse a Felix que não gosta de ficar em muita evidência nessas situações, mas prometeu interferir a favor dele: tranquilizar e distrair, no caso de o grupo do diretor ficar muito nervoso. Ela havia sincronizado seu relógio para garantir que os dois vídeos começassem ao mesmo tempo.

— Pense em mim como graxa — ela dissera. — Vou fazer as coisas correrem com suavidade, garanto.

— Como posso agradecer a você? — Felix perguntara.

— Conversaremos. — Ela sorriu.

As portas principais se abrem. O grupo entra. As portas principais se fecham.

Na sala de exibição, Felix se coloca atrás do biombo.

— Leve-nos ao microfone de C-nora — ele diz. Coloca os fones de ouvido.

Há um ruído de vozes. O grupo ministerial está passando pela Vigilância, um por um, como todo mundo, sem exceções, segundo Dylan e Madison explicam educadamente. Corretíssimo, diz a voz de Sal O'Nally, fico feliz em saber que estão fazendo o trabalho de vocês, rapazes, haha.

Tudo é jovialidade. Como Felix soube por meio de Estelle, eles acabam de vir de uma reunião política local; devem ter sido bem recebidos, e ele supõe que tomaram algumas doses de bebida. Uma rápida parada nessa área de confinamento para desajustados sociais oportunistas e eles irão embora, e quanto mais depressa melhor, porque presume-se que irá nevar. Pode até haver uma nevasca. A essa altura, alguns dos inferiores cuja função é cuidar desses detalhes devem estar nervosos verificando seus relógios.

Sal está se sentindo alegre. Eles passarão pela farsa de ver essa peça ou seja lá o que for principalmente porque Freddie insistiu nisso e ele, Sal, acredita que o sol nasce da bunda de Freddie, mesmo desejando que ele fosse advogado e não um ator meloso. Mas ele vai satisfazer o garoto e então, depois de voltarem a Ottawa, Sal anunciará o cancelamento desse programa supérfluo, dessa coisa autointitulada capacitação para a escrita e a leitura, seja lá o que for. Prisões são para o encarceramento e a punição, não para tentativas espúrias de educar aqueles que, por sua simples natureza, não podem ser educados. Como é a citação? Natureza *versus* educação, algo assim. Será que é de uma peça? Sal registra mentalmente: perguntar a Tony, ele era do teatro.

Melhor ainda, perguntar ao Freddie. O garoto ficará decepcionado quando Sal o fizer escolher entre a faculdade de direito e o fim da mesada, porque ele já teve sua diversão. Pode parecer severo, mas Sal só quer o melhor, e o garoto ficaria perdido nas artes, é um fim de linha e está começando a ficar ainda mais definitivo sob a intendência de Tony, como Sal, por acaso, sabe.

— Não pode levar o celular para lá — diz Dylan a Sal.

— Lamento, senhor. Vamos mantê-lo em segurança aqui para o senhor.

— Ora, veja bem — Sal começa a dizer —, sou o ministro da... — mas vê Freddie olhando para ele. O garoto não gosta quando Sal impõe sua hierarquia; mas qual é a utilidade da hierarquia se você não pode impô-la? Contudo, ele entrega o telefone.

Tony tem outras coisas em mente. Lá está ele com dois potenciais candidatos a líderes, Sal e Sebert, e ambos querem seu apoio. Sal sente que Tony deve isso a ele, considerando que deu a Tony a carreira que tem. Desbancar Felix Phillips foi só o primeiro passo: Tony subiu como um balão de gás desde então. Da vida no teatro para o teatro da vida, pode-se dizer, e Sal foi a escada. Mas uma vez que você subiu a escada, qual a utilidade dela? Você a chuta para longe, se não tem a intenção de descer novamente. Com certeza seria melhor para Tony apoiar um candidato a quem não deve nada; que, ao contrário, tem dívidas com Tony. Como se desvencilhar de Sal e colocar a balança a favor de Sebert? Qual é a tacada de maior alcance?

Tendo sacrificado seu telefone, Sal esvazia os bolsos: entrega seu canivete Leatherman e sua lixa de unha.

— Limpo como um bebê — diz aos dois vigias. Muitos sorrisinhos recíprocos. Um alarme de segurança é preso a seu cinto: não que virá a ser usado, diz Dylan, mas, sem exceções, todos devem ser liberados com um. Senhor.

Tony passa pelo raio-x com as mãos no ar, fazendo palhaçadas gentis. Sebert passa olhando para a frente, alisando o cabelo em sua cabeça diminuta depois de atravessar o equipamento. Lonnie passa com tristeza, como se lamentasse a necessidade da existência de algo como um posto de controle de segurança em algo como uma prisão. Freddie é desajeitado, e arregala os olhos: esse é um mundo totalmente alheio, um mundo em que ele nunca pensou muito.

Todos já terminaram e, no momento exato, entra no corredor um grupo de homens vestidos como... o quê? Piratas?

— Bem-vindos, todos os cavalheiros — diz o que está na frente. — Bem-vindos ao navio *Tempestade*, a bordo do qual vocês estão agora. Eu sou o Contramestre e esses são meus marinheiros. Vamos conduzi-los pelo mar, navegando até uma ilha deserta. Não se preocupem se houver ruídos estranhos, é parte da peça. E esta é uma obra teatral interativa, de natureza experimental; alertamos vocês antecipadamente para esse fato. — Ele olha de soslaio, solícito. — Por aqui.

— Guie-nos — diz Sal. Poderia muito bem ser uma piada. Não escapou a ele que aqueles homens eram detentos, mas o diretor do presídio e vários vigias estão bem ali, no fundo, sorrindo, e o diretor do presídio diz:

— Vejo vocês depois do espetáculo, aproveitem, também estaremos assistindo, no andar de cima.

— Divirtam-se — diz Estelle qual-é-o-sobrenome-dela: o avô dela foi senador, ele a tem visto em vários grupos, participa de comitês ou coisa assim. Agora ela sorri e acena para eles, como se os visse partirem no navio. Então está tudo bem, e ele segue o Contramestre pelo corredor à esquerda.

Tony e Sebert estão bem atrás dele, e Lonnie e Freddie logo depois. Atrás de Lonnie e Freddie estão três dos marinheiros, atirando... o que é aquilo? Punhados de confete brilhante azul.

— São gotas d'água — diz o Contramestre. — É um temporal, certo?

— Ah, certo — diz Sal. Como traquinagens como essa acontecem dentro de uma prisão? Esses homens estão se divertindo demais.

Atrás do grupo, a porta desliza e se fecha; a tranca emite um som metálico. Era de se esperar, pensa Sal. Evidente. É a vigilância. Ele se sente mais seguro.

Ao longe, ouve-se um estrondo de trovão.

— Bem aqui — diz o Contramestre. — Cavalheiros. —
Ele os conduz porta adentro para a sala principal de projeção.

— Muito bem, C-nora — Felix sussurra em seu microfone. Ele verifica novamente o relógio.

Há uma imensa tela plana na frente da sala. Outros marinheiros vestidos de preto acompanham os visitantes a seus lugares, indicando com mesuras e gestos pomposos onde devem se sentar. Quatro marinheiros estendem refrigerantes, em copos plásticos azuis e verdes, e pequenos sacos de pipoca, um toque caseiro. Os três ministros e Lonnie estão na fileira da frente, há uma fileira de marinheiros atrás deles.

Olhando para a tela, Felix vê que Pastel de Vento está no meio da segunda fila; seu rosto redondo como a lua sorri vagamente, seus dedos ágeis se escondem nas mangas, a postos para pegar os alarmes de segurança assim que as luzes se apagarem.

Onde está o restante do grupo? Sal se pergunta. Ah, certo. No andar de cima, com o diretor e os demais. Aquela bela mulher, Estelle: um pouco chamativa, mas claramente com bons contatos. Ele deveria levá-la para almoçar algum dia. Ele se recosta em sua cadeira. Sente a bebida da reunião à qual foram.

— Vamos começar este espetáculo — ele diz a Tony. Confere a hora. — Ao menos não tiraram meu relógio. — Ri. Ele escava seu saco de pipoca: muito sal, ele gosta disso. Toma outro longo gole de cerveja de gengibre, do copo de plástico verde. Está com sede. Ótima ideia essa cerveja de gengibre. Pena que não tem álcool.

Freddie está ao lado de Anne-Marie, na terceira fila.

— Olá — diz a ela. — Sou Freddie O'Nally. Imagino que você seja Miranda. Na peça?

— Sim. Anne-Marie Greenland — ela diz.

— Sério? — diz Freddie. — Você é *aquela* Anne-Marie...
Você não... Não dançava na Kidd Pivot?

— Você acertou — diz Anne-Marie.

— Isso é incrível! Eu devo ter visto seu vídeo, tipo,
umas cem vezes! Como diretor, quero integrar, tipo, mais
movimento, e alguma fusão...

— Você dirige? — diz Anne-Marie. — Bacana!

— Bom, não exatamente — diz Freddie. — Quer dizer, não minhas próprias produções, ainda. Sou mais como
um aprendiz. Mas estou chegando lá.

— Um brinde a chegar lá — diz Anne-Marie, erguendo seu copo plástico transparente. Freddie ergue o dele.
Olha profundamente nos grandes olhos azuis dela.

— Vestido fabuloso — ele diz. — Capta a exata... —
Agora ele está olhando para o ombro dela, que está nu.

— Obrigada — ela diz, puxando a manga um pouco, mas
não o suficiente para esconder o ombro. — Eu mesma fiz.

Ouvem-se três batidas fortes vindas de trás do biombo na
frente da sala: é Felix, com sua bengala de cabeça de raposa, batendo no chão. O dedo indicador de 8Handz paira
sobre o botão "Play". Sob a luz da tela do computador, seu
rosto tem expressão travessa.

Ansioso, Felix passa os olhos pelo espaço escuro: onde
está a sua Miranda? Lá está ela, uma luz mortiça atrás do
ombro esquerdo de 8Handz.

É chegada a hora, ela sussurra para ele.

34/ A TEMPESTADE

Quarta-feira, 13 de março de 2013

As luzes da sala se apagam. O público faz silêncio.

NA ENORME TELA PLANA: Em letras amarelas irregulares sobre o fundo preto:
A TEMPESTADE
DE WILLIAM SHAKESPEARE
COM A
COMPANHIA DE ATORES DA INSTITUIÇÃO PENAL DE FLETCHER

NA TELA: Um letreiro feito à mão, segurado diante da câmera pelo apresentador, que veste uma capa curta de veludo púrpura. Em sua outra mão, uma pena.

LETREIRO: UMA TEMPESTADE INESPERADA

APRESENTADOR: Vocês vão avistar um temporal no mar
Ventos uivando, marinheiros berrando
Maldições proferidas, pois não há saída
Vão ouvir apelos, como em pesade-e-elos
As aparências podem enganar,
só pra lembrar.
Dá um sorriso forçado.
Agora, a peça vai começar.

Ele faz um gesto com a pena. Corta para: trovão e raio, em uma nuvem-funil, imagem de tela do canal Tornado. Foto de arquivo de ondas do oceano. Som de vento uivante.

A câmera dá um zoom em um veleiro de brinquedo que sobe e desce sobre uma cortina plástica para chuveiro com estampa de peixes, sob a qual mãos produzem as ondas.

Primeiro plano do Contramestre, que usa um gorro preto tricotado. Alguém fora do enquadramento joga água nele. Ele está ensopado.

CONTRAMESTRE: Ao trabalho, ou vamos afundar! Mexam-se, mexam-se!

Rápido! Rápido! Cuidado! Cuidado!

Temos que agir

Vamos conseguir

manejar as velas

com vento nas canelas,

ou nadar com baleias se a coisa ficar feia!

VOZES EM OFF: Vamos afundar!

CONTRAMESTRE: Parem de atrapalhar! Não é hora de brincar!

Um balde de água o atinge no rosto.

VOZES EM OFF: Escutem com presteza!

Não sabem que somos da realeza?

CONTRAMESTRE: Depressa! Não faz diferença para o mar!

Vento uivando, chuva desabando,

E tudo que fazem é parar e olhar!

VOZES EM OFF: Seu bêbado!

CONTRAMESTRE: Seu idiota!

VOZES EM OFF: Estamos perdidos!

VOZES EM OFF: Vamos afundar!

Primeiro plano de Ariel usando uma touca de natação azul e óculos de esqui iridescentes, com maquiagem azul na metade inferior do rosto. Ele veste uma capa de chuva plástica transparente estampada com joaninhas, abelhas e borboletas. Atrás de seu ombro esquerdo há uma sombra estranha. Ele dá uma gargalhada sem emitir som e aponta para cima com a mão direita, que está enfiada em uma luva de borracha azul. Clarão de raio, trovoada.

VOZES EM OFF: Vamos rezar!
CONTRAMESTRE: Não consigo escutar!
VOZES EM OFF: Vamos afundar! Vamos afogar!
Do rei já não teremos resposta!
Pulem do barco, nadem para a costa!

Ariel joga a cabeça para trás e ri com prazer. Em cada uma das mãos, cobertas com luvas de borracha azul, ele segura uma lanterna de alta potência em modo piscante.
A tela fica escura.

UMA VOZ DA PLATEIA: O quê?
OUTRA VOZ: Acabou a energia.
OUTRA VOZ: Deve ser a nevasca. Caiu uma linha de transmissão em algum lugar.

Escuridão total. Ruídos confusos do lado de fora da sala. Gritaria. Disparo de tiros.

UMA VOZ DA PLATEIA: O que está acontecendo?
VOZES, DE FORA DA SALA: Tranquem a porta! Tranquem a porta!

UMA VOZ DA PLATEIA: Quem manda aqui?

Mais três tiros.

UMA VOZ, DE DENTRO DA SALA: Não se mexam! Silêncio! Cabeças abaixadas! Fiquem onde estão.

35/ VALIOSO
E PECULIAR

Uma mão de lã preta cobre os olhos de Freddie, então um capuz desliza sobre sua cabeça e ele é tirado da cadeira.

— Que merda é essa? — ele grita. — Solte!

— Você vai para o mar — diz uma voz. — O inferno está vazio e todos os demônios estão aqui!

— É uma rebelião. — É a voz de Tony. — Mantenham a calma. Não os provoquem. Apertem o botão no alarme de vocês. Esperem…

— Que alarme? — É a voz de Sebert. — Sumiu!

— Espere! Espere! — grita Freddie. — Solte! Por que você está me beliscando? Ai! — Sua voz recua para o fundo da sala.

— Freddie! — A voz de Sal gritando. — O que vocês estão fazendo? Ele é meu filho! Eu mato vocês! Tragam-no de volta!

— Cale a boca! — Uma voz na escuridão. — Que uma praga cale esses gemidos! Cabeças na mesa, mãos atrás do pescoço! Agora!

Porta abrindo. Fechando.

— Eles o estão levando como refém! — Sal grita. — Freddie!

Um tiro.

— Eles o mataram! — lamenta Sal.

— Você vem com a gente — diz uma voz. — De pé. Agora.
Você também.
Som de luta.
— Não estou enxergando! — Sal, entrando em pânico.
— Vocês vão pagar por isso! — Tony, sua voz é fria e firme.
Barulho de ondas e vento, subindo em um crescendo.
As vozes são abafadas. Uma assustadora trovoada.
Confusão de gritos:
— Separar!
— Misericórdia!
— Separar, separar, separar!

Freddie se agita na escuridão, seus braços são segurados
com força em suas costas; há uma pessoa em cada lado em-
purrando-o.
— Vocês estão cometendo um erro — ele diz. — Po-
demos conversar? Meu pai é o ministro da... — Uma mão
aperta sua boca, por cima do capuz.
— É, sabemos quem é o seu pai. O ministro da Justiça.
Uma chaga! Que a peste vermelha caia sobre ele! A essa
hora, já está morto.
— Um morto de merda.
— Exato. Morto e enterrado.
Freddie tenta falar, mas a boca está obstruída pelo tecido.
Som de porta se fechando. Ele pode tirar o capuz?
Pode: suas mãos estão livres. Tire-o.
Ele está em uma cela de prisão, iluminada por uma
única lâmpada. Senta-se em uma das camas, sobre um co-
bertor áspero de lã cinza. As paredes estão decoradas com
palmeiras amadoras de papelão, conchas, uma lula. Há
uma caixa de peças de Lego no canto. Uma terrível pintura

da praia, com alguma espécie horrorosa de sereias. Pose de pin-up, seios enormes, cabelos de algas verdes. Embaixo dela está escrito "NINFA DO MAR".

O que é isso? Uma rebelião? Eles mataram seu pai, e o estão segurando como moeda de troca? Em uma sala cheia de palmeiras de papelão e Lego? O que é isso?

Mais importante: ele havia feito xixi nas calças? Por pouco que não, fato pelo qual era grato. Que bom que há um vaso sanitário. Ele havia acabado de esvaziar a bexiga quando uma seleção musical começou a tocar em um minúsculo alto-falante: está ali em cima, perto do pulverizador automático no teto. Dois cantores, ou seriam três?

> A sete palmos teu pai jaz,
> seus ossos viraram corais corais,
> seus olhos agora são essas pérolas.
> Nada que era dele se desfaz.
> A dor se transfigura no mar
> em algo muito valioso e peculiar.
> Jaz, jaz, jaz, jaz
> Dor, dor, dor, dor
> Valioso, valioso, valioso,
> Peculiar, peculiar, peculiar...

Sons de tambores e flautas. Cristo, pensa Freddie. O canto de *A tempestade*. Será que aquilo é algum tipo de piada estranha? Será que vão tocar essa coisa em uma gravação infinita vinte e quatro horas por dia, sete dias por semana, para enlouquecê-lo? Ele já ouviu sobre isso, destrói a mente. Será que estão tentando derrubar seu moral? Mas por quê?

A música desaparece, a porta se abre e Anne-Marie Greenland entra na sala, ainda no sedutor vestido de ombro caído de Miranda. Ela o chama para um canto, faz com que ele se incline para que ela possa sussurrar em seu ouvido.

— Lamento por isso — ela diz. — Você está bem?

— Sim, mas...

— Psiiuu! Esse lugar foi grampeado — ela sussurra.

— O microfone está perto da lâmpada. Faça o que eu digo e você não vai se ferir.

— O que é *isso*? — diz Freddie. — É uma rebelião? Onde está meu pai? Eles o mataram?

— Não sei — ela diz. — Alguém aqui está louco. Louco como um cão em noite de lua cheia. Pensa que é Próspero. Não, eu quis dizer de verdade. Ele está reencenando *A tempestade*, e você é Ferdinando.

— Sério? — diz Freddie. — Isso é uma merda de...

— Psiiuu! O que você tem de fazer é seguir o roteiro. Trouxe as falas para você, estão destacadas no livro da peça. Aqui; é só dizer as falas, perto do dispositivo de luz, para que ele possa ouvir você. Caso contrário, ele pode perder o controle. É propenso a ataques de raiva.

— Você está *nessa*? Por que você iria...

— Só estou tentando ajudar você — diz Anne-Marie.

— Tipo, quem é esse cara? — diz Freddie. — Ah, aliás, obrigado. Espero que você não entre em encrenca por isso.

— Não mais do que de costume — diz Anne-Marie.

— Ele é um lunático, é o que importa no momento. Você precisa fazer a vontade dele. Comece aqui.

Freddie lê:

"Como num sonho, meu moral está aprisionado,
a perda de meu pai, a fraqueza que sinto,
e o naufrágio de meus amigos seriam leves para mim,
se eu pudesse, em minha prisão, uma vez ao dia,
contemplar essa donzela. Que todos os cantos da terra
façam uso da liberdade... espaço suficiente
tenho nessa prisão."

— Nada mal — diz Anne-Marie. — Talvez com mais sentimento. Finja que está se apaixonando por mim.

— Mas... — diz Freddie. — Talvez eu *esteja* me apaixonando por você, ah, você é admirável!

— Muito bom — diz Anne-Marie. — Continue assim.

— Não, é sério — diz Freddie. — Você, tipo, tem namorado?

Anne-Marie dá uma risadinha.

— É assim que você me pergunta se sou virgem? É isso que ele faz na peça, certo?

— Isso não é a peça. E então, tem ou não?

— Não — ela diz. Olhar fixo. — De verdade, não.

— Então, você se incomodaria se eu me apaixonasse por você?

— Acho que não — diz Anne-Marie.

— Porque acho que me apaixonei mesmo! — Ele segura os dois braços dela.

— Cuidado — ela sussurra. Desvencilha-se das mãos dele. — Agora precisamos voltar às falas. — Ela se aproxima da lâmpada junto com ele, aperta as mãos, olha fixamente para ele, com adoração, e projeta a voz.

— Nada vi na natureza de tão nobre!

— Garota tola! — retumba uma voz pelo alto-falante.

— Para a maioria dos homens, esse é um Calibã!

— O que foi que eu disse? — Anne-Marie sussurra. — Louco feito um galeirão! A propósito, você sabe jogar xadrez?

36/ UMA CAMINHADA PELO LABIRINTO

O ministro da Justiça O'Nally, o ministro do Patrimônio Cultural Price, o ministro de Políticas para Veteranos Stanley e Lonnie Gordon, da Gordon Strategy, se veem sendo arrastados de modo humilhante por um corredor. Não conseguem ver aonde estão indo: está um breu, exceto por algumas marcas brancas no chão.

Quem os está arrastando? Não sabem dizer: as figuras estão todas de preto. Ao redor deles, o sopro dos ventos, o barulho das ondas e os estrondos de trovões, para que não possam ouvir a si mesmos falando. O que eles estariam dizendo se pudessem ouvir? Estariam praguejando, suplicando, lamentando seu destino? Todas as alternativas anteriores, pensa Felix, escutando um zumbido pelos fones de ouvido.

A procissão vira em uma esquina. Vira em outra. E, então, em uma terceira esquina. Estão voltando pelo caminho que vieram?

Os sons do temporal se intensificam. Depois, repentinamente, silêncio.

Ouve-se o som de uma porta se abrindo; eles são empurrados para dentro. Ali, onde quer que seja, também está escuro. E então a luz acima de suas cabeças se acende. Estão em uma cela com quatro camas, duas em cima e duas embaixo. As paredes estão decoradas com silhuetas de cactos, cortadas em papel pardo.

Eles se entreolham. Trêmulos, com rostos pálidos.

— Ao menos estamos vivos — diz Lonnie. — Devemos ser gratos por isso!

— Certo — diz Tony, revirando os olhos. Sebert Stanley testa a porta: está trancada. Passa a mão pela cabeça miúda e então olha pela janela gradeada que dá para o corredor.

— Está escuro lá fora — ele diz.

— Ouvi tiros. Eles atiraram no Freddie — diz Sal. Ele se senta, desanimado, em uma das camas de baixo. — Ouvi tiros. Ouvi tiros. Minha vida acabou! — Ele abraça a si mesmo, balançando a parte superior do corpo de um lado para outro.

— Ah, tenho certeza de que não mataram — diz Lonnie. — Por que fariam isso?

— Porque são uns animais! — Sal quase grita. — Deveriam estar todos em jaulas. Deveriam estar todos fodidos de mortos!

— Em vez de serem beneficiados com programas de capacitação para escrita — diz Tony com sua voz fria. — Por exemplo.

— Eles podem ter atirado em outra pessoa — diz Lonnie. — Ou só, bom, atirado. Acho que devemos olhar pelo lado positivo. Até termos certeza.

— Por quê? — diz Sal. — Não tem lado positivo! Eu perdi meu Freddie! Perdi meu menino! — Ouvem-se ruídos abafados que podem ser soluços.

— O que acontece agora? — Sebert diz a Tony em voz baixa.

— Vamos esperar — diz Tony. — Não que tenhamos outra escolha.

— É melhor ele se acalmar. Isso é constrangedor. — diz Sebert. — Vamos esperar que as autoridades competentes cheguem logo. — Ele se encosta na parede e examina os dedos.

— Sejam quem forem — diz Tony. Ele anda pela sala, de um lado para o outro, dez passos de ida, dez passos de volta. — Se realmente atiraram no filho dele, cabeças vão rolar.

— Ânimo, ministro O'Nally — diz Lonnie a Sal. — Poderia ser pior! Estamos ilesos, estamos em uma sala decente e aquecida, estamos...

— Ele vai continuar isso por horas — diz Tony a Sebert, *sotto voce*. — Vai nos matar de tédio, como de costume.

— Se eu fosse redesenhar o sistema prisional — Lonnie continua —, eu tentaria dar aos detentos mais liberdade, não menos. Eles poderiam decidir algumas coisas pelo voto, tomar as próprias decisões. Definir os próprios cardápios, por exemplo; isso seria uma habilidade útil a ser desenvolvida.

— Continue sonhando — diz Tony. — Eles iriam envenenar a sopa na primeira oportunidade.

— Por favor — diz Sal. — Num momento como esse! Chega de conversa!

— Eu só estava tentando tirar isso da sua cabeça — diz Lonnie, ressentido.

— Estou cansado — diz Sal. A voz dele está rouca e fraca. Ele se estica na cama.

— Curioso — diz Lonnie. — Também estou com sono. Acho que também vou descansar um pouco enquanto há tempo. — Ele se deita na outra cama inferior. Os dois caem no sono.

— Tem alguma coisa estranha nisso — diz Sebert. — Não estou nem um pouco cansado.

— Nem eu — diz Tony. Ele examina os dois enquanto dormem. — Inconscientes. Nesse caso — ele fala mais baixo —, como você avalia suas chances para a liderança? A partir de agora?

— Sal está à frente nas pesquisas — diz Sebert. — Não tenho certeza se consigo reverter a balança.

— Você sabe que estou apoiando você — diz Tony.

— Sei. Obrigado — diz Sebert. — Agradeço.

— E se Sal não estivesse na disputa, seria você, certo?

— Certo. E qual é a questão?

— Quando alguém fica no meu caminho — diz Tony —, simplesmente o tiro dali. Foi assim que consegui chegar onde estou. Chutei Felix Phillips do meu caminho, quando estava no festival de Makeshiweg. Foi o primeiro degrau sólido na minha escada.

— Ok, entendo — diz Sebert. — Mas não posso simplesmente remover Sal. Não há nada contra ele, nenhum segredo, nenhum escândalo, nenhuma manobra financeira. Pode acreditar, eu revirei as pedras, procurei em todos os lugares. Nada que possa ser provado, em todo caso. E agora, se o filho dele foi morto nesta rebelião... Pense no voto de solidariedade!

— Essa é a palavra-chave — diz Tony. — Rebelião.

— Onde você quer chegar com isso?

— O que acontece nas rebeliões? Pessoas morrem, quem sabe como?

— Não compreendo... Você está dizendo... — Sebert mexe no lóbulo da orelha, torcendo-o para um lado e para outro.

— Deixe-me explicar — diz Tony. — Algumas centenas de anos atrás, nos aproveitaríamos desse caos e liquidaríamos Sal, colocando a culpa nos rebelados. Ah, e também liquidaríamos Lonnie: nada de testemunhas. Mas hoje, o assassinato da credibilidade terá efeito em dobro.

— Por exemplo?

— O que se espera de um líder? — diz Tony. — Liderança. Podemos descrever, com relutância, é obvio, como Sal virou uma gelatina no meio da crise. Antes de morrer. Eles o afogaram no vaso sanitário. Um ministro da Justiça linha-dura contra o crime, à mercê deles. O tipo de coisa que fazem.

— Mas ele não... — diz Sebert. — Virou gelatina. Ao menos não totalmente. E eles não o afogaram no vaso.

— Suponha que sejamos os únicos sobreviventes — diz Tony. — Quem viria a saber disso?

— Você não está francamente sugerindo isso — diz Sebert, chocado.

— Considere como uma teoria — diz Tony, fixando em Sebert um olhar direto. — Um experimento de raciocínio.

— Ok, entendi, um experimento de raciocínio — diz Sebert. — No experimento de raciocínio, o que acontece com Lonnie? — Ele está hesitante. — Podíamos simplesmente...

— No experimento de raciocínio, Lonnie poderia ter um ataque cardíaco — diz Tony. — Ele já demorou para ter um. Poderíamos usar, por exemplo, esse travesseiro de experimento de raciocínio. No caso de qualquer suspeita de sufocamento, diríamos que os rebelados o causaram. Vergonhoso, mas o que se poderia esperar, sendo eles quem são? São impulsivos, não têm habilidades para administrar a raiva. É da natureza deles fazer esse tipo de coisa.

— Mas que belo experimento de raciocínio — diz Sebert.

— Gravamos tudo isso? — diz Felix, atrás do biombo na sala principal. — É muito melhor do que o que eu poderia esperar! — Tony não sai do rumo. Deve ter refletido sobre essa traição por muito tempo, e agora a chance se abriu para ele. Isso pode se revelar fatal.

— Perfeitamente claro — diz 8Handz. — Em vídeo e áudio.

— Ótimo — diz Felix. — Hora de avançar antes que eles destruam o velho Lonnie com um travesseiro. Aperte o botão, toque o despertador. O que você escolheu? — Ele deixou a escolha da música da ilha mágica para 8Handz, como Próspero parece ter feito com Ariel, embora ele tenha fornecido a seleção de MP3 solicitada.

— Metallica, "Ride the Lightning". É bem estridente.

— Esse é o meu espírito ardiloso! — diz Felix.

— Meu Deus! — diz Sal, se sentando com as costas bem retas, totalmente desperto. — Que barulheira infernal é essa?

— O que está acontecendo? — diz Lonnie esfregando os olhos.

— Ouvi um urro — diz Tony. — Os rebelados... eles devem estar alvoroçados de novo! Fiquem preparados! Agarrem um travesseiro e o segurem na frente de vocês caso eles atirem!

— Minha cabeça está estranha — diz Sal. — Tipo, uma ressaca. Não ouvi nada.

— Eu só ouvi uma espécie de zumbido — diz Lonnie.

37/ SORTILÉGIOS QUE NÃO SE QUEBRAM

A porta se abre. As luzes do corredor se acendem.

— O que foi agora? — diz Tony.

— É uma armadilha — diz Sal.

Cauteloso, Lonnie vai até a porta e espia do lado de fora.

— Ninguém — ele diz.

— Agora, a música solene — diz Felix a 8Handz. — Vinda do camarim. A fruteira ainda está lá com as uvas?

— Deve estar. Vou conferir — diz 8Handz, espiando na tela. — Está, estou vendo.

— Muito bom, duendes — diz Felix. — Espero que o alçapão embaixo dela esteja funcionando bem.

— Nós testamos duas vezes. Então, para isso eu escolhi uma música de Leonard Cohen — diz 8Handz. — "Bird on a Wire." Com a velocidade reduzida à metade. Eu mesmo gravei com o teclado.

— Bastante apropriado — diz Felix.

— Usei o violoncelo com uma espécie de teremim ao fundo — diz 8Handz. — O som de uuu uuuu.

— Uuu uuuu é bom — diz Felix. — Estou ansioso. Aperte o botão.

— Está vindo do fim do corredor — diz Sebert.

— É "Bird on a Wire"? — diz Tony.

— Eles estão tentando nos enganar — diz Sal.

— "À minha maneira, tentei ser livre" — diz Lonnie.

— Talvez seja uma mensagem de alguém que está tentando nos ajudar. Podemos muito bem ir lá e ver. Caso contrário, vamos só ficar aqui sentados.

— Por que não? — diz Sebert, roendo o dedo indicador.

— Deixe eles irem primeiro — Tony sussurra para ele.

— Caso haja tiros.

— Eles estão do lado de fora — diz 8Handz. — Os quatro. O vídeo do corredor não está bom, mas veja, lá estão eles. Caminhado pelo corredor. Até o camarim.

— Me sinto culpado por fazer o Lonnie passar por tudo isso — diz Felix —, mas não há nada a ser feito. De qualquer maneira, ele tem andado em má companhia. Eles conseguiram colocar o fone nele?

— Sim — diz 8Handz. — Está no colarinho, está funcionando. Quando você precisar acioná-lo, role até aqui e aperte "Enter".

Na tela, eles observam os quatro homens se aproximando da porta do camarim. Em cada um dos lados da sala, preso na parede, há um recorte de um tiranossauro e uma criatura espacial conduzindo-os para dentro.

— Excelente discurso silencioso — Felix murmura para si mesmo.

— O que é isso, um jardim da infância? — diz Sebert. — Primeiro, as palmeiras; agora, isso!

— Quem manda nesse lugar? — diz Sal. — Precisa de algumas mudanças. — Ele leva a mão à testa. — Isso é um dinossauro? Estou me sentindo esquisito. Acho que estou com febre. — Mas todos entram.

— O que é isso? — diz Tony. — Parece um camarim de teatro! Tem até uma droga de uma fruteira! Apesar de serem só uvas. Deveria ter um prato com alguns biscoitos e queijo.

— Que música agradável! — diz Lonnie. — É aquela de *A flauta mágica*?

— Tanto faz, estou com fome — diz Sal. Ele balança o corpo de um pé para o outro.

— Tanto faz comermos ou não — diz Sebert. — Pegue uma uva.

— Não toque nas uvas — diz uma vozinha próxima ao ouvido de Lonnie. É uma voz de homem, que ele quase reconhece.

— O quê? — diz Lonnie. — Quem é? — Ele segura o colarinho e sente o pequeno fone. Então, ele recua enquanto os outros três mastigam.

— Estão com um gosto estranho — diz Sal. — Não deveríamos comê-las.

— Já comemos — diz Sebert.

— Estou me sentindo estranho — diz Tony. — Preciso me sentar.

— Chega de uvas — diz Felix. — Parece que está funcionando. Você sabe o que tem naquela coisa? Que eu injetei?

— Um pouco disso, um pouco daquilo — diz 8Handz.

— Olho de salamandra. Cetamina. Sálvia. Cogumelos. Coisas terríveis se você as misturar do jeito certo. Num piscar de olhos, eles vão ficar com a mente agitada. A ação é rápida, mas não dura muito tempo. Eu não me incomodaria de sentir um barato desses agora mesmo.

— Coloque o trovão — diz Felix.

Há um estrondo e um apagão. Então, as luzes se acendem: a fruteira sumiu. Na parede, há uma sombra assustadora: um pássaro enorme, com as asas batendo.

— Está ficando bom — diz Felix a 8Handz.

— É, você escolheu asas sensacionais.

Uma voz começa a cantar, um pouco desafinada:

> Vocês três são do pecado!
> Lá vai o meu recado:
> O seu jeito é tão maldoso!
> que para mim é doloroso.
> Então vão ter um pesadelo pavoroso!
> Felix vocês arruinaram,
> Na tristeza o exilaram;
> Sal perdeu o filho,
> isso é um martírio.
> Sua dor começou ao ouvir o gatilho!
> Agora lamentem, digam que se arrependem
> Se querem ver essa história acabar bem:
> Isso... é com... vocês!

— Para onde ela foi? — diz Tony. — Aquela coisa com asas! Aquele demônio! Está ali!

— O que foi que eu fiz? — diz Sal. Ele começa a chorar. — É melhor que eu também morra! Vocês ouviram! Eles mataram Freddie e é tudo culpa minha! Por causa do que fizemos com Felix!

— Isso é horrível — diz Sebert. — Fomos envenenados! Onde está meu corpo? Estou evaporando!

— O que se passa com vocês? — diz Lonnie.

— Um poema claramente ruim, mas deu conta do recado — diz Felix. — Isso e mais as uvas.

— Uau, incrível — diz 8Handz. — Eles estão, tipo, totalmente malucos! Preciso descobrir o que mais entrou naquela mistura!

— Vamos deixá-los com a *bad trip* deles e dar uma olhada em Ferdinando e Miranda — diz Felix. — Recupere a gravação de vídeo deles. O que andaram tramando?

— Deixe eu voltar — diz 8Handz. — Ok, então eles fizeram uma pilha de toras com Lego, conforme suas orientações. Depois fizeram aquelas declarações melosas um para o outro. Agora estão jogando xadrez. Ela está dizendo...

— Ótimo — diz Felix. — Estão seguindo o roteiro. Formam um belo par.

— É quase como se quisessem dizer aquilo — diz 8Handz. — Amor verdadeiro e tudo o mais. De certo modo, é elegante. Embora a imagem não esteja muito nítida — ele acrescenta.

— Está nítida o suficiente — diz Felix. — Vamos voltar ao camarim.

38/ FRANZIR O ROSTO, NÃO MAIS

As coisas no camarim não estão pacíficas.

Sal está enrolado em um canto da sala, abraçando os joelhos. Lágrimas correm pelo seu rosto; ele é a imagem da desgraça. Parece estar vivendo uma experiência interativa com o chão.

— Está escuro, está escuro lá fora — ele está dizendo.

— Por que está tão escuro? Preciso ir lá onde está escuro, preciso encontrá-lo!

Tony está golpeando o ar.

— Para trás! Para trás! Fique longe de mim!

Sebert parece acreditar que está coberto de insetos ou alguma outra forma de vida cheia de pernas.

— Tirem essas coisas de cima de mim! — ele fala sem parar. — Aranhas!

Sensato, Lonnie se protege atrás da mesa, ficando fora do caminho dos outros.

— Você tem certeza de que não exagerou na dose, talvez? — diz 8Handz. — Com as uvas? Isso parece meio além do limite.

— Segui as instruções — diz Felix. Ele queria angústia, e conseguiu. Mas será que a angústia induzida pela droga realmente conta? E quais são os efeitos colaterais? E quanto tempo duram? — Quantos minutos ainda faltam em nosso vídeo oficial? — ele diz. — O que está sendo exibido nas celas e para o grupo do diretor?

8Handz consulta a hora.

— Devem ter passado uns dois terços até agora — ele diz.

— Precisamos acelerar essa coisa — diz Felix. — Dê a deixa para Estéfano e Trínculo.

— Eles estão prontos e esperando — diz 8Handz.

A porta do camarim se abre e, usando o figurino completo, Coiote Vermelho e Pastel de Vento saltam para dentro. Seus rostos estão pintados de branco, com bocas de palhaço. Coyote está usando seu paletó surrado da Oxfam; Pastel de Vento usa o conjunto de ceroulas compridas vermelhas e chapéu de feltro, inclinado de um jeito alegre.

— Particularmente — diz 8Handz —, não é o que eu gostaria de ver se estivesse maluco.

— Os dignitários também não — diz Felix. De fato, Sal, Tony e Sebert estão recuando em direção às paredes e olhando alarmados.

— Ah, veja — diz Pastel de Vento, apontando para eles. — Monstros! Monstros! Argh, e com cheiro de peixe!

— Monstros cheirando mal — diz Coiote Vermelho. — Sinto o cheiro de… corrupção!

— Podíamos colocá-los em um espetáculo — diz Pastel de Vento. — Lunáticos falantes. Pessoas das ruas. Viciados. Escória da sociedade. Sempre rende boas risadas.

— As pessoas pagariam um bom dinheiro para ver isso — diz Coiote Vermelho. — "Ministro da Justiça em colapso mental causado por drogas." Excelente manchete!

— Dê a deixa para os dançarinos Sementes de Bruxa — diz Felix.

— Lá vamos nós — diz 8Handz.

Depois de um instante de pausa, Calibã entra com dois apoios, usando chapéus idênticos de Godzilla. Eles escreveram um novo número especialmente para a ocasião. 8Handz aperta o botão para tocar o acompanhamento, e a batida inunda a sala. Calibã começa a cantar:

Vocês me chamam de monstro.
Mas quem é mais monstro aqui?
Roubam, traem, subornam e mentem,
nem se importam com a gente,
mas a mim chamam de sujo, de escória,
de sou bandido, o vagabundo dessa história.
Ratos do colarinho-branco, fraudam tudo, não são santos.
Tiram dinheiro do povo, nós sabemos o quanto.
Então, quem é monstruoso,
quem é o mais monstruoso,
quem é mais monstro aqui?

Monstros, monstros, atrações de picadeiro.
Monstros, monstros, ladrões de corpo inteiro.
Monstros, monstros, todos sabem, traiçoeiros,
que monstros é o que vocês são!

Nós sabemos o quanto! Ratos do colarinho-branco!
Ratos do colarinho-branco! Nós SABEMOS o quanto!

— Diabos! — berra Tony.

— Sou um monstro! — lamenta Sal. — Ele esconde o rosto nas mãos.

— O que eles sabem? — diz Sebert, olhando para os lados, desvairado. — Quem contou a eles? Foi uma despesa legítima!

— Cavalheiros, cavalheiros! — suplica Lonnie, atrás da mesa. — Controlem-se!

— Sei que eles são uns cuzões e que estão tentando acabar com a nossa companhia, mas isso é doentio demais até mesmo para mim — diz 8Handz. — Já foi além de uma *bad trip*, eles estão se cagando de medo.

— É parte do plano. De qualquer forma, eles têm o que merecem — diz Felix.

— Você não tem pena? — diz 8Handz.

Todo esse tempo, Miranda pairou atrás dele, uma sombra, uma luz trêmula... embora tenha ficado em silêncio: não houve muitas falas que ela precisasse soprar. Mas agora ela sussurra "eu teria, senhor, fosse eu humano". Ela é uma garota de coração tão compassivo.

Será que 8Handz a ouviu? Não, mas Felix ouviu.

— Se tu — ele diz —, que és somente ar, foi tocado, sentiu as aflições deles, não deveria eu mesmo ficar mais comovido do que tu estás?

— Nós voltamos à peça? — diz 8Handz. — Eu deveria dizer "eu teria, senhor, fosse eu humano"?

— Não, tudo bem — diz Felix. — Só estava resmungando. Mas você está certo, já foi vingança suficiente. Franzir o rosto, não mais. Hora de soltá-los. Dê a deixa dos duendes.

Vou buscá-los, senhor, Miranda sussurra. O senhor me ama, mestre?

39/ ALEGRE, ALEGRE

Em meio a uma falange de duendes vestidos de preto, os cativos são levados pelo corredor à sala principal, que está levemente iluminada com a luz azul de projetores. De certa maneira, se acalmaram: não se ouvem mais choros, nem gemidos, gritos ou lamentos. O que quer que estivesse nas uvas deve ter perdido o efeito.

O restante do elenco já está reunido, exceto Anne-Marie, ainda isolada com Freddie na cela deles, e 8Handz, que está no computador atrás do biombo. Felix também está ali, esperando pela entrada dele.

Assim que as quatro autoridades foram gentilmente acomodadas na fileira da frente, cercadas por duendes para o caso de perderem o controle e tentarem fugir, 8Handz coloca um rufar de tambor e um toque de trompete, desliga as luzes, aciona o refletor de luz dourada e… tchan-tchan-tchan-tchan!

Felix surge de detrás do biombo fazendo um floreio com seu traje mágico de bichos de pelúcia. Erguendo sua bengala de raposa no ar, ele dá a deixa para que entre mais uma música elemental.

Para isso, 8Handz escolheu "Somewhere Over the Rainbow", tocada lentamente, com cordas, em escala menor, com dois saxofones baixos e um violoncelo.

— Possa o ar solene e o melhor conforto para uma fantasia desordenada curar vosso cérebro, neste instante imprestável, em ebulição no interior de vosso crânio — ele diz, de forma pomposa. As luzes todas se acendem. — Obrigado por seus gentis préstimos, Lonnie. Você, ao menos, me tratou com alguma decência, ao contrário de Sal e, especialmente, ao contrário do Tony aqui.

Os quatro fixam os olhos nele como se estivesse louco, ou como se eles estivessem.

— Felix Phillips? — diz Sal. — Estou sonhando? De onde você veio?

— O próprio — diz Felix. — Embora meu nome seja sr. Duke aqui dentro.

— Você evaporou tão completamente que pensei que devia estar morto — diz Lonnie.

— O que está acontecendo? — diz Sal. — O que você fez com Freddie? Você é real?

— Uma boa pergunta — diz Felix. — Talvez eu seja uma visão encantada gerada por esta ilha mágica. Vocês todos vão descobrir a tempo. Bem-vindos, meus amigos!

Tony não está contente.

— Você fez isso — ele diz. Sua voz ainda está rouca por causa das drogas que estão perdendo o efeito. — Está à altura dos seus truques, grandioso como de costume. Sempre achei que você era paranoico! Pode dizer adeus ao seu Programa de Capacitação para a Leitura e a Escrita pela Literatura. — Ele faz uma pausa, se esforçando para assimilar seus modos habituais. — Você drogou aquelas uvas, suponho. Isso é ilegal.

— Se Freddie estiver ferido — Sal diz —, você vai pagar caro, vou acusar você de...

— Acho que não — diz Felix. — Sal, você é o ministro da Justiça, então eu quero que seja feita justiça. Primeiro, quero meu antigo emprego de volta, no Festival de Makeshiweg. Fui injustamente demitido para que Tony pudesse pegar meu lugar. Foi uma trama desonesta, forjada por vocês dois, como você bem sabe.

— Você está louco — diz Tony.

— Isso é irrelevante — diz Felix. — Em todo caso, a experiência pela qual vocês acabaram de passar se chama "imersão artística". O que você dirá ao mundo, Sal, é que a Companhia de Atores da Instituição Penal de Fletcher apresentou uma peça teatral interativa muito criativa e que, tendo apreciado seus benefícios, sem mencionar suas uvas, você compreendeu plenamente seu potencial educativo e, no futuro, dará a ele seu total apoio. Tony, como ministro do Patrimônio Cultural, anunciará financiamento garantido por mais cinco anos, financiamento ampliado, devo enfatizar. Depois disso, Tony renunciará. Ele pode dizer que quer passar mais tempo com a família. E quanto a Sebert, ele voltará atrás em relação à corrida pela liderança.

— Isso é uma insanidade. O que o faz pensar... — diz Tony.

— Tenho tudo em vídeo — diz Felix. — Tudo. Sal gemendo e choramingando no canto, obviamente sob o efeito de drogas; os discursos de Sebert sobre o corpo evaporando; você, Tony, gritando com demônios invisíveis, completamente agitado. Nenhum de vocês gostaria que nada disso viralizasse na internet, como aconteceria se vocês falhassem em corrigir as coisas e agir conforme solicitado.

— Isso não é justo — diz Tony.

— Vamos chamar de equilibrar a balança — diz Felix. Ele fala mais baixo e se dirige diretamente a Tony. — E, a propósito, gravei aquela fascinante conversa que você teve com Sebert quando Sal e Lonnie estavam dormindo. Aquilo diz muito sobre lealdade.

— Mandarei vasculhar esse lugar, eles vão encontrar a gravação, vão destruir... — Tony começa.

— Poupe sua energia — diz Felix. — O vídeo já está armazenado na nuvem. — Isso é um blefe, o vídeo está no pen drive em seu bolso até que ele tenha a chance de fazer o upload, mas seu tom é convincente e Tony esmorece.

— Então, não temos escolha — ele diz.

— Essa seria a minha interpretação — diz Felix. — Sebert?

— Isso é um engodo — diz Sebert. — Você nos trapaceou.

— Dei a vocês tempo e espaço, e vocês fizeram o próprio uso disso — diz Felix. Ele se volta para Sal. — Além disso, vou querer que adiantem a liberdade condicional do meu técnico de efeitos especiais. Dito isto, sob essas circunstâncias, perdoo todos vocês e vou deixar o passado ficar no passado.

Faz-se uma pausa.

— Feito — diz Sal, o beneficiário-chefe desse acordo. Tony e Sebert não dizem nada, mas se olhares pudessem matar, pensa Felix, ele mesmo já teria sido morto mais de dez vezes.

— Ótimo — ele diz —, fico feliz que todos vocês concordaram; e, por acaso, tenho essa barganha que acabamos de fazer em vídeo também, como uma precaução adicional.

— Então, a rebelião, o confinamento... — diz Lonnie. — Eram... Não eram... Era teatro?

— E onde está Freddie? — diz Sal. — Ele está morto? Ouvi quando ele gritou. Ouvi o tiro!

— Eu me compadeço — diz Felix. — Perdi minha própria filha nessa última tempestade. É algo irreparável.

— Mas — diz Lonnie —, isso foi há doze anos...

— Venha comigo — Felix diz a Sal. Sal fica em pé, e Felix lhe dá o braço. — Quero lhe mostrar uma coisa.

— Lá vêm eles — Anne-Marie sussurra. — Felix e o seu pai. Finja surpresa. — Ela e Freddie estão sentados no chão da cela, de pernas cruzadas, o xadrez entre eles. — Em um segundo eles estarão espiando pela janela. Tem as falas?

— Todas preparadas — Freddie sussurra de volta.

— Doce senhor, me trapaceaste — diz Anne-Marie, com o máximo de seu encanto.

— Não, meu amor precioso, jamais o faria em todo o mundo — diz Freddie.

A porta da cela se abre.

— Freddie — grita Sal. — Você está vivo!

— Pai! — Freddie retribui. — Você também!

— Graças a Deus! — Eles caem um nos braços do outro. O Bardo deu mais eloquência a esse momento, pensa Felix, mas os dois trataram das questões principais.

Terminadas as exclamações de alegria e os abraços e tapinhas nas costas, Freddie diz.

— Pai, eu queria que você conhecesse minha nova parceira, Anne-Marie Greenland. Ela trabalhou na Kidd Pivot e interpretou Miranda há pouco.

Anne-Marie se põe de pé; o vestido dela escorregou bem abaixo do ombro, as flores de papel estão tortas. Ela sorri, travessa, estende a mão para ser apertada. Sal não retribui, olha-a fixamente, sério.

— Empresarial ou romântica? — ele pergunta.

— As duas coisas — diz Freddie. — Ao menos, eu quero...

— Esperem um minuto — diz Anne-Marie. — Nós não conversamos realmente! Preciso pensar sobre isso!

— Jantar? Esta noite? — diz Freddie.

— Acho que sim — diz Anne-Marie. Ela puxa a manga para cima. Chegou até a corar.

Felix se vira para Sal.

— Romance verdadeiro — ele diz. — Não se pode lutar contra isso. De qualquer maneira, esse é o melhor resultado.

Após deixarem o elenco, os dignitários são levados de volta pelo corredor até as portas de segurança falsas da área de recepção. Milagrosamente, seus alarmes de segurança haviam reaparecido em seus cintos.

Eles são esperados para tomar uma bebida com o diretor do presídio e algumas outras pessoas do topo da hierarquia do presídio em uma recepção especial, com a sessão de fotos programada. Haverá salsichas em palitos de dente, menos tóxicas do que as uvas; haverá biscoitos com cream cheese; e haverá uma ou duas bebidas alcoólicas. Estelle estará lá, ouvindo a tudo. E depois contará a Felix como foi.

Será que haverá alguma conversa a respeito de como foram todos enganados? Não haverá, acredita Felix. Nada a respeito da chamada rebelião ou do chamado confinamento. Nada sobre as estranhas alucinações. Nada sobre o passado do sr. Duke. Nada, nem uma palavra desonrosa sobre os visitantes.

Em vez disso, o diretor será elogiado pelo nível elevado de excelência alcançado pela Companhia de Atores da Instituição Penal de Fletcher. Ele será assegurado de que um anúncio que está por vir confirmará a continuidade do programa e o aumento de recursos. Haverá apertos de mão e brindes. Haverá felicitações generalizadas.

Sal não terá nenhuma dificuldade em mentir: ele é um político experiente. Quanto a Tony e Sebert, vão manter a boca fechada; dessa forma, pelo menos, terão a possibilidade de manter sua reputação sem a mácula de algum vídeo viralizado, e assim terão alguma esperança de obter assentos em vários conselhos corporativos quando se aposentarem da política. Talvez sejam até alçados ao Senado um dia desses. Por serviços prestados.

Freddie e Anne-Marie foram à recepção dada pelo diretor, mas não antes de Anne-Marie fincar um beijo na bochecha barbada de Felix.

— Você é o melhor — ela diz. — Queria que você fosse realmente meu pai. Teria sido um progresso.

— Você foi brilhante — ele responde.

— Obrigada — ela diz —, mas Freddie ajudou. Ele compreendeu imediatamente, e realmente entrou na coisa.

— Ela está resplandecente.

Amor juvenil, pensa Felix, saudoso. Tão bom para a pele.

Felix fica para trás, para ajudar 8Handz a organizar o aparato tecnológico. Os pequenos microfones precisam ser recolhidos, os fones retirados; as luzes especiais desinstaladas. Tudo isso deve ser empacotado, e depois será devolvido à agência de locação.

Felix se ocupa da organização, enquanto 8Handz confere a qualidade do último vídeo gravado, a cena na sala principal, com a admissão das condições por Sal. Isso pode se mostrar crucial em algum momento no futuro, porque nunca se sabe.

— Acho que estou sintonizando uma estação de rádio ou algo assim — diz 8Handz. — Em meus fones de ouvido. Tem, tipo, um canto.

— Que tipo de canto? — pergunta Felix.

— É fraco, mas… espere. Ok. É "Alegre, alegre".

— "Alegre, alegre, na campânula dos botões que afloram nos galhos me abrigo"? — diz Felix. Deve ser Miranda, soprando a fala novamente. Garota inteligente, infiltrou-se nos fones de ouvido de Ariel! Mas ela parece confusa quanto ao roteiro. — Já fizemos essa parte, está no vídeo — ele diz, para auxiliá-la. Eles usaram a canção original de Ariel, no final das contas, com apenas uma pequena mudança para se livrarem do termo "chupar". *Onde voa a abelha, também voo.*

— Não — diz 8Handz. — Não é isso. É "Alecrim, alecrim dourado, que nasceu no campo sem ser semeado".

Um arrepio atravessa Felix. Os fios de cabelo em seu pescoço ficam eriçados.

— Eu costumava cantar isso para ela — sussurra para si mesmo. — Quando ela tinha três anos. — Será que ela ainda se lembra? Será que se lembra de ter três anos? Será que se lembra de não ter chegado aos quatro? Se for o caso, então…

— Que coincidência — diz Felix. — Eu estava pensando em colocar isso nos antecedentes da história, mas não coloquei.

— Ele está inventando. — Talvez como uma canção que Próspero canta para Miranda quando eles estão no barco furado. É o que você faz quando as crianças estão com medo, você canta para elas…

É o que você faz enquanto segura as mãozinhas febris e acaricia a testa delas no quarto de hospital, mas, apesar de tudo, elas escapam suavemente de você, para dentro do passado sombrio e do abismo do tempo.

— Eu conheço essa música. Teria sido bonito — diz 8Handz. — E, sério, obrigado por conseguir minha condicional. Foi genial.

— Fico feliz em ajudar — diz Felix. — Eu não poderia ter realizado essa coisa toda sem você. Aquela música ainda está tocando?

8Handz escuta.

— Não, acabou.

— Posso experimentar os seus fones?

8Handz passa os fones, Felix escuta, escuta. Não há mais nada ali, nenhum canto. Só silêncio. Onde está Miranda? O que ela está tentando comunicar?

Anoitece. Felix caminha com dificuldade até o carro. A nevasca aguardada já passou, mas não poderia ter sido muito forte: pequenos montes de neve branca se acumulam na pista.

Em silêncio, ele dirige até o pé da colina. Se esta fosse uma noite de estreia de verdade, o elenco e a equipe técnica teriam saído para comer em algum lugar, encorajando uns aos outros enquanto aguardavam as críticas. Como não é, Felix irá jantar um ovo; sozinho, a menos que sua Miranda decida se juntar a ele. Ela deve estar no carro, em algum lugar, embora não haja nenhum sinal dela.

— Enfim, saí vitorioso — diz a si mesmo. — Ou, pelo menos, não fracassei. — Por que isso dá a sensação de desapontamento?

A ação é mais rara / na virtude do que na vingança, ele ouve em sua cabeça.

É Miranda. Ela está soprando para ele.

PARTE 5

Essa criatura das trevas

40/ ÚLTIMO TRABALHO

Sexta-feira, 15 de março de 2013

Na noite anterior ao último dia de aula, Felix compra vinte pacotes de batatas fritas com sal marinho da Miss Vickie's. Usando uma lâmina de barbear, ele faz pequenas fendas em cada saco, na parte de trás, sob a dobra de fechamento. Por cada uma das fendas ele insere quinze cigarros, um de cada vez. Marlboro é a marca escolhida: aparentemente, é popular. Ele não pode realizar essa operação com muita antecedência ou os cigarros ficarão com gosto de batatas fritas e vice-versa.

Então, ele fecha as fendas usando uma seladora de calor portátil. Ele tem adulterado sacos de batatas fritas para a festa de elenco de cada uma das peças que produziu na Fletcher.

Ele acomoda os sacos de batatas em duas sacolas da Mark's Work Wearhouse e espera que tudo dê certo.

No dia seguinte, Anne-Marie se encontra com ele no estacionamento. Ela vai excepcionalmente participar do último encontro atendendo a pedidos. De certa forma, é uma festa do elenco e, como Pernazz observou, ela é parte do elenco, então por que ela deveria ficar de fora?

— Obrigado por fazer isso — Felix diz a ela.

— Jamais perderia isso — diz Anne-Marie. — Freddie também queria vir, mas eu disse que dessa vez não. É só para os caras. — Daí Felix conclui que Freddie continua preso no anzol. Ou que estão os dois um preso no anzol do outro. Ele sorri.

— Freddie não tem ciúmes do Garoto Prodígio? — ele pergunta, provocador. — Aquelas cenas eram bem intensas.

— Você quer dizer quentes? É, eram mesmo. Mas Freddie não as viu, ele estava jogando xadrez comigo — diz Anne-Marie. — De qualquer maneira, Garoto Prodígio desistiu. Ele está tranquilo.

— Tranquilo com o quê? — diz Felix.

— Tranquilo com o fato de ser só uma peça — diz Anne-Marie.

Os sacos de batatas fritas passam sem dificuldades pela Vigilância: quem suspeitaria que contêm contrabando? Dylan e Madison, muito provavelmente, mas se esse for o caso, eles fizeram vista grossa. Talvez eles pensem que a Companhia de Atores merece alguma recompensa por todo o esforço empreendido.

— Foi um vídeo excelente, sr. Duke! Aquela coisa de *Tempestade* — Dylan diz enquanto entrega o alarme de segurança de Felix. — Eu não esperava gostar, sem cenas de batalhas e tal, mas realmente me envolvi.

— É, todo mundo se envolveu — diz Madison. — Foi tão diferente!

— O senhor está certo, sr. Duke, não tinha nada de fadas ali — diz Dylan. — Aquele bicho alienígena azul, ou seja lá o que for, e o número de rap dos Sementes de Bruxa… Eles foram malignos! A senhorita estava incrível, srta. Greenland. Aquela Miranda era uma raposa de sangue frio!

— Obrigada — diz Anne-Marie, um pouco seca.

— O que tem na bolsa? — diz Dylan.

— Nada pontudo. Alguns biscoitos de chocolate que fiz para os caras e umas bonecas. Vocês já as viram.

— Nada estranho nos biscoitos? — diz Dylan, com um sorrisinho.

— Aqui, vocês podem provar — diz Anne-Marie. Ela dá apenas um para cada.

— O que as bonecas estão fazendo aqui? — pergunta Madison.

— É uma festa de elenco — diz Anne-Marie. — Elas estavam no elenco. No vídeo. Vocês as viram.

— Ah, certo. Tanto faz — diz Madison. Ele lança um olhar para Dylan: uma artista tola. — Apenas se certifique de que elas saiam com você. Não vai querer que sejam molestadas.

— Elas podem tomar conta de si mesmas — diz Anne-Marie, segurando o riso. O que ela está tramando?, Felix imagina. Com essas bonecas?

— Que peça o senhor vai fazer no ano que vem, sr. Duke? — Dylan diz a Felix.

— Ainda não decidi — diz Felix.

— Bem, *merde*, seja lá o que for — diz Madison.

— Uma atuação brilhante — diz Felix ao elenco reunido. — Perfeita! Não poderia ter sido melhor! Um exemplo perfeito da força do teatro interativo, uma excelente demonstração da aplicação prática da arte teatral e... — ele se permite um sorriso sincero — e, o melhor de tudo, graças a todos aqui, o programa de Capacitação para Leitura e Escrita pela Literatura está assegurado pelos próximos cinco anos. A Companhia de Atores da Instituição Penal de Fletcher está salva. — Aplausos espontâneos, soquinhos.

— Bastardo, que fantástico! — diz Pernazz.

— Deem a si mesmos cinco estrelas — diz Felix. — Agora, uma futura geração de atores em formação será capaz de aproveitar esse privilégio e adquirir uma série de habilidades teatrais de um modo prático, como vocês fizeram. Permitam-me acrescentar que esta foi a melhor produção de *A tempestade* que já montei. — Não que eles precisem saber que foi a única. — E não pode ser melhorada, por isso nunca mais tentarei essa peça em particular. Já parabenizei os integrantes principais do elenco separadamente, mas devo dizer que, coletivamente, essa foi a equipe de duendes mais hábil que alguém poderia desejar. Parabéns a todos nós! — Vivas suaves, mais toques com os punhos. — E uma salva de palmas especial para nossa brava Miranda, a sra. Anne-Marie Greenland, que aceitou o papel de Miranda apesar das condições, que teriam compelido a maioria das atrizes a recusar. Ela é uma jovem realmente corajosa! — Dessa vez, os vivas são mais altos, com aplausos e um coro de "Isso!" e "Incrível!".

Pernazz levanta a mão e recebe um sinal de assentimento de Felix.

— Quero dizer, em nome de todos os caras, obrigado, sr. Duke. O senhor é o maior. Foi... — Sob as sardas, ele de fato enrubesce.

— Foda de tão incrível! — diz 8Handz. Mais aplausos. Felix faz uma leve mesura.

— Foi um prazer — ele diz. — E, agora, o trabalho final de vocês, valendo 15% dos pontos totais. Vamos ouvir as apresentações de vocês a respeito da vida de seus personagens depois do que acontece na peça. Depois, vamos arrematar tudo com a festa do elenco, incluindo petiscos como batatas fritas. Tudo está em ordem. — Ele diz isso para garantir a eles que os cigarros foram realmente contrabandeados em segurança para dentro. — Primeiro, o Time Ariel. — Ele faz um gesto para que 8Handz venha para a frente da sala e então se senta em uma mesa vazia ao lado de Anne-Marie.

41/ TIME
ARIEL

Handz está pouco à vontade. Ele muda de um pé para o outro, limpa a garganta. Parece mais jovem do que nunca.

— Este é o relatório do Time Ariel — ele diz —, que somos eu, Garoto Prodígio, Navalha, C-nora e Ligação Direta. Fizemos juntos. Todos colocamos algumas ideias. Vocês arrasam, caras — ele diz aos colegas de time.

— Nós deveríamos descobrir o que acontece com o cara principal do nosso time depois que a peça acaba. Então, o cara do nosso time é Ariel. Sei que dissemos todos no começo que ele era uma alienígena do espaço sideral, mas mudamos de ideia. Como o sr. Duke disse, essa peça é sobre mudar de ideia, e é Ariel que faz Próspero mudar da vingança para o perdão, porque, apesar da sacanagem que eles fizeram, fica com pena dos vilões por aquilo a que foram submetidos depois que já haviam sofrido o suficiente, então decidimos que era ok mudarmos de ideia.

Ele passa os olhos pela sala. Assentimentos, um ou dois polegares para cima.

— Ótimo. Então, decidimos que ele não é um alienígena do espaço. Se fosse essa espécie de alienígena ele precisaria ser buscado por um veículo espacial, ou então ele teria de ser puxado por um raio, como em *Jornada nas estrelas*. Então, tivemos uma ideia diferente. — Imaginamos que ele é, tipo, uma projeção holográfica. É por isso que ele se move tão depressa, fica invisível, e se decompõe daquele jeito. Tudo se encaixa, não é? — Ele sorri. — Vocês precisam que eu explique o que é uma projeção holográfica? Será que preciso entrar nisso? — ele pergunta a Felix.

— Rapidamente — diz Felix.

— Ok, é como o 3D, só que vocês não precisam de óculos. Mas se ele é uma projeção, quem está fazendo a projeção? É Próspero? É Ariel, saindo de dentro da cabeça de Próspero? Não pode ser isso, imaginamos, porque quando Próspero diz "Seja livre para unir-se aos elementos" e deixa Ariel ir, então ele deveria apenas desaparecer. Ele iria se apagar. Isso não seria justo, de jeito nenhum, depois de todas as coisas incríveis que ele fez por Próspero.

— Então, lemos sobre os elementais, graças às anotações do sr. Duke, e imaginamos que ele é uma projeção holográfica, tipo, dos sistemas climáticos. Ele é um espírito do ar; além disso, consegue produzir fogo e água, então ele tem o manejo desse tipo de coisa. Como você vê no canal do tempo, aqueles redemoinhos de vento e aquelas trombas-d'água, e o modo como as nuvens se carregam de eletricidade… É daí que vem a energia, a energia que Ariel usa para as tarefas que faz para Próspero. Porque precisariam de muita energia, especialmente os raios.

— Então, depois do fim da peça, Ariel não é levado por uma nave espacial, ele não se instala nas flores de uma galáxia muito, muito distante. Talvez ele tirou umas férias, cercado de florzinhas e tal… Ele merecia isso, certo? Mas depois disso, ele fica na Terra, e sai voando para enfrentar as mudanças climáticas. Uma espécie de Tempestade dos X-Men, só que sem os olhos brancos; além disso não é uma garota. Ele fica realmente feliz por fazer esse tipo de trabalho porque quer ajudar, sempre quis ser prestativo, só não gostava de receber ordens o tempo todo, queria ter um projeto dele, e tinha mais alma e sentimentos do que Própero imaginava que ele tinha: isso está dito na peça.

— Achamos que nossa ideia é boa, e tudo se encaixa.

— Assinado: 8Handz, Garoto Prodígio, C-nora e Navalha.

8Handz espera; parece nervoso. Há sinais de concordância e murmúrios pela sala.

— Insólito! — diz Felix. — Muito inventivo! Queria ter pensado nisso. — Não é mentira: ele queria mesmo, de certa forma. Pouco importa que não se ouvia falar em mudanças climáticas na época de Shakespeare: Felix disse para fazerem suas próprias interpretações, e eles fizeram.

— Alguma objeção? — Nenhuma: é o último dia e todos estão de bom humor. — Nota máxima — diz Felix.

Risos alegres do Time Ariel. 8Handz volta à sua mesa, recebe tapinhas no ombro de seus colegas de time.

— O próximo é o Time Antônio, mano perverso — diz Felix. — Vamos ver como o destino de Antônio se desenrola.

42/ TIME ANTÔNIO, MANO PERVERSO

Kobra caminha para frente da sala com um ar provocativo, como se usasse um sobretudo com a gola levantada e um chapéu de feltro enfiado até a testa. Em sua representação, há um revólver invisível em algum lugar, sob o braço. Ele projeta o queixo para a frente, abaixa as sobrancelhas e ergue um canto da boca. Será que ainda está no personagem? Para Felix, é difícil dizer. Em todos os papéis que Kobra interpretou ao longo dos anos, ele foi sórdido, quase sórdido demais. Beira a comédia, mas sem nunca cair nela. Ele é o duplo sombrio de todos na sala, e por isso é assustador. O silêncio pesa no ar.

— Então, o Time Antônio sou eu, naturalmente — ele começa —, e mais o rei Alonso, quer dizer, Krampus, e Phil o Doentio, que é o Sebastião, mais o VaMbora, que é meu substituto e compreendeu o papel melhor do que eu. Todos esses caras tiveram de conhecer Antônio de perto e pessoalmente, então eles têm uma impressão fiel sobre o que ele provavelmente faria assim que o navio partisse para Nápoles com todos a bordo. Todos escrevemos isso, por acaso sou eu que vou ler. Obrigado, Phil, por ajudar com a ortografia, embora eu deva dizer que você tem uma porra de letra de médico, quase não consegui ler as suas anotações. — A tensão se rompe: risos da turma. — Então, lá vai. Relatório do Time Antônio, o mano perverso.

"Em primeiro lugar, Antônio é o cara mais puramente perverso da peça. Não dá para pensar em uma coisa que ele faça que não seja perversa. Ele está sempre agindo a favor do Número Um, em outras palavras: ele mesmo. Até mesmo seu plano para assassinar o rei e Gonçalo, para que Sebastião possa ser rei, não é feito a favor de Sebastião, é feito a favor do próprio Antônio, porque o acordo deles é que Milão, em outras palavras ele, Antônio, não terá de pagar... não terá de pagar nenhum tributo, que é como um imposto. Então é tipo uma evasão fiscal, só que com assassinato.

"Mas, do ponto de vista de Antônio, é preciso acrescentar que foi em parte por culpa de Próspero, porque ele não estava interessado em nada além da sua mágica. Foi como deixar seu carro destrancado: ele facilitou o crime para Antônio. Então, o que se podia esperar? Próspero foi estúpido e mereceu, embora Antônio possa ter sido perverso desde o princípio ou não teria se aproveitado.

"Mas quanto mais ele fazia coisas perversas, mais perverso ele ficava; era como Macbeth, para os que que estiveram na peça. Como o discurso sobre o sangue, certo? "Estou imerso em sangue / tão fundo que não posso mais sair. / Voltar atrás seria tão penoso quanto ir além", e alguns de nós sabemos disso em primeira mão, certo? Porque assim que você começa a fazer uma coisa, pensa que é um frouxo se voltar atrás, e sabe que precisa terminar aquilo. Acabar com aquilo. Seja lá o que for. — Assentimento com conhecimento de causa dos atores, ao menos alguns deles.

"Enfim, Antônio não corre riscos quando faz suas primeiras perversidades, porque Próspero não percebe, ele está com a cabeça enfiada na própria bunda... Desculpe a linguagem, Anne-Marie... Ele está com a cabeça enfiada na areia mágica como um avestruz, ou o que for, e ele não enxerga coisa alguma. Está tão ocupado dando ordens aos diabinhos e tudo o mais e fazendo corpos de mortos saírem dos túmulos (para que ele faz isso, aliás?) que não cuida do próprio corpo, quase um lar. Ele mesmo admite isso, no começo. Melhor seria ter feito como Antônio: nunca confiar em ninguém. Em qualquer um.

"Então, Antônio é esse tipo de cara, quer gostem dele ou o odeiem, e imagino que a maioria de vocês o odeia. Mas ele tem a própria impressão das coisas, como todo mundo. Então, ele entra no navio para Nápoles e o que ele faz?

"Vocês lembram, Próspero o perdoa, de certo modo, e escrevemos 'de certo modo' porque Próspero afirma que não contará nada sobre o plano de assassinar o rei, *nesse momento*. *'Nesse momento, não contarei nenhuma história'*, ele diz, o que significa que provavelmente contará mais tarde, e então Antônio estará frito.

"Alonso, o rei, diz a Próspero que está arrependido, mas Antônio não se diz arrependido. Não está arrependido. Muito provavelmente, está furioso... realmente furioso porque foi pego e não será mais duque, e poderá passar a vida na prisão ou então ser decapitado, como faziam com muitos traidores como ele.

"Então, ele espera ter uma oportunidade na viagem de navio, e quando estão quase chegando a Nápoles, ele começa outra trama com Sebastião, e eles se esgueiram até a cabine do rei Alonso e o sufocam.

"Depois disso há uma luta de espadas com Ferdinando, que os surpreende em ação, mas eles vencem a luta e o matam, porque são dois contra um e, além do mais, eles trapaceiam.

"Então, eles esfaqueiam Próspero, porque o bobalhão estúpido libertou Ariel, que idiota, então Próspero não é mais mago.

Eles vão lidar com Gonçalo, que já está meio morto de medo, mesmo, mas tem um derrame antes que eles precisem matá-lo, e simplesmente cai. Então eles estupram Miranda... Desculpe, Anne-Marie, mas é o que aconteceria... e incluem Calibã no estupro para aumentar o castigo dela: ser estuprada por um monstro. E assim Calibã finalmente consegue o que queria.

"E então eles começam a lançar a garota no mar para que não haja nenhum herdeiro de Milão, mas Calibã odeia essa ideia, quer manter Miranda por perto, estuprá-la mais vezes, e tenta impedi-los, então eles também matam Calibã. Estéfano e Trínculo saem do caminho porque são covardes, e mais: querem manter seus empregos na corte ou coisa assim. Vocês não podem culpá-los, eles são como todo mundo.

"Aí está. Esse é nosso relatório. Antônio age como se espera que ele aja, e Próspero não percebe o que vem porque nunca percebeu desde o início. Sabemos que esse não é um final feliz para muitas pessoas da peça, mas quisemos dizer a verdade de uma maneira realista, e a vida é assim, isso é o que acontece. Antônio é perverso, o que vocês esperavam? Obrigado, caras" ele diz ao resto do Time Antônio "por nos ajudarem a aceitar a vida do modo que ela é, sem adoçante."

Com o mesmo caminhar atrevido, ele volta à sua mesa. A turma está em silêncio.

— Excelente — diz Felix. — Vocês fizeram um trabalho meticuloso e eu não posso dizer que contesto as conclusões de vocês, por mais desagradáveis que sejam. — Será que não há perdão para Antônio?, ele se pergunta. Parece que não. Shakespeare também não foi piedoso: depois que Próspero o perdoa, não é atribuída mais nenhuma fala a Antônio na peça.

— É uma conclusão dura — diz Anne-Marie.

— É. A vida é dura — diz Kobra.

— Acho que o Time Antônio merece nota máxima — diz Felix à classe. — Vocês não acham?

Assentimentos e murmúrios. Os demais não gostaram da história: não é um final feliz e não contém nenhuma salvação. Mas, considerando-se todas as coisas, eles têm de concordar.

— O que poderia salvar Próspero e Miranda? — diz Felix. — E Calibã — ele acrescenta.

C-nora coloca a mão para cima.

— Os marinheiros — ele diz. — Eles, talvez. O Contramestre. Ele poderia.

— Talvez — diz Felix. — Não está fora de cogitação.

A classe relaxa: uma porta esperançosa foi aberta. Eles gostam de portas esperançosas. Mas afinal, quem não gosta?

43/ TIME MIRANDA

Felix consulta a lista.

— O próximo é o Time Gonçalo — ele diz. — Colarinho Branco?

Mas enquanto Colarinho Branco está juntando seus papéis, Anne-Marie avança para a frente da sala.

— Se vocês não se importam — ela diz —, tenho algo a acrescentar. Sei que não recebo nota ou cigarros ou coisa assim, mas fui parte dessa produção e, a propósito, foi um prazer trabalhar com todos vocês, mas preciso dizer que não posso deixar passar. Felix? Sr. Duke?

Ela está solicitando permissão, mas é só uma formalidade: está claro que vai pôr para fora o que quer que a esteja incomodando de qualquer maneira.

— Vá em frente — diz Felix com um sorriso indulgente.

— Vocês estão falando como se Miranda fosse só uma boneca de pano. Como se ela tivesse sido largada por aí de pernas abertas, atirada sobre os móveis toda molhada com um cartaz preso nela dizendo "ESTUPRE-ME". Mas não seria bem assim.

"Em primeiro lugar, ela é uma garota forte. Ela não foi aprisionada em corseletes e enfiada em um sapatinho de cristal e coisa assim em uma corte. Ela é uma menina com modos de menino, escalou a ilha inteira desde que tinha três anos. Segundo, desde que Calibã tentou aquele estupro quando ela tinha talvez doze anos, Próspero deve tê-la treinado para se defender, caso acontecesse de novo quando ele não estivesse por perto. No momento em que está no navio para Nápoles, ela é capaz de realizar vários golpes rápidos, tanto melhor porque aqueles cavalheiros pomposos não esperavam esse tipo de reação dela. E também tem músculos, vejam que ela carregava aquelas toras de madeira para que Ferdinando não precisasse fazer isso.

"E tem mais. Próspero já havia dito que educou Miranda para saber mais do que outras garotas como ela. Mas não é dito o que ele esteve ensinando, além de jogar xadrez e do fato de que ela sabe o que é um útero. Minha suspeita é que foi um pouco de mágica. Ela certamente já tinha ouvido sobre os espíritos e talvez até visto alguns, porque ela pensa que Ferdinando é um e tem conhecimento de outros exemplos do que Próspero pode fazer com seus poderes de feiticeiro, como manter Calibã na linha. O que vocês acham que a garota estava aprontando quando Próspero tirava suas sonecas vespertinas? Ela estava começando a estudar os livros, os livros de Próspero! Tal pai, tal filha; ela tinha o dom, estava aprendendo as técnicas.

"Mas ainda há mais. Ela tem um acordo à parte com Ariel. Foi assim que ela agiu. Sabem aquela canção que todos vocês acharam estúpida? 'Onde chupa a abelha, também chupo... na campânula dos botões me abrigo...' Certo. Parece estúpido. Mas essas coisas de flores e abelha eram o que Ariel dizia que queria fazer quando tivesse escolha. Então, Miranda ouviu aquilo, e ela tomou o cuidado de desenterrar cada flor da ilha e de levá-las a bordo consigo. A cabine dela estava repleta de flores! E como Ariel tinha um interesse especial por abelhas, ela tinha uma abelha encantada em seu braço" Anne-Marie levanta a manga e mostra a eles sua tatuagem de abelha. "Ela faz uso de algumas mágicas que estava aprendendo nos livros de Próspero para criar a ilusão de uma colmeia inteira. Foi como um sortilégio para Ariel, como um vício, como uma droga! Ele tem de segui-la e ajudá-la para conseguir sua dose de flores e abelhas."

Garota criativa, pensa Felix. Ela vai longe, mas longe em quê?

— São apenas abelhas ilusórias — ele diz. — Uma ilusão de abelhas.

— E daí? Ariel não se importa — diz Anne-Marie.

— Dá na mesma, para ele: o ilusório é real.

— Isso faz algum sentido para você, Ariel? — Felix diz a 8Handz. — Você participou disso, er, desse complemento?

— Não pensei nisso — diz 8Handz. — Mas parece bom. Por que não? É legal.

— Isso é o que acontece com Antônio na verdade — diz Anne-Marie. — Quando ele age. — Ela tira a blusa, chuta as botas, tira o jeans: está usando seu collant de bailarina e seus shorts verdes de cetim. Na ponta dos pés, ela se alonga, fica sobre um pé, alcança o outro pé por trás do corpo, estende o braço: a postura do arqueiro. Fisgou todos os homens da sala.

Agora, com os dois pés no chão de novo, ela se inclina para a frente e coloca a mão em uma orelha, ouvindo.

— Os dois vilões assassinos se aproximam da cabine de Alonso. Mas Ariel os vê e alerta Miranda, que diz a ele para proteger a cabine com raios até que consiga chegar lá. Quando chega à cena, Ferdinando está tentando derrotá-los, mas está perdendo. Então, Miranda se esquiva para dentro e com um chute alto quebra o pulso de Sebastião.

— Anne-Marie faz uma demonstração.

Ela realiza três piruetas, faz um arabesque rápido, e então dá coices e chutes com o pé direito, começando pelo calcanhar.

Ouve-se uma comemoração discreta da classe: estão todos inclinados para a frente, e não é de se admirar, pensa Felix. Se ele tivesse a idade deles, também estaria inclinado para a frente. Na verdade, ele está inclinado para a frente.

— É a mão da espada de Sebastião — diz Anne-Marie —, mas ele tem uma adaga na outra mão, e Antônio tem uma espada *e* uma adaga. E lá está Calibã, garras à mostra; então, são três contra dois e Ferdinando sangra. Então, Miranda convoca a artilharia pesada: o poder das deusas!

Ela atravessa a sala dando piruetas até sua grande bolsa de tapeçaria; abre-a. Dali saem Íris, Ceres e Juno em suas roupas de lã, só que agora os olhos delas estão pintados com um branco opaco. Ela as adornou com arreios e longas tiras de couro.

— Primeiro, Íris! Atacar! — Ela gira Íris em volta da cabeça como se fosse um facão. — Pow! Tome isto, Antônio! Ela voa levando a espada dele! Agora Ceres! Agora Juno! — Ela gira as bonecas no ar formando um número oito. — Atrás deles, deusas! As duas atacam! O poder das deusas, bem nas bolas! Shhh-pá! Murchas como uvas passas! Lá se vai o projeto de estupro, rapazes!

— Chupa, Toni-o! — anuncia C-nora e os outros vibram.

— Mas ela ainda tem de lidar com Calibã. Ele dá o bote, olhando torto, babando. Cuidado, seu verme! — Anne-Marie coloca as deusas de volta na bolsa de tricô e se lança em cima da mesa de Felix, ficando na ponta do pé, bem na beirada. Então ela dobra os joelhos, ergue as mãos acima da cabeça e dá um mortal para trás com giro de 360 graus em direção ao chão. Agora ela está na horizontal, movendo as pernas como uma tesoura, cruzando-as, rolando e se sentando, com toda a suavidade de um caramelo derretido. É um movimento de sua série na Kidd Pivot.

— Deslocados os dois braços escamosos de Calibã — ela anuncia. — É doloroso! — Ela fica em pé com um salto, ergue os dois punhos e joga no ar dois punhados de confete brilhante. — Maestro — ela diz a Felix. Então, ela faz uma mesura para os espectadores.

Os aplausos são tão estrondosos quanto um grupo pequeno de homens consegue produzi-los.

— Obrigada em nome do Time Miranda e suas deusas —, diz Anne-Marie. Ela faz uma reverência teatral. Ela nem respira com dificuldade, embora sua testa esteja um pouco úmida. Ela se senta em sua mesa novamente e começa a vestir a blusa.

— Bem — diz Felix. — Essa foi uma interpretação revigorante. Acho que vamos fazer um intervalo para o café.

44/ TIME GONÇALO

Eles ficam ali com o café especial de Felix servido em copos de papel, e Anne-Marie passa os biscoitos de chocolate. Felizmente, há o suficiente para circular.

— Isso é um traste de bom — diz Pernazz.

— Ela é uma bastarda de uma cozinheira de biscoitos — diz Kobra.

— Queria que eles viessem com haxixe dentro — diz 8Handz. Risadas.

— Uma apresentação de virtuose — diz Felix a Anne-Marie. — Mas será que as deusas realmente têm esse tipo de poder? Elas são apenas um espetáculo armado por Ariel. Não são deusas de verdade.

— Agora elas são — diz Anne-Marie.

Felix olha para seu relógio.

— Ok, precisamos continuar — ele diz. — Mais dois relatórios. — Os copos de papel são recolhidos e depositados no lixo, os biscoitos sumiram. — O próximo é Colarinho Branco.

— Tenho medo de ser uma espécie de anticlímax — diz Colarinho Branco. — Depois de Anne-Marie. Não sou muito bom em dança. — Ninguém o contradiz. Ninguém ri. Com coragem, ele sorri abertamente até chegar à frente da sala.

— Obrigado por esta oportunidade — ele começa. — Para mim, foi muito instrutivo interpretar o papel do respeitável Gonçalo; como muitas vezes costuma ser com papéis ingratos, mas respeitáveis; e também por ter sido capaz de participar do, er, do segmento inovador de teatro interativo com o qual o senhor, sr. Duke, nos brindou esta semana com sucesso. Acredito que os vips que se viram participando, de repente, como foi, o consideraram igualmente revelador. — Ele se permite um risinho retrospectivo.

— Tem toda a razão — diz Pernazz. — Ensinamos muito a eles!

Colarinho Branco dá um sorriso para ele.

— Este relatório é do Time Gonçalo — ele continua. — Gonçalo não tem nenhum aliado ou cúmplice na peça, exceto por Ariel, que evita seu assassinato, e Próspero, que age nos bastidores. Entretanto, Coronel Difunto, Pastel de Vento e Bolota de Arroz me deram a honra de contar com a colaboração deles para compor este relatório. — Ele dá um sorriso amigável para eles.

"Relatório: A vida de Gonçalo depois do fim da peça. Por: Time Gonçalo.

"Podemos dividir os personagens de *A tempestade* em personagens otimistas e personagens pessimistas. Os personagens otimistas estão envolvidos com o lado mais positivo da natureza humana; os personagens pessimistas, com o lado mais negativo. Assim, Ariel, Miranda e Ferdinando são otimistas; Alonso, Antônio e Sebastião são pessimistas. Estéfano, Trínculo e Calibã oscilam de um lado para o outro, apostando na esperança de sorte para si mesmos mas desejando, ao mesmo tempo, impor a violência, a morte e/ou a escravidão aos outros.

"Gonçalo está na extremidade positiva desse espectro, tanto que ficamos nos perguntando como ele sobreviveu no posto de conselheiro na corte do rei Alonso, tão povoadas de cínicos, oportunistas e equivalentes. O fato de que ele *conseguiu* sobreviver dá alguma credibilidade à proposição de que o arrependimento de Alonso é genuíno, de que ele cumpre o que diz, e de que Ferdinando e Miranda, portanto, podem esperar uma transição segura e alegre para seu reinado, com o apoio incondicional de Alonso. A menos que Alonso tivesse algo bom dentro de si desde o início, apesar de facilitar o tratamento insensível dado a Próspero, ele não teria feito de Gonçalo seu conselheiro.

"Mas Gonçalo tem pouco poder. Exceto Próspero, nenhum dos personagens positivos (Miranda, Ferdinando, Ariel e Gonçalo) estão em posições de poder, e mesmo o poder de Próspero está longe de ser do tipo comum. Como Calibã diz, sem seus livros ele não é nada.

"Será que a bondade extrema é sempre fraca? Será que uma pessoa só pode ser boa na ausência de poder? *A tempestade* nos coloca essas perguntas. Há, evidentemente, outra espécie de força, que é a força da bondade para resistir ao mal; uma força que o público de Shakespeare deveria compreender bem. Mas essa espécie de força não é tão evidente em *A tempestade*. Gonçalo simplesmente não sofre tentação. Ele não precisa dizer 'não' a uma sobremesa pecaminosamente deliciosa porque nunca a ofereceram a ele.

"O que nós, do Time Gonçalo, propomos para a vida futura de Gonçalo é o que se segue.

"Vamos supor que nossos amigos pessimistas estejam errados, que Antônio não saiu vitorioso, que Próspero não foi jogado no mar, que, na verdade, tudo se passa como parece ter sido planejado no fim da peça. Vamos ignorar também a agradável fantasia sobre Miranda e suas amigas deusas, que acaba de ser criada com tamanho entusiasmo na apresentação de Anne-Marie. Acrescento isso em meu próprio nome, já que o Time Gonçalo não estava previamente ciente dessa intervenção. — Ele sorri para Anne-Marie, mas não de todo cordial. — Voltando ao nosso relatório. A peça *A tempestade* se declara a favor de segundas chances, e nós também deveríamos fazer isso.

"Assim, todos navegam de volta a Nápoles, desfrutando dos ventos calmos concedidos por Ariel por meio de Próspero, e o casamento de Ferdinando e Miranda é celebrado. Próspero oferece a eles seu adeus e retorna a Milão, onde reassume seu ducado e, sem dúvida, encarcera Antônio ou o neutraliza. Próspero nos diz que um em cada três de seus pensamentos será a respeito de sua morte, mas isso deixa dois dos três pensamentos para o governo de Milão. Esperemos que ele se saia melhor nisso dessa vez.

"Na corte de Nápoles, Sebastião está impedido de agir porque Próspero tem conhecimento de suas intenções traiçoeiras em relação a seu irmão, o rei; conhecimento que Próspero registrou por escrito e entregou a Miranda para que ela usasse contra Sebastião se necessário. Quanto a Gonçalo, Ferdinando e Miranda, e também o rei Alonso, estão tão gratos pelas atitudes que teve que oferecem a ele o que ele quiser.

"Nós, do Time Gonçalo, decidimos colocar à prova a bondade de Gonçalo. Ele escolhe retornar à ilha com outro grupo de pessoas tão boas quanto ele e lá institui um domínio republicano, no qual ele estará no comando, e onde não haverá diferenças de níveis hierárquicos, nem trabalhos forçados, e onde não haverá comportamento sexual imoral, nem guerras, nem crimes e nem prisões.

"Esse é nosso relatório.

"Assinado: Colarinho Branco, Bolota de Arroz, Pastel de Vento e Coronel Difunto."

Ele sorri abertamente mais uma vez.

— Obrigado — diz Felix. — E dá certo?

— Dá certo o quê? — pergunta Colarinho Branco, inocentemente.

— A república ideal de Gonçalo.

— O Time Gonçalo deixa isso para a imaginação de vocês — diz Colarinho Branco. — Digamos que Gonçalo não é mágico. Ele não pode comandar duendes, nem pode dar vida aos mortos. Além disso, ele não tem exército. Depende do que outras pessoas têm de melhor em suas naturezas. Mas talvez a Generosa Fortuna, também conhecida como Estrela Auspiciosa, sorria para ele. Ela também é uma personagem da peça. Sem ela, Próspero nunca teria tido sua chance. Ela é muito importante.

— Completamente verdadeiro — diz Felix. — Ela é. Muito bem! Nota máxima para o Time Gonçalo. Como meu tio costumava dizer, melhor ser sortudo do que rico.

— Não sou nem uma coisa nem outra — diz Colarinho Branco, docemente. Ele recebe uma gargalhada do público, o que o satisfaz.

— Você ainda não é sortudo, talvez — diz Felix —, mas com as estrelas auspiciosas, nunca se sabe. Quem é o próximo e último? Ah, o Time Semente de Bruxa.

45/ TIME
SEMENTE DE BRUXA

Pernazz abre passagem até a frente da sala, com o rosto vermelho e mais sardento do que nunca. Ele se esforça ao máximo, adotando uma postura dominante, uma perna à frente, o pé voltado para fora, e então uma inclinação da pélvis e a outra perna balançando como se estivesse soldada no joelho. Ele analisa o elenco e a equipe reunidos, olhando mal-humorado com seu olhar mal-humorado de Calibã. Então, ele dobra as mangas lentamente.

Ótimo teatro, pensa Felix. Está fazendo com que esperem.

— Time Semente de Bruxa apresentando seu relatório aqui, senhor. — Os modos são quase militares, mas sutilmente jocosos ao mesmo tempo. — Esta é a verdade pura e simples — ele começa. — Semente de Bruxa, quer dizer, Calibã, não tem ninguém em seu time. Mesmo seus chamados amigos e aliados, aqueles dois bêbados escrotos, não são leais, riem dele e o xingam, estão ali para lucrar alguma coisa com ele. Então, na peça, Calibã não tem um time. O único time que já teve está morto, que é a mãe dele, a quem outras pessoas chamam de feiticeira. Mas ela deve tê-lo amado o suficiente para, pelo menos, não o afogar como um gatinho. Ela fez o mínimo necessário, o manteve vivo. Vocês têm de reconhecer isso, considerando-se tudo. Ela estava totalmente sozinha na ilha, dando à luz o bebê e tudo mais. Talvez ela tivesse suas falhas, mas fez o que pode por ele. Ela era forte.

Gestos de concordância: as mães fortes, mas falíveis estão sendo lembradas.

— Então, ela morreu e Calibã cresceu sozinho. Foi acolhedor com Próspero no início, mas Próspero ficava nas costas dele 24 horas por dia, 7 dias por semana, e Ariel também não o ajudava, embora eles fossem ambos escravos, por assim dizer. Eram ambos mantidos na linha por ameaças de tortura; a única diferença é que Ariel bajulava e Calibã resistia, por isso só Calibã sofria beliscões e safanões.

"Mas estou feliz em dizer que eu tenho um time me ajudando com este relatório, que é o grupo de apoio do Semente de Bruxa e os figurinistas dos números que fizemos, ou seja: C-nora, Pastel de Vento, VaMbora e Coiote Vermelho. Vocês foram incríveis, caras, eu não teria conseguido sem vocês, arrasaram de verdade e esta será sempre uma grande lembrança em minha vida.

— Ele faz uma pausa. É uma pausa estudada ou ele está embargado? Eu o ensinei bem demais, pensa Felix, já que nem eu consigo dizer a diferença.

— Então, esse é nosso relatório — diz Pernazz. — Relatório do Time Semente de Bruxa. O que acontece com Calibã quando a peça acaba? No fim da peça, ele é deixado em suspenso, então não sabemos realmente. Ele será um bom criado para Próspero ou não?

"Ok, pensamos em várias direções possíveis. Primeiro, Calibã é deixado na ilha e o restante parte. Ele assume a ilha e vira o rei, como ele queria, mas não há mais ninguém, então, de que adianta? Você não pode ser rei a menos que seja de rei de mais alguém, certo?"

Assentimento do elenco. Eles estão ouvindo atentamente: realmente se interessam pelo que acontece com Calibã.

— Ok, então nós jogamos essa fora. A seguinte, é a número dois, ele viaja no navio para Nápoles com os demais. Próspero é assassinado e Miranda é estuprada, como no Time Antônio. Desculpe, Anne-Marie, mas na vida real não haveria nenhuma deusa, então era isso que iria acontecer. Só que ela não é estuprada pelo Semente de Bruxa. Apenas por Antônio, porque ele é muito perverso, como já disse. Depois disso, ele a mata, porque quer ser o duque e não pode ter nenhum rival, então ela tem de sumir, faz sentido. Calibã fica furioso com isso, mas não pode fazer nada porque agora Estéfano e Trínculo o acorrentaram no porão do navio.

"Quando eles chegam a Nápoles, o colocam em um espetáculo para ganhar dinheiro, exatamente como disseram que fariam. Dizem às pessoas que ele é um bugre da selva, um monstro metade peixe, e que ele come gente. Todos atiram coisas nele, como se fosse um gorila em uma jaula, e o xingam de todos os nomes, como Próspero, Miranda, Estéfano e Trínculo faziam, e o cutucam com varas para fazê-lo resmungar e praguejar, e então riem dele. Além disso, o alimentam com porcarias. Então, depois de algum tempo assim, ele pega um monte de doenças; ele nunca foi vacinado, certo? E, um dia, ele aparece cheio de manchas e com febre, desaba e morre."

Silêncio na sala. Tudo é bastante plausível.

— Mas isso era tenebroso demais para nós — diz Pernazz.

— Por que os outros da peça deveriam ter uma segunda chance na vida e ele não? Por que ele tinha de sofrer tanto por ser quem é? É como ser, sabem, negro ou indígena ou coisa assim.

Sofreu vários golpes desde o primeiro dia de vida. Ele não pediu para nascer.

Mais sinais de aprovação. Pernazz cativou o público. Para onde irá levá-lo?, Felix se pergunta. Algum lugar estranho, pode-se ver isso em seus olhos. Está prestes a revelar uma surpresa.

— Então, eis aqui o que pensamos — diz Pernazz. — Pensamos naquela fala dita por Próspero: "Essa criatura das trevas reconheço como minha". O que ele quer dizer com isso? Apenas que Calibã trabalha para ele ou que ele é, tipo, um escravo? Tem de ser mais do que isso. — Ele se inclina para a frente, fazendo contato visual. — Isso é o que pensamos. Tem de ser verdade. Lá vai: *Próspero é o pai de Calibã*.

Murmúrios, cabeças balançando levemente. Não estão convencidos.

— Vamos comigo — diz Pernazz. — Vamos repassar isso. A mãe dele é uma feiticeira, certo? Sicorax. Ela é perversa! Próspero é um feiticeiro. Eles fazem exatamente o mesmo tipo de coisa, sortilégios, feitiços, mudanças no clima, inclusive submeter Ariel, exceto pelo fato de que Próspero faz melhor essas coisas e somos levados a pensar que ele está certo, mas que ela é perversa. Imaginem que eles se encontraram antes, tipo, em uma espécie de convenção de feitiçaria, e que tiveram um caso. De uma noite. Ele a engravida, se manda de volta para Milão; ela está endividada, é pega, eles a desovam na ilha.

"Próspero é trazido pelas ondas para a terra firme. A essa altura, Sicorax está morta, mas ele olha para Calibã e sabe imediatamente de quem ele deve ser filho. Ele fala grosserias sobre a mãe morta, é natural; ele não assume responsabilidade sobre o menino, mas acha que deve fazer alguma coisa com ele ainda assim. O menino deve ter algumas qualidades, certo, porque é metade dele. Orgulhoso dele no começo, porque Calibã é autossuficiente, conhece cada pedaço da ilha, traz comida, trufas e peixe, tanto faz... está disposto a agradar. Então, Próspero agrada o menino, ensina a ele umas coisas. A língua e tal.

"Mas então o menino tenta atacar Miranda. Isso também é natural, talvez não legal, havia consentimento? Quem pode saber? Ele disse que ela disse, mas de quem é a culpa, afinal? Deixar Miranda correndo por ali totalmente à mostra? Próspero devia ter previsto. Trancado a menina, se era tão importante. Próspero deveria assumir parte da culpa por esse evento.

"Mas não é isso que ele faz. Ao contrário, ele fica irritado, exagera nos insultos, começa as torturas, ignora os pontos positivos que Calibã tem, como o talento musical. Mas, no fim, Próspero aprende que talvez nem tudo é culpa dos outros. Além disso, ele vê que o que há de mau em Calibã é quase o mesmo que há de mau nele, Próspero. Ambos têm raiva, ambos xingam, ambos estão ansiosos por vingança: são como unha e carne. Como se Calibã fosse sua versão má. Tal pai, tal filho. Então, ele admite: 'Essa criatura das trevas reconheço como minha'. É isso que ele diz, e é isso que significa.

"Então, depois da peça, Próspero tenta compensar o que fez de errado. Leva Calibã para o navio, o leva para baixo do chuveiro, esfrega todo aquele cheiro de peixe, encomenda para ele roupas bonitas, arruma para ele, tipo, um pajem ou coisa assim, para que ele aprenda a comer com talheres. Diz que lamenta e que eles precisam começar de novo. Recorre ao lado artístico de Calibã, levando em consideração os belos sonhos e tudo mais. Assim que Calibã está limpo, bem vestido e tem bons modos, as pessoas já não o consideram feio. Acham que ele é, tipo, rústico.

"Aí, já em Milão, Próspero o ajuda a se estabelecer como músico. Assim que tem uma oportunidade, o menino se sai muito bem. Ele consegue expressar, tipo, as emoções sombrias das pessoas, mas de uma maneira musical. Mas ele precisa ficar longe do álcool; é um veneno para ele, o deixa fora de si. Então, ele se esforça, e fica limpo.

"Quando se vê, ele se tornou um astro. Próspero fica realmente orgulhoso dele. O menino é o artista principal em todos os concertos do estilo dos duques. Tem um nome artístico, tem uma banda: SEMENTE DE BRUXA E AS CRIATURAS DAS TREVAS. E fica, tipo, mundialmente famoso.

"Este é nosso relatório. Esperamos que tenham gostado."

Dessa vez a turma está totalmente de acordo. Ouve-se um coro de "Isso mesmo" e "Boa" e uma rodada de aplausos que se expande e vira uma salva de palmas ritmada com batidas de pés.

— Semente de Bruxa! Semente de Bruxa! Queremos o Semente de Bruxa!

Felix se levanta. Aquilo não deveria sair ainda mais do controle.

— Foi excelente, Time Semente de Bruxa. Nota máxima! Uma interpretação muito criativa. E um final conveniente para a parte formal desta aula. Agora, festa de elenco! Estamos prontos?

46/ NOSSO ESPETÁCULO

Os sacos de batatas fritas e as latas de cerveja de gengibre são distribuídos. Ouve-se conversa, latas de bebida tinindo, um som abafado de celebração. Em poucos minutos, eles vão se colocar ao lado de Felix e vão proferir alguma forma de agradecimento acanhado. É o que acontece nessas festas, todas as vezes. Isso, além da abertura dos sacos de batatas e o rápido movimento de colocar os cigarros nos bolsos.

O número de cigarros em cada saco é o mesmo, por que não? Todos se saíram tão bem. Assim que Felix sumir de vista, os acordos e as trocas começam: cigarros são uma moeda extraoficial, desejáveis para realizar subornos e obter produtos e favores.

— Não é a marca que costumo fumar — diz Colarinho Branco. Risos: todo mundo sabe que ele não fuma.

— Se tem um buraco em uma ponta e fogo na outra, eu fumo — diz Coiote Vermelho.

Navalha:

— Você está falando da minha mulher. — Risos.

— É. Mas qual é uma ponta e qual é a outra? — Mais risos. — Desculpa, Anne-Marie.

— Cuidado — diz Anne-Marie. — Não esqueçam, eu tenho o poder de deusa.

— A propósito, muito bom, Anne-Marie — diz Felix.

— Não previ aquilo.

— Você sempre diz que a mágica deve ser imprevisível — diz Anne-Marie. — Quis surpreender você.

— E conseguiu — diz Felix.

— Estamos realmente muito gratos a você. Eu e o Freddie. É...

— Não é preciso agradecer — diz Felix. — Fiquei feliz em dar uma mãozinha.

— Também temos uma surpresa para o senhor — diz Pernazz, que veio trotando se juntar a eles.

— Ah — diz Felix. — Que tipo de surpresa?

— Um número extra que escrevemos — Pernazz diz.

— Eu e os Sementes de Bruxa. Escrevemos todos juntos. Estamos trabalhando em, tipo, um musical.

— Um musical? — diz Anne-Marie. — Sobre Calibã?

— Isso, sobre o que acontece quando a peça acaba. Fazer aquele relatório fez a gente pensar: por que Calibã não poderia ter uma peça só dele?

— Vão em frente — diz Felix.

— Ok, então... Começa na parte em que Estéfano e Trínculo o colocam na jaula e o exibem para ganhar dinheiro. Mas no musical, ele sai da jaula. Foi esse número que fizemos, ele sai e diz que não vai mais fazer trabalho escravo ou viver enjaulado.

Bum, bum, bum, os Sementes de Bruxa começam a batida. Pernazz canta:

Liberdade, festa! Festa, liberdade! Festa, liberdade!
Saí da clausura, agora estou em fúria...
Não faço armadilhas para peixe

Nem busco feixes
se alguém mandar.
Sem trincheira nem pratos pra lavar.
Já não vou mais lamber suas botas
ou andar atrás, feito um idiota.
E não vou ficar no fundo do ônibus.
E devolva nossas terras, com bônus!

Bã-bã, Ca-Calibã,
Não preciso de mestre, não sou seu escravo!
Pode enfiar no rabo e devolva o que foi roubado.
Aviso, é diferente, já tenho raiva dessa gente.
Vou deixar tudo pronto, sair das correntes!
Só trabalho por um salário decente,
Um barraco pra morar, um balde pra mijar,
se dinheiro vocês têm foi por me aprisionar!

Me chutaram na cabeça, me jogaram na neve.
Disseram: "pereça!"
com a consciência leve.
Bã-bã, Ca-Calibã.
Me acham um animal, não gente!

Semente de Bruxa é preto, Semente de Bruxa é marrom,
Semente de Bruxa é vermelho, comigo baixem o tom.
Semente de Bruxa é amarelo, ele é branco encardido.
Ele tem muitos nomes, na noite anda perdido.
Vocês o trataram mal, ele está destruído.
Semente de Bruxa!

Bã-bã, Ca-Calibã.

Não preciso de mestre, *não* sou seu escravo!

Sai da frente, homem! Me solte, deixe disso.

Não preciso, não preciso, não quero mais isso!

— É forte — diz Felix. — Muito forte.

— Mais do que forte! — diz Anne-Marie. — Tem... Pode mesmo ser... Mas o que acontece depois que ele sai da jaula?

— Achamos que ele deve ir atrás de todos que o tratavam mal — diz Pernazz. — Se vingar por completo, uma espécie de Rambo. Acabar com um por um, começando por Estéfano e Trínculo.

— E Próspero? — diz Felix.

— E Miranda? — diz Anne-Marie.

— Pode ser que não apareçam no musical — diz Pernazz.
— Pode ser que sim. Pode ser que sejam perdoados por Calibã. Pode ser que não. Pode ser que ele vá atrás deles, ataque os dois, com as garras dele. Ainda estamos trabalhando nisso.

Felix fica intrigado: Calibã escapou da peça. Ele escapou de Próspero, como uma sombra se descolando de seu corpo sem ser percebida. Agora não há ninguém para reprimi-lo. Será que Próspero será poupado, ou será que a retribuição entrará por sua janela em uma noite escura e cortará sua garganta? Felix se pergunta. Com cuidado, leva a mão ao pescoço.

— O senhor acha que poderia dirigir o musical, sr. Duke? — diz Pernazz. — Quando terminarmos, o senhor será, tipo, nossa primeira opção. — Ele sorri, tímido.

— Se eu ainda estiver vivo — diz Felix. Ele está absurdamente contente com a proposta, embora, evidentemente, aquilo nunca vá acontecer. Ou vai? — É possível. Nunca se sabe.

47/ AGORA CHEGOU AO FIM

Enquanto Felix está terminando sua cerveja de gengibre, 8Handz, Pernazz e Kobra se aproximam dele.

— Tem mais uma coisa — diz Kobra. — Sobre as atividades do curso e tal.

— O que é? — diz Felix. O que ele esqueceu?

— A nona prisão — diz 8Handz. — Só encontramos oito. Lembra?

— O senhor disse que ia contar para a gente se ninguém adivinhasse — diz Pernazz.

— Ah. Sim — diz Felix, tentando pensar rápido. — A peça não acaba tão bem para Próspero, não é? Ele recupera seu ducado, mas agora não está mais muito interessado nisso. Então, ele vence, mas também perde. E, mais importante: ele perde as duas criaturas que ama: Miranda, que agora está unida a Ferdinando e vai morar longe, em Nápoles, e Ariel, que deixa de servir Próspero sem sequer olhar para trás. Próspero sentirá falta dele, mas o próprio Ariel não dá nenhum sinal de que sentirá falta de Próspero: está feliz por estar livre. O único que poderia ficar com Próspero é Calibã, nenhuma grande maravilha. E mais: para que Próspero precisaria dele agora que está partindo da ilha? Em Milão ele terá outros criados. Talvez, leve a criatura das trevas consigo devido a algum sentimento de responsabilidade: é dele, de ninguém mais. Mas, no momento, Próspero está se sentindo culpado por algo diferente.

— De onde o senhor tirou tudo isso? — diz Pernazz.

— Sobre ele se sentir culpado?

— Está aqui — diz Felix, folheando o livro da peça. — Ele diz "Não me deixem preso / nesta ilha vazia por seu feitiço". Próspero desfez seus encantamentos e está prestes a quebrar o bastão mágico e deixar o livro afundar, para não poder mais praticar nenhuma mágica. Segundo ele, a magia, agora, é controlada pela plateia: a menos que elejam a peça como um sucesso, com aplausos e vivas, Próspero ficará preso na ilha.

"Então ele diz que também quer que rezem por ele. Ele diz: 'E meu fim será desesperado. / A menos que seja pela prece aliviado / que penetra até chegar / à própria compaixão e todas as faltas perdoar'. Em outras palavras, ele quer o perdão divino. A última fala da peça é 'Assim como vocês foram perdoados por seus pecados, / permitam, com sua indulgência, que eu seja libertado'. Isso tem duplo sentido."

— Sim, está nas notas — diz Colarinho Branco.

— Esqueci dessa parte — diz Kobra.

— Uma indulgência era como um passe livre para não ir para o inferno — diz Felix. — No passado, você podia comprar uma.

— Ainda pode — diz Kobra. — Agora chama multa.

— Agora chama fiança — diz Pernazz. — Só que não é bem um passe livre, né?

— Agora chama liberdade condicional — diz 8Handz.

— Só que você não paga por ela. Você deve de certo modo merecê-la.

— O que é aquela coisa de culpa? — diz Anne-Marie.

— O que Próspero fez de tão terrível?

— É mesmo, o quê? — Felix pergunta, retoricamente. Mais membros do elenco se reuniram à sua volta. — Ele não nos diz. É mais um enigma da peça. Mas *A tempestade* é uma peça sobre um homem produzindo uma peça, que sai de sua própria cabeça, sua "fantasia". Então, talvez a falta pela qual ele precisa ser perdoado seja a própria peça.

— Que elegante — diz Anne-Marie.

— Essa eu não entendi — diz Kobra. — Uma peça não é um crime.

— Um pecado — diz Felix. — Não um deslize legal. Um deslize moral.

— Ainda não entendi — diz Kobra.

— Todas aquelas emoções vingativas? Toda aquela raiva? — diz Felix. — Causar sofrimento às outras pessoas?

— Ah, sim, pode ser — diz Kobra.

— Ok, mas e a nona prisão? — diz 8Handz.

— Está no Epílogo — diz Felix. — Próspero efetivamente diz ao público: "A menos que vocês me ajudem a partir no navio, terei de ficar na ilha". Ou seja, ele é alvo de uma magia. Ele será forçado a reencenar seu sentimento de vingança indefinidamente. Seria um inferno.

— Vi um filme de horror assim — diz 8Handz. — No Rotten Tomatoes.

— As quatro últimas palavras da peça são "que eu seja libertado". — diz Felix. — Você não diz "que eu seja libertado" a menos que não esteja livre. Próspero é prisioneiro na peça que ele mesmo compôs. Aí está: a nona prisão é a própria peça.

— Ok, legal — diz 8Handz. — É perfeito.

— Ardiloso — diz Anne-Marie.

— Não sei se estou totalmente convencido — diz Colarinho Branco.

— Que peça vamos fazer no ano que vem? — diz Navalha.
— Você vai voltar, certo? Nós salvamos o programa?

— Prometo que haverá uma peça ano que vem — diz Felix. — Foi para isso que nos empenhamos.

— Estou com um pouco de vontade de chorar — diz Anne-Marie, enquanto eles atravessam o corredor juntos. — Porque acabou. O espetáculo agora chegou ao fim. E foi um espetáculo foda de bom! — Ela enlaça o braço de Felix. A porta de segurança se fecha atrás deles com um som abafado.

— Espetáculos acabam — diz Felix. — Mas apenas esses espetáculos. Você terá outros. Como está indo com o Freddie?

— Nada mal, por enquanto — diz Anne-Marie, contida, como sempre. Ele analisa o perfil dela: há um sorriso nítido.

Eles passam pela Vigilância, onde Felix se despede de Dylan e Madison.

— Foi incrível — Dylan diz a ele. — Biscoitos deliciosos — ele diz a Anne-Marie.

— Vejo o senhor em breve, sr. Duke — diz Madison. — Na mesma época, ano que vem?

— Três vezes *merde*, hein? — diz Dylan.

— Estou ansioso — diz Felix.

No estacionamento, ele agradece a Anne-Marie mais uma vez, e então passa pelos portões dirigindo seu carro cheio de chiados e desce até o pé da colina. Pela estrada, montes de neve sujos dos quais escorre água derretida. Repentinamente, a primavera se inicia. Quanto tempo ele ficou lá dentro da Fletcher? Parece que foram anos.

Será que sua Miranda também foi embora da festa do elenco, passou pela Vigilância, está no carro com ele? Sim, ela está no banco traseiro, em um dos cantos: uma sombra dentro de uma sombra. Está triste por ter visto pela última vez todas aquelas pessoas maravilhosas dentro do admirável mundo novo delas.

— Novo para ti — ele diz a ela.

EPÍLOGO

QUE EU
SEJA LIBERTADO

Domingo, 31 de março de 2013

Felix está em seu barraco, empacotando as coisas; não que tenha muito o que empacotar. Algumas quinquilharias. Umas poucas roupas de idoso. Ele as dobra impecavelmente e as coloca em sua mala preta com rodas. É primavera, oficialmente; o gelo lá fora está derretendo, os pássaros já estão cantando. A luz do sol entra pela porta aberta, o que é bom, porque a eletricidade de Felix foi cortada.

Quando, caminhando com dificuldade pela neve úmida, ele foi à casa da fazenda perguntar a respeito, a encontrou deserta: a família de Maude levantou acampamento, aparentemente deixando uma pilha de contas vencidas. Levaram tudo. Era como se eles nunca tivessem estado ali; como se eles só tivessem se manifestado enquanto Felix precisou deles, e então se tornaram névoa e se fundiram aos campos e às pilhas de lenha. Vós, elfos de colinas, riachos, lagos de águas paradas, e bosques, ele murmura para si mesmo. Mas o mais provável é que eles estejam no caminhão de Bert, seguindo rumo ao oeste em busca de melhores proventos.

Ele teve sua vingança, tal como foi. Seus inimigos sofreram, o que foi um prazer. Depois, Felix distribuiu perdão enquanto ouvia o rangido dos dentes de Tony, o que foi um prazer maior ainda. E enquanto ele mantiver o vídeo gravado na nuvem, onde foi armazenado, Tony não será capaz de contrariá-lo tão cedo, por mais que aquele cretino armador de intrigas quisesse. Mas ele renunciou a seu cargo, então perdeu credibilidade. Não tem mais influência, nem plataforma de poder; não está mais entre os que têm importância. Tony está fora e Felix está de volta, como deve ser.

Mais especificamente, Felix tem seu antigo emprego de volta: diretor artístico do Festival de Teatro de Makeshiweg. Pode levar ao palco sua *Tempestade* desaparecida há doze anos, se quiser.

Por mais estranho que pareça, ele já não quer. A versão da Companhia de Atores da Instituição Penal de Fletcher é sua verdadeira *Tempestade*: ele jamais conseguiria superá-la. Depois de tê-la realizado de forma tão espetacular, por que ele iria se importar com uma tentativa inferior?

Quanto ao cargo de diretor artístico, ele aceitou o cargo apenas nominalmente. Ele será uma *éminence grise*, trabalhará nos bastidores. Quebrará seu bastão, jogará seu livro no mar, porque é hora de pessoas mais jovens assumirem.

Ele contratou Freddie como diretor assistente: vai deixá-lo aprender fazendo. Felix vai ajudá-lo por algum tempo, embora, em essência, esteja entregando as chaves, um processo que já começou. O garoto aprende rápido. E Freddie não consegue agradecer a ele o suficiente, e esse também é um sentimento prazeroso: nunca receber agradecimentos suficientes.

Anne-Marie assumiu como coreógrafa chefe dos musicais que Freddie quer acrescentar ao repertório de Makeshiweg. *Crazy for You* é o primeiro: tem números de dança suficientes para desafiar o talento de Anne-Marie. Ela poderá esbanjar seu talento e ter um grande sucesso, e ele não tem dúvidas de que ela fará isso.

Eles estão trabalhando lindamente juntos, aqueles dois. Como se fossem feitos um para o outro, como um casal campeão de dança no gelo. Ao observá-los enquanto estudam os esboços dos figurinos e discutem seriamente sua estética e brincam com a série de efeitos especiais digitais, Felix se sente embargado, como em um casamento: aquela estranha mistura de saudades do passado com a alegria pelo futuro; a alegria dos outros. Ele mesmo agora é só um espectador, um admirador, um atirador de arroz virtual. O caminho deles não será fácil, porque o teatro nunca foi fácil, mas ao menos ele deu a eles um ponto de partida. A vida dele teve este único resultado positivo, por mais efêmero que esse resultado possa se provar.

Mas tudo é efêmero, ele lembra a si mesmo. Todos os lindos palácios, todas as torres coroadas por nuvens. Quem poderia saber disso melhor do que ele?

Ele pensou que Sal O'Nally iria protestar por causa de Freddie: seu adorado filho mais velho arrancado de debaixo de seu nariz por Felix, afastado do mundo da advocacia e da política no qual Sal queria encerrá-lo e unido a uma garota selvagem como Anne-Marie. Mas Sal pareceu, no mínimo, aliviado: o futuro do garoto tomou um rumo, ele estava feliz e, o melhor de tudo, não estava morto! Todos os pontos positivos para um pai tão coruja. Mas mesmo os pais corujas precisam se desapegar, cedo ou tarde. De agora em diante, o garoto estará empenhado em seu próprio destino, tanto quanto possível.

Felix faz uma pausa no empacotamento e reflete. *Decadente* está longe de ser a palavra para seu guarda-roupa e, pensando bem, para ele mesmo. Ele vai cortar o cabelo e, futuramente, arrumar dentes melhores. Muito em breve irá fazer compras; precisa de roupas novas, porque está embarcando em um cruzeiro.

Estelle ajeitou tudo para ele. Entre as muitas pessoas que ela conhece, há algumas que dirigem companhias de cruzeiros. Aproveite o momento!, ela disse. Agarre a Fortuna pelos cabelos, afinal, depois do período árduo que ele passou, não seria uma boa ideia ele tirar um intervalo para relaxar? Se recostar em uma espreguiçadeira no convés e tomar sol? Ser revigorado pelo ar salgado?

Sem custo nenhum para ele: tudo o que ele teria de fazer seriam duas palestras sobre seus maravilhosos experimentos teatrais na Fletcher. Ele poderia até exibir os vídeos, se achasse apropriado; as pessoas ficariam fascinadas, sua abordagem era tão inovadora! Ou, se ele não pudesse exibi-los, por questões de privacidade no que diz respeito aos atores, poderia ao menos discutir seus métodos. E o Caribe estaria agradável nesta época do ano, ela disse. Ela também estaria no cruzeiro. Eles poderiam participar daquelas danças sincronizadas ou de outras atividades juntos. Seria divertido!

No começo, Felix recusou. Um navio de cruzeiro cheio de pessoas idosas, pessoas até mais velhas do que ele, cochilando em espreguiçadeiras no convés e fazendo danças sincronizadas: aquela era sua ideia, se não do inferno propriamente, ao menos do limbo. Um estado de suspensão em algum ponto da estrada da morte. Mas, pensando melhor, o que ele tinha a perder? A estrada da morte é, afinal de contas, a estrada em que ele está, então por que não comer bem durante a jornada?

Então ele disse sim, mas com uma condição: 8Handz havia recebido a liberdade condicional e Felix disse a Estelle que não poderia ficar em paz com sua consciência deixando o rapaz sem estar encaminhado. Segundo ouviu dizer, o dia seguinte à saída da prisão é ainda mais assustador do que o dia seguinte ao que se é colocado lá dentro. Então, 8Handz deveria estar no cruzeiro também. Ele poderia declamar algumas das falas de Ariel durante as apresentações de Felix; ele era perfeitamente capaz, um ator nato. E nesse cruzeiro, o garoto poderia conhecer algum empresário influente, alguém do ramo de tecnologia digital, que poderia reconhecer seus muitos talentos e dar a ele a oportunidade criativa que ele precisava. O rapaz merecia um descanso, considerando-se todo o trabalho que ele fez por Felix.

As pulseiras de Estelle chacoalharam quando ela apertou o braço dele: eles agora atingiram a fase dos apertões nos braços. Não havia absolutamente nenhum problema, ela iria mexer os pauzinhos. Para ela, parecia que o jovem 8Handz merecia um pouco de boa sorte e que o ar marinho seria libertador para ele.

Felix dobra seu traje de animais de pelúcia: guardá-lo ou jogá-lo fora? Por mero capricho, ele o coloca na mala. Vai levá-lo para o cruzeiro, onde poderá acrescentar cor e uma nota de autenticidade às suas apresentações. A aura que tinha para ele no passado está perdendo o brilho, como luzes de Natal ao meio-dia. Em breve, não será nada mais que uma recordação. E tem ainda sua bengala de cabeça de raposa. Já não é um bastão mágico, só uma vareta de madeira. Quebrada. Será que devia enterrá-la a alguns palmos de profundidade? Seria histriônico. E, de qualquer maneira, quem seria o público?

— Adeus — diz a ela. — Minha arte tão poderosa.

Aquilo o atinge como uma onda: por doze anos, ele esteve enganado sobre sua *Tempestade*. O objetivo final de sua obsessão não era trazer sua Miranda de volta à vida. O objetivo final era algo bem diferente.

Ele pega a foto da moldura prateada, com Miranda rindo, feliz em seu balanço. Lá está ela, três anos de idade, perdida no passado. Mas não nesse sentido, porque ela também está ali, olhando-o enquanto ele se prepara para deixar aquela pobre moradia onde ela esteve aprisionada com ele. Ela já está se desvanecendo, perdendo a substância: ele mal consegue senti-la. Ela está fazendo uma pergunta para ele. Ele irá obrigá-la a acompanhá-lo em sua jornada?

O que ele estava pensando, mantendo-a presa a ele todo esse tempo? Forçando-a a fazer tudo que ele pedia? Como ele havia sido egoísta! Sim, ele a ama: sua querida, sua única filha. Mas ele sabe o que ela realmente quer, e o que ele deve a ela.

— Seja livre para unir-se aos elementos — diz a ela.

E, finalmente, ela é.

A TEMPESTADE
ORIGINAL

Um navio está em apuros durante um temporal no mar. Alonso, rei de Nápoles, seu irmão, Sebastião, seu conselheiro, Gonçalo, e seu filho, Ferdinando, estão a bordo, assim como Antônio, duque de Milão, Estéfano, o despenseiro, e Trínculo, o bobo da corte. Raios coriscam e o navio começa a afundar apesar dos esforços do Contramestre e dos marinheiros; todos temem pela própria vida. Esta cena é geralmente encenada com o espírito elemental, Ariel, visível no cordame.

Na praia de uma ilha próxima, Miranda, de quinze anos, se compadece dos náufragos, mas seu pai, o mago Próspero, diz que ninguém se feriu e que tudo foi feito pelo bem dela. Ele, então, explica por que causou a tempestade. Ele é o legítimo duque de Milão, não Antônio. Como estava envolvido no estudo de magia, delegou os assuntos práticos de seu ducado ao irmão, que se aproveitou da situação para se aliar ao inimigo político de Próspero, Alonso. Este último invadiu Milão e Próspero e sua filha de três anos, Miranda, foram colocados em um barco furado com nada além de algumas roupas e os livros de Próspero, fornecidos a ele pelo bom conselheiro, Gonçalo. Eles se deixaram levar pela corrente até a praia, onde viveram em uma "morada" semelhante a uma caverna por doze anos.

Agora, uma estrela auspiciosa e a deidade Fortuna colocaram os inimigos de Próspero ao seu alcance. Ele pediu que a ilusão da tempestade os fizesse desembarcar em terra firme. Seus objetivos eram dois: a vingança e o melhoramento do destino de Miranda.

Próspero põe Miranda para dormir, veste seus paramentos mágicos e recorre a seu espírito assistente principal, Ariel. Ariel serve a Próspero em retribuição por ter sido libertado de uma fenda em um pinheiro onde havia sido aprisionado pela feiticeira Sicorax por não cumprir suas abomináveis ordens, mas agora ele quer a liberdade. Próspero censura sua ingratidão, mas promete que, se seu plano atual contra seus inimigos funcionar com a ajuda de Ariel, ele será livre. Ariel, então, descreve a "tempestade" que criou. Três grupos de viajantes aportaram em diferentes pontos de terra firme: Ferdinando, sozinho, Estéfano e Trínculo, como um par, embora separados, e a comitiva da corte junta.

A ordem seguinte dada a Ariel: se vestir como uma ninfa do mar, se tornar invisível para todos, exceto Próspero, e encontrar Ferdinando, que acredita que seu pai se afogou. Ariel deve conduzi-lo, com música, a um lugar onde ele verá Miranda.

Próspero acorda Miranda e eles saem em busca de seu outro servo, Calibã, o filho feio e embrutecido de Sicorax. Calibã, Próspero, e até mesmo Miranda trocam xingamentos e acusações: Calibã acusa Próspero de roubar-lhe a ilha, e Próspero enfatiza que Calibã tentou estuprar Miranda. Calibã deseja que tivesse feito isso e povoado a ilha com Calibãs; então, forçado por um beliscão dos espíritos de Próspero, ele sai para coletar um feixe de lenha.

Ariel conduz Ferdinando, que fica impressionado com Miranda, quando ela está ao lado dele. Para que as coisas não sejam tão fáceis e, portanto, fiquem ligeiramente mais valorizadas, Próspero impõe uma provação: magicamente desarma Ferdinando e o acusa de ser um impostor e um traidor, e afirma que irá encarcerá-lo. Ferdinando afirma que conseguirá suportar se ao menos puder vislumbrar Miranda uma vez ao dia.

Ariel é enviado para espiar a comitiva da corte: Alonso, Sebastião, Gonçalo, Antônio e outros lordes. Alonso tem certeza de que seu filho se afogou e está muito deprimido. Gonçalo tenta animá-lo enaltecendo a ilha e descrevendo a sociedade utópica que ele estabeleceria se possuísse o domínio do lugar. Antônio e Sebastião zombam dele. Ariel aparece e faz Alonso e Gonçalo dormirem, e então Antônio propõe a Sebastião assassinarem os dois, dessa forma fazendo de Sebastião o rei de Nápoles. Ariel, entretanto, acorda os adormecidos bem a tempo e corre para relatar os acontecimentos a Próspero.

Enquanto isso, Calibã está recolhendo lenha quando vê o bobo da corte Trínculo se aproximar. Temendo que seja um espírito atormentado, ele se esconde sob sua capa. Um temporal se aproxima e Trínculo também se esconde sob a capa, apesar do cheiro de peixe que ela exala e do monstro abaixo dela. Estéfano, o despenseiro, se aproxima, cambaleando por estar bêbado. Ele embebeda Calibã, e Calibã decide adorar a Estéfano como a um deus, e servir a ele como mestre, em vez de Próspero. Ele canta uma canção ou coisa do gênero.

Nesse ínterim, Ferdinando foi colocado para trabalhar transportando lenha. Miranda aparece e suplica que ele descanse, ela fará o trabalho por ele. Eles declaram seu amor um pelo outro e prometem se casar. Próspero, sem ser percebido, fica alegre.

Calibã, Estéfano e Trínculo agora estão ainda mais bêbados, e após uma briga maquinada por Ariel, Calibã propõe que assassinem Próspero e constituam Estéfano como rei da ilha, com Miranda como rainha. Ariel os desvia do caminho com música, e Calibã diz a eles para não terem medo, pois a ilha é muitas vezes repleta de sons encantadores.

Alonso, Gonçalo, Sebastião e Antônio estão descansando de sua busca por Ferdinando quando alguns espíritos de formas estranhas lhes oferecem um banquete. Próspero observa, invisível, enquanto eles se aproximam para comer; mas o banquete desaparece e Ariel surge em forma de harpia, repreendendo Alonso, Antônio e Sebastião pelo modo criminoso como trataram Próspero, dando a entender que a perda de Ferdinando é a punição de Alonso. Os três acusados são então induzidos a uma loucura desvairada e, no caso de Alonso, também suicida.

Nesse momento, Próspero visita Ferdinando, o liberta da servidão e o cumprimenta como seu futuro genro, mas o alerta contra a intimidade prematura. Ordena a Ariel que produza outra ilusão: uma mascarada com três deusas, que despejam bênçãos sobre o jovem casal.

A apresentação é interrompida quando Próspero relembra a trama de Calibã para assassiná-lo. Ele explica a Ferdinando que os seres que ele viu eram espíritos, e que eles desvaneceram, como tudo um dia desvanecerá, por ser tudo, em essência, igualmente desprovido de substância e onírico.

Ariel descreve a Próspero como desviou Calibã e seus dois cúmplices de conspiração do caminho. Ele e Próspero penduram alguns belos trajes para enredá-los e atrasá-los ainda mais. Estéfano e Trínculo querem roubá-los, embora Calibã os exorte a realizarem o assassinato primeiro. O roubo é interrompido por um bando de espíritos caninos que, atiçados por Ariel e Próspero, afugentam os acusados. Sob ordem de Próspero, Ariel agora deve trazer a comitiva da corte. Quando ele relata a Próspero o quanto eles estão sofrendo e diz que sente compaixão por eles, Próspero fica impressionado de que um mero espírito do ar possa sentir pena e segue o exemplo de Ariel. Ordena que Ariel os liberte da loucura. Então, diz que é o momento de renunciar à sua "magia brutal", quebra seu cajado e deixa que seu livro de feitiços afunde.

A comitiva é levada por Ariel. Próspero confronta Alonso, Antônio e seu aliado Sebastião, em relação à traição dirigida a ele, mas diz que os perdoa. Em uma conversa à parte, avisa Antônio e Sebastião que sabe do plano que têm de assassinar Alonso, mas que ainda não dirá nada sobre isso.

Alonso ainda sofre a perda de Ferdinando. Próspero diz que ele também perdeu a filha, mas então o leva para a "morada" e mostra Ferdinando e Miranda jogando xadrez. Alonso, surpreso e grato, aceita o casamento de Miranda e Ferdinando. Miranda, por sua vez, está deslumbrada com a descoberta repentina desse novo mundo, repleto de pessoas tão surpreendentes. Próspero observa que são pessoas novas para ela. (Ele as conhece como são.)

O Contramestre entra, trazido por Ariel, e explica como ele e os marinheiros despertaram e encontraram o navio a salvo no porto. Entram Calibã, Estéfano e Trínculo, descabelados e feridos; eles são adequadamente punidos e se arrependem. Próspero reconhece que Calibã, "essa criatura das trevas", é seu, em certo sentido.

São feitos planos para o retorno à Itália e para o casamento iminente. Próspero terá seu ducado novamente. Miranda e

Ferdinando serão, algum dia, rainha e rei de Nápoles. Ariel garantirá mares calmos para a viagem.

Próspero termina a peça com um epílogo, no qual diz aos espectadores que, uma vez que seus feitiços mágicos foram derrubados, ele deve permanecer prisioneiro na ilha, a menos que o público o perdoe e o liberte ao usar a magia deles para aplaudir a peça.

AGRADECIMENTOS

Foi um grande prazer trabalhar neste livro, em parte porque ele me deu a oportunidade de ler muito sobre Shakespeare e *A tempestade*, e também sobre o valor da literatura e da dramaturgia nas prisões.

Os livros e filmes a seguir foram particularmente proveitosos:

O filme *A tempestade* de Julie Taymor, com Helen Mirren no papel de Próspera.

A tempestade, na versão do Globe on Screen, com Roger Allam como Próspero.

E a versão do Festival de Stratford de *A tempestade*, a que também assisti presencialmente, com Christopher Plummer como Próspero.

O *Shakespeare Insult Generator*. [O Gerador de insultos shakesperianos]

O sugestivo livro de David Thomson, *Why Acting Matters* [Por que a atuação importa].

O ensaio de Northrop Frye sobre *A tempestade*, em seu livro *On Shakespeare* [Sobre Shakespeare].

A excelente e extremamente útil edição de *A tempestade* na coleção Oxford World's Classics; o editor é Stephen Orgel.

O conto "Tempests" [Tempestades], de Isak Dinesen, em sua coletânea *Anecdotes of Destiny* [Anedotas do destino].

O livro de Andrew Dickson, *Worlds Elsewhere* [Mundos em outros lugares], que explora as várias dramatizações de Shakespeare em todo o mundo e ao longo do tempo. Há uma longa tradição de literatura sobre prisões. Li algo aqui e ali, tanto enquanto escrevia meu romance *Vulgo Grace* como mais recentemente, enquanto escrevia *Semente de bruxa*. Além de livros contemporâneos bem conhecidos, como *Orange is the New Black*, fiquei particularmente interessada, desta vez, em livros que tratavam do ensino de literatura e dramaturgia no interior de prisões. A coletânea de ensaios de Stephen Reid, *A Crowbar in the Buddhist Garden* [Um pé-de-cabra no jardim budista] foi muitas vezes sugestivo, assim como o surpreendente romance de Rene Denfeld, *The Enchanted* [O encantado]. A descrição de Avi Steinberg sobre seu trabalho como bibliotecário de prisões, *Running the Books* [Controlando os livros], foi de grande auxílio, assim como foi *Shaking It Rough* [Agitação violenta]. Mais particularmente, o ensaio biográfico *Shakespeare Saved My Life*, de Laura Bates, foi animador. Também foi proveitoso conhecer os programas universitários prisionais realizados pelo Bard College e, através desse conhecimento, vir a descobrir muitos outros.

Dito isto, também é preciso dizer que a Instituição Penal de Fletcher é, obviamente, uma instituição ficcional. É duvidoso que algum lugar como esse exista, embora muitos compartilhem de algumas de suas características.

Felix Phillips emprestou seu sobrenome de Robin Phillips, diretor de teatro de longa data no Festival de Stratford, em Ontário, Canada. Para conhecer seu mágico trabalho, vejam o excelente documentário *Robin and Mark and Richard III* [Robin, Mark e Ricardo III], no qual ele transforma um improvável ator no sinistro Ricardo iii diante de seus olhos.

Anne-Marie Greenland foi o nome escolhido para quem interpreta o papel de Miranda graças a um leilão realizado pela Medical Foundation for the Care of Victims of Torture [Fundação Médica para o Cuidado de Vítimas de Tortura].

E muito sobre conversar com entes queridos mortos e outras experiências estranhas pode ser aprendido em *The Third Man Factor* [O fator terceiro homem], de John Geiger.

Minha gratidão às minhas sofridas editoras, Becky Hardie, da Hogarth, e Louise Dennys, da Knopf Canada, que me estimulam a contar mais histórias; e à minha preparadora de originais, Heather Sangster, da Strongfinish.ca. Também à minha editora há mais de vinte anos na McClelland & Stewart, Ellen Seligman, que faleceu em março de 2016 sem poder ler este livro.

Agradeço também às minhas primeiras leitoras: Jess Atwood Gibson, Eleanor Cook, Xandra Bingley, além de Vivienne Schuster e Karolina Sutton da Curtis Brown, minhas agentes no Reino Unido, e a Phoebe Larmore, há muito tempo minha agente na América do Norte, e a Ruth Atwood e Ralph Siferd.

E a Louise Court, Ashley Dunn e Rachel Rokicki, da Penguin Random House, que me apressaram durante o período de publicação.

Agradeço também a Devon Jackson, que me ajudou com parte da pesquisa preliminar sobre prisões. E também à minha assistente, Suzanna Porter, a Penny Kavanaugh e a V. J. Bauer, que desenvolveram meu site, margaretatwood.ca. Também a Sheldon Shoib e Mike Stoyan, que o atualizam.

E a Michael Bradley, Sarah Cooper e Jim Wooder, a Coleen Quinn e Xiaolan Zhao, e a Evelyn Heskin, a Terry Carman e aos Shock Doctors, por manterem as luzes acesas. Por fim, meu agradecimento especial a Graeme Gibson, um velho mago, ainda que, felizmente, não o deste livro.

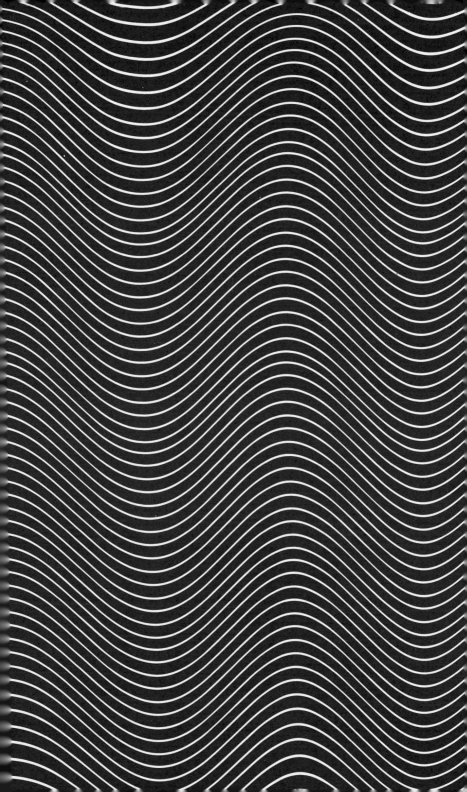

Esta obra foi composta pela Desenho Editorial em Caslon
Pro e impressa em papel Pólen Soft 70g com revestimento
de capa em Ningbo Fold 250g pela Santa Marta para
Editora Morro Branco em setembro de 2018